SWIMMINGPOOL

Mord unter Stars

Luc Winger

Ein Saint-Tropez Krimi 1

Impressum

2.Auflage

Copyright © 2020 by Luc Winger
wingerluc@gmail.com
Herstellung und Verlag:
BoD – Books on Demand, Norderstedt
ISBN: 9-783-7448-2174-2

Covergestaltung: Gaby Bittner
Titelillustration: Aleksandra Smirnova, stock.adobe.com

Über das Buch:

Sommer 1968. Eigentlich sollte es ein entspannter Urlaub an den Stränden von Saint-Tropez werden. Doch Aurélie und Serge können die Schönheit der Côte d'Azur nicht genießen. Obwohl sie die einmalige Chance haben als Statisten bei dem Dreh von Swimmingpool mit Romy Schneider und Alain Delon dabei zu sein, passieren unerklärliche Dinge mit ihnen. Dann geschieht ein perfider Mord am Filmset ...

Commissaire Lucie Girard ermittelt auf ihre französisch unkonventionelle Art. Gitanes-rauchend und mit femininer Intuition lässt sie die Verdächtigen zappeln...

Die Saint-Tropez Krimis sind jeweils in sich abgeschlossen und können unabhängig voneinander gelesen werden.

Dies ist ein fiktiver Roman. Die Figuren und Ereignisse im Kontext dessen sind frei erfunden. Jede Ähnlichkeit mit Unternehmen, echten Personen, lebend oder tot, wäre rein zufällig und ist nicht beabsichtigt.

Über den Autor:

LUC WINGER SCHREIBT: KINO ZUM LESEN.

Luc Winger, Jahrgang 1961, lebt mit seiner Familie in einem kleinen hessischen Dorf. Mehrmals im Jahr verbringt er inspirierende Tage in der Provence. Seine Bücher schreibt er gerne im Sommer in freier Natur oder im Winter in seiner gemütlichen Hütte. Dazwischen geht er mit seinen zwei Hunden spazieren oder genießt die Zeit in seinem Garten.

Der Bezug zu aktuellen oder historischen Themen und Ereignissen sorgt in seinen Büchern für den brisanten Inhalt und den gesellschaftlichen Kontext.

Memories are the best things in life.

Avril 1950

Odette

Das Licht war fürchterlich grell. Aber sie war draußen. Sie hatte es geschafft. Obwohl niemand mehr damit gerechnet hatte. Selbst die Hebamme war sich sicher, dieses Mädchen käme per Kaiserschnitt zur Welt. Doch anscheinend hatte es seinen eigenen Willen und seinen eigenen Plan vom »*Auf die Welt kommen*«.

Davor litt die werdende Mama seit über 36 Stunden. Der Arzt hatte alles unternommen, um die Geburt einzuleiten. Mittlerweile kamen die Wehen regelmäßig, doch der Muttermund war nicht weit genug geöffnet. Lag das Baby vielleicht falsch herum?

Odette musste das Krankenhaus ganz allein aufsuchen. Ihr Mann, Richard, war mal wieder auf Geschäftsreise, und sie konnte ihn nicht erreichen. Aber wahrscheinlich wäre er sowieso nicht gekommen. Seiner Meinung nach war eine Geburt ganz allein Aufgabe der Frauen. Er konnte und wollte nicht helfen. Dabei hätte sie in den letzten Stunden Hilfe gut gebrauchen können. Denn auch die Hebamme schaute nur ab und zu vorbei. Zwischendrin bekam sie Panik, weil die Kleine sich, ihrer Empfindung nach, nicht mehr bewegte.

An Schlafen war nicht zu denken. Immer wieder sagte sie sich, *Odette, du schaffst das.* Millionen von Frauen haben es überstanden. Und dann kannst du das auch.

Aber vielleicht wollte Aurélie jetzt noch nicht? Der Geburtstermin hätte erst in sechs Wochen sein sollen. Nun begann ihr Körper, das Mädchen viel zu früh loswerden zu wollen. Dabei hatte es das Kleine bei ihr im Körper doch viel besser. Es war schön warm, es gab genügend zu essen und wachsen konnte es auch noch in Ruhe. Die Vorstellung, bald dieses neue Lebewesen in den Armen zu halten und zu versorgen, war für Odette noch immer weit weg. *Lag es daran, dass sie selbst noch ein halbes Kind war?* Gerade mal neunzehn Jahre alt. Ihr Mann, Richard, war fast doppelt so alt.

Wieder schüttelte sie ein Weinkrampf. *Warum hatte sie sich nicht gewehrt, als ihre Pflegeeltern sich mit der reichen Pariser Familie Ballancourt einigten?* Man war sich einig: Es sei die beste Partie, die sie als Adoptivkind, das seine Eltern nicht kannte, erwarten konnte.

Du heiratest in die vornehmsten Pariser Kreise, hatte ihre Pflegemutter immer betont. Er ist Anwalt. Sieht gut aus. Hat Manieren. *Und du bist dann auch eine Ballancourt,* war ihr Hauptargument gewesen.

Schon die Hochzeit war für sie wie der Beginn einer Zwangshaft. Sie durfte keine ihrer Freundinnen einladen. Alles war piekfein, aber ohne jede Emotion. Richards Eltern behandelten sie wie eine Hausangestellte. Dabei unternahm sie alles, um ihre Zuneigung zu gewinnen. Sie zeigte sich von der besten Seite. War höflich und zuvorkommend.

Selbstverständlich siezte sie seine komplette Familie. Ihn auch. Das war so üblich.

Oft fragte sie sich, *warum sie so waren*? Es machte doch wirklich keinen Spaß, sich nie einmal entspannt zu zeigen. Immer die Etikette zu wahren.

Eigentlich tat ihr Richard leid. Er war ganz das Produkt seines Elternhauses. Selbstverständlich war er auf die vornehmsten Eliteschulen gegangen, war beim Militär bis zum Offizier aufgestiegen. Studierte danach an der *Sorbonne*. Während der ganzen Zeit hatte er keine Frauen. Das hatte er ihr nach der Hochzeit erzählt. Da hatte er auch erwähnt, dass er später, gerade als er in der Anwaltskanzlei *Clemenceau* angefangen hatte, ein Mädchen kennenlernte. Unerfahren wie er war, passierte genau das, was in jenen Kreisen ein unverzeihlicher *faux pas* war. Er schwängerte die junge Frau. Von da an war er seinen Eltern vollständig ausgeliefert.

Der Schweiß lief ihr den Nacken herunter. Ihre schönen, langen Haare waren klebrig. Eine heftige Wehe durchfuhr ihren Körper.

»Ist denn hier niemand? Ich glaube, mein Kind kommt!«, schrie, sie so laut sie konnte.

Endlich zeigte sich die Hebamme. *War da nicht auch der Arzt?* Odette nahm die Welt um sie herum nur noch wie in Trance wahr. Sie spürte einen neuen Einstich in ihrem Arm. *Noch ein Tropf. Muss das denn sein? Hab Vertrauen in den Arzt, Odette. Jetzt wird alles gut.*

Aber es kam anders. Die Schmerzen wurden immer stärker. Ihr Unterleib und ihr Becken drohten zu platzen. Die

Hebamme schüttelte sie und brüllte laut: »Pressen, pressen! Sie müssen pressen! Nicht aufhören!«

Keiner hatte ihr gezeigt, wie das ging. Sie versuchte, sich auf das da unten zu konzentrieren. Einfach alle ihre Kraft zu dem sich immer mehr öffnenden Ausgang zu schicken.

Sei positiv. Du schaffst das. Es ist dein Kind. Nur du kannst ihm helfen.

Wieder drangen die Rufe der Hebamme durch den Nebel hindurch, der sie zu umgeben schien:

»Jetzt hecheln, ausatmen! Sehr gut! Ja, der Kopf ist schon zu sehen. Weiter so! Pressen, pressen, nur noch einmal. Richtig fest!«

Das durfte doch nicht wahr sein. War das immer noch nicht zu Ende. Höllenqualen. Putain de merde! Ich glaube, mir wird schwindelig. Ich falle in Ohnmacht!

Ist das ein Schrei? War es vorbei? Kann ich es sehen?

Odettes Gedanken kamen langsam wieder in ihr Bewusstsein. Sie war wirklich für ein paar Minuten weg gewesen. So musste es gewesen sein. Denn als sie ihre Augen aufschlug, sah sie ihr Mädchen. Die Hebamme hatte es auf dem Arm. Es war schon in Tücher gewickelt.

Aber was war das? Ihr Kopf war schief. Irgendwie eingedellt? Nein! Bitte, lieber Gott, lass Aurélie gesund sein.

»Es ist ein Mädchen und es ist gesund!«, hörte sie den Arzt sagen.

Tränen liefen ihr die feuchten und geröteten Backen herunter.

»Darf ich es halten?«, flüsterte sie heiser.

Ihre Stimme klang wie die einer Fremden, so sehr hatte sie geschrien. Kaum in der Lage, ihre Arme zu heben, nahm sie ihr Baby entgegen.

Ein Wunder. Es ist ein Wunder. Meine Aurélie. Es hat sich gelohnt. Du bist da. Bei mir. Ich werde für dich da sein. Das verspreche ich dir.

»Madame Ballancourt, Ihre Aurélie muss jetzt ins Wärmebettchen. Sie ist noch zu schwach. Und Sie müssen sich jetzt auch ausruhen. Wir bringen Sie auf ihr Zimmer. Später können Sie Aurélie besuchen«, machte ihr die Hebamme klar.

»Wieso kann ich sie nicht behalten? Sie ist doch mein Kind. Nehmen Sie sie mir bitte nicht gleich wieder weg.«

»Das muss so sein. Es ist Vorschrift. Bei Frühgeburten sowieso. Machen Sie sich keine Sorgen, die Schwestern kümmern sich um Aurélie.

Und wieder musste Odette sich fügen.

Was war das nur für eine Welt. Hatten Frauen denn keine Rechte?

In diesem Moment nahm sie sich vor: *Ich werde Aurélie zu einem selbstbewussten Mädchen erziehen. Sie soll es einmal besser haben als ich. Ihr Wille soll geschehen, und nicht der von irgendwelchen Familien, Männern oder Menschen, die eigentlich nur ihren eigenen Vorteil suchen.*

Septembre 1956

Aurélie

Sie hatte sich ihr Kissen über ihren Kopf gezogen und drückte es mit ihren kleinen Händen ganz fest gegen ihre Ohren, damit sie nicht hören musste, was im Nebenzimmer wieder einmal geschah.

Ihre Mama hatte sie vor einer Stunde zu Bett gebracht. Das machte sie immer so. Sie wollte nicht, dass Aurélie dabei war, wenn ihr Mann, Richard, nach Hause kam. Dabei hätte sie ihn gerne gesehen und vielleicht eine Geschichte von ihm vorgelesen bekommen, so wie er es früher ab und zu gemacht hatte. Daran konnte sie sich noch gut erinnern.

Doch in letzter Zeit passierte das kaum noch. Immer, besonders unter der Woche, kam Papa spät nach Hause, und hatte, wie es ihr *Maman* erklärte, schlechte Laune. Einmal, weil sie wieder nicht einschlafen konnte, kam sie ins Wohnzimmer und sah Ihren Papa, wie er auf Maman lag und ganz laut stöhnte. Sie wunderte sich, warum er das tat. Hatte er Schmerzen? Auch Maman stöhnte, das klang aber anders als bei Papa. Und als sie ganz genau hinsah, erkannte sie Tränen in Mamans Gesicht. Da erschrak sie sich sehr und verschwand ganz leise wieder in ihr Zimmer. Danach musste auch sie weinen. Ganz lange. Bis sie endlich einschlief.

Heute war es anders. Papa stöhnte nicht, sondern brüllte fürchterlich laut. Und Maman schrie auch. Mit ihm.

Eigentlich wollte sie nichts davon hören, doch die Worte waren so laut, dass sie fast alles mitbekam. »Du Hure! Wem hast du heute wieder schöne Augen gemacht?«

»Du bist doch betrunken! Es ist schon nach zehn. Du kannst mir doch nicht erzählen, dass du erst jetzt aus der Kanzlei kommst?«

»Ich rieche es, da hat sich ein anderer an dir vergangen. Ich rieche sein Sperma an dir!«

»Richard, du bist nicht bei Sinnen. Es wird immer schlimmer mit deinen Wahnvorstellungen. Du musst zum Arzt. Es gibt bestimmt Medikamente dagegen.«

»Komm mir nicht so! Du Flittchen. Zeig mir deine Muschi. Ich will daran riechen. Der Kerl hat bestimmt kein Kondom benutzt.«

»Lass deine dreckigen Finger von mir. Nein! Hör auf! Du hast kein Recht dazu!«

Aurélie drückte sich immer tiefer in ihr Kissen. Auch wenn sie nicht alles verstand, es war für sie klar, dass Maman ganz viel Angst hatte, und dass Papa Maman wehtat. Sie fing leise an zu schluchzen. Nur nutzten ihre Tränen nichts, denn der Streit wurde immer heftiger.

»Hör auf, dich zu wehren, du hast sowieso keine Chance!«

Richard hatte Odette vor sich über die Lehne der Couch gedrückt. Er war gerade dabei, ihr von hinten den Slip herunterzuziehen. Sie wehrte sich mit dem Einsatz ihres ganzen Körpers. Doch dieser war sehr schmächtig und Richard war ein Hüne von einem Mann. So hatte er leichtes

Spiel mit ihr. Er brauchte den Slip nicht auszuziehen. Er riss ihn einfach auseinander.

Laut triumphierte er: »Da sehe ich es doch. Der Kerl hat dich von hinten genommen! Du bist noch ganz feucht. Und deine Fotze stinkt erbärmlich!«

Er packte Odette, schleuderte sie herum und drückte ihren Rücken gegen die Couch. Dann ging er in die Knie. Er hielt sie mit beiden Händen um die Hüfte fest. Jetzt steckte er sein Gesicht in ihre Muschi und sog den Geruch ein. Es erregte ihn unbeschreiblich. So sehr, dass er vollends die Kontrolle über sich verlor. Sein Mund öffnete sich wie von selbst, ganz weit. Dabei stöhnte er wie ein Tier. Und dann biss er fest zu. Die Tat ließ Odette vor Schmerz aufschreien. Ihr Lustzentrum war für sie in diesem Moment nur noch eine Stelle des Grauens. Die Pein war überwältigend.

Doch die Wut, die in ihr aufkam, war noch stärker. Als Richard zwischen ihren Beinen kniete und zubiss, hatte sie die Augen kurz aufgerissen. Wie in Zeitlupe schaute sie sich im Raum um. Neben dem kleinen Sofa auf dem sie gerade von ihrem Mann misshandelt wurde, stand ein kleines Tischchen und auf diesem ein schwerer Leuchter. Ein Geschenk der Schwiegereltern.

Ganz langsam griff sie hinter sich. Sie erreichte den massiven Fuß des Leuchters ohne Probleme. Hob das Teil in die Höhe, über ihren Kopf hinweg, und schmetterte es mit aller Wucht gegen den Kopf ihres Peinigers. Sie konnte den knirschenden Einschlag deutlich wahrnehmen.

Dann war es still.

Erschöpft und vom pulsierenden Schmerz zwischen ihren Beinen gelähmt, schaute sie sich um.

Richard lag in einer Blutlache neben der Couch vor ihr. Auch sie blutete wie ein abgestochenes Schwein. Die warme Flüssigkeit strömte nur so an ihren Beinen herunter.

Was sollte sie jetzt machen? Ihr Leben war zerstört. Das wusste sie in diesem Moment mit entsetzlicher Gewissheit.

Voller Panik schleppte sie sich ins Bad und stopfte drei Binden in einen frischen Slip. Dann suchte sie in der Hausapotheke nach Jod. Sie wusste, es würde wehtun. Sehr weh. Aber es musste sein. Sie tränkte ein Leinentuch mit etwas Jod und hielt es an ihre Wunde. Der Schmerz war unerträglich. Doch sie schaffte es. Sie zog den Slip mit den Binden darin hoch, humpelte schlurfend ins Schlafzimmer, zerrte das nächstbeste Kleid aus dem Schrank und zog es über.

Als sie zurückkam, stand ihre kleine Tochter mitten im Wohnzimmer und starrte mit aufgerissenen Augen auf ihren regungslosen Papa. Tränen kullerten ihr die Wangen herunter.

»Ma petite Aurélie«, stammelte Odette leise, »du brauchst nicht mehr weinen. Maman bringt dich in Sicherheit.«

Voller Entschlossenheit und mit großer Anstrengung, packte Odette ihre kleine Tochter und zog ihr etwas über.

»Alles wird gut. Der böse Papa wird uns nicht mehr wehtun. Meine Freundin Laurence wird sich um dich kümmern. Hab keine Angst, meine Kleine«, sagte Odette und versuchte, ihre aufgewühlte Tochter zu beruhigen.

Doch Aurélie hatte Angst.

Aber sie war zu klein, um in diesem Moment zu verstehen, dass ihr bisheriges Leben hier endete und ein neues begann.

Nachdem Aurélie wohlbehalten bei Laurence abgegeben wurde, sah sie Maman für lange Zeit nicht wieder.

Erst viele Jahre später sollte sie erfahren, was mit ihr geschah.

Mai 1956

Serge

»Wie alt bist du? 12? Und da kannst du immer noch nicht über diesen Bock springen? Schau dir doch mal deine Schulkameraden an. Die haben keine Angst. Sie springen einfach ab, fliegen ein kurzes Stück durch die Luft und schon landen sie mit ihren Händen auf dem dicken Oberteil. Wenn du nicht vergisst, beim Herüberspringen die Beine auszubreiten, dann landest du sicher auf der weichen Matte. Probiere es einfach noch einmal.«

Serge nahm bestimmt zum dreißigsten Mal Anlauf. Dabei sagte er zu sich: *Du kannst es packen. Es kann dir nichts passieren. Die anderen können es alle.* Genau das war sein Problem. Die anderen konnten es. Sie dachten beim Springen einfach nicht nach. Irgendetwas blockierte in seinem Kopf. Sobald er das Absprungbrett erreicht hatte, streikte sein Körper. Er zog die Notbremse. Wie ein Zug in voller Fahrt. Kam ins Stocken und blieb vor dem Bock stehen.

Genauso war es auch dieses Mal wieder. Er nahm Anlauf. Rannte, so schnell er konnte. Stimmte seine Schritte auf das Brett ab, damit er mit dem richtigen Fuß aufkam. Bis dahin klappte alles wunderbar. Aber dann? Dann war es aus.

Wie er so da stand, vor sich das lederne Ungeheuer, konnte er einfach nicht anders. Er fing an zu weinen. Wie peinlich. *Jetzt lachen sie mich doppelt aus.*

Aus Angst vor der Reaktion seiner Kameraden hielt er sich die Ohren zu und ging einfach weg von dem blöden Bock. Schnurstracks in die Umkleidekabine. Dort setzte er sich auf die Bank und vergrub seinen Kopf in seinen Händen. Die Tränen liefen und die Welt brach in diesem Moment für ihn zusammen.

Aus der Sporthalle hörte er die Mitschüler johlen. Sein Sportlehrer versuchte, die Jungs zu beruhigen. Er ließ sie alle in einer Reihe aufstellen, wie er es immer tat, um eine Situation wie diese in den Griff zu bekommen. Nacheinander mussten sie ihre Namen nennen und strammstehen. Gott sei Dank war die Doppelstunde Sport fast zu Ende. Was jetzt noch kam, war eigentlich ganz okay. Es wurde gewählt und dann meistens Völkerball oder Fußball gespielt. Serge war froh, dieses Mal nicht dabei zu sein. Er wäre sicher als letzter genannt worden, was seine Schmach noch viel größer gemacht hätte.

Langsam zog er sein weißes Sporthemd und seine schwarze Sporthose aus. Als er so dastand und in seiner Sporttasche kramte, hörte er hinter sich ein Geräusch. Jemand kam herein und schloss die Tür hinter sich. Serge drehte sich um, denn er wollte wissen, wer das war. Er erkannte den Mann sofort. Es war sein Sportlehrer Monsieur Lambert. *Was wollte der denn*, dachte er in diesem Moment.

Der Lehrer kam auf ihn zu und stellte sich neben ihn. Die plötzliche Nähe des Riesen war Serge unangenehm. Außerdem roch er eklig.

Monsieur Lambert streichelte Serge über den Kopf. Danach umfasste er mit seiner linken Hand das Kinn des Jungen. Mit gespieltem Verständnis flüsterte er: »Keine Angst Serge, ich will dich doch nur trösten.«

Da er den Jungen beinahe um das Doppelte überragte, war Serges Gesicht nur knapp über dem Bund der Sporthose des Lehrers. Monsieur Lambert streifte fast unmerklich seine Hose runter. Sanft nahm er den Hinterkopf des Zwölfjährigen und drückte ihn an seinen mittlerweile steif gewordenen Schwanz. Serge verstand nicht, was das sollte, und versuchte sich aus der für ihn unangenehmen Situation zu befreien. Mit all seiner Kraft drückte er sich mit seinen Armen von der Hüfte des Lehrers weg. Doch es nützte nichts. Stattdessen hielt ihn Monsieur Lambert nur noch fester.

Dann sprach er beruhigend auf seinen Schüler ein: »Serge, wer nicht Bockspringen kann, der muss eben andere Dinge lernen. Vielleicht liegen dir diese mehr. Dann drücke ich ein Auge zu und gebe dir eine Zwei in Sport. Also höre auf dich zu wehren.«

Was meinte er mit anderen Dingen? Serge verstand überhaupt nichts mehr. Er wollte nur noch weg. Aber genau das ging nicht. Monsieur Lambert hatte seine Sporthose bis zu den Knöcheln heruntergezogen, und Serge sah nun das pralle Glied des Mannes. So etwas hatte er noch nie gesehen. *Wie konnte das so groß werden?*

»Serge, das hast du sehr gut gemacht. Du musst in Zukunft nicht mehr Bockspringen. Wenn du den Rest des Schuljahres so brav bleibst und niemanden von unserem Geheimnis erzählst, dann ist dir deine Zwei sicher. So, und nun muss ich wieder zu den anderen Schülern. Die Stunde ist gleich vorbei. Zieh dich schnell um und gehe nach Hause. Das war doch deine letzte Stunde heute, oder?«

Serge nickte verschämt und blickte Monsieur Lambert noch lange nach, als dieser durch die Tür zum Umkleideraum gegangen war.

Am Ende des Schuljahres bekam Serge wirklich eine Zwei in Sport. Dafür hatte er jedoch jede Woche seinem Lehrer einen *Dienst* in der Umkleidekabine erweisen müssen. Doch Serge hatte Glück, denn Monsieur Lambert wurde nach den großen Ferien an eine andere Schule versetzt. *Der* Dienst hatte ein Ende. Aber vergessen würde Serge diesen Lehrer und was er ihm angetan hatte nie.

August 1968

Aurélie & Serge

Serge konnte sich nicht sattsehen. In Paris waren die Mädchen sehr schön, aber hier am *Plage de Pampellone,* in der Nähe von Saint-Tropez, waren sie eindeutig freizügiger. Obwohl seine Freundin Aurélie dabei war, gönnte er sich den einen oder anderen Blick zu den verschiedenen Gruppen, die hier das Strandleben auskosteten.

Seine Aurélie! Er hatte das zierliche Mädchen vor eineinhalb Jahren kennengelernt. Sie waren gemeinsam in der Metro gefahren. Er saß ihr gegenüber und schaute immer wieder zu ihr hin. Sie hatte die typische, angesagte Pagenfrisur und war sehr modisch gekleidet. Man konnte schon sagen, sehr mutig gekleidet. Sie hatte ein schmal geschnittenes Minikleid an, mit dem die Frauen in den konservativen Kreisen der französischen Gesellschaft immer noch aneckten. Er fand diese Mode aber extrem *scharf,* besonders bei Mädchen, die dafür die passende Figur hatten – was bei Aurélie der Fall war. Ihre langen, schlanken Beine kamen fantastisch zur Geltung. Und der Rest war auch nicht zu verachten. Ganz besonders ihr Mund. Der hatte es ihm angetan. Obwohl er eigentlich viel zu groß für ihr Gesicht war. Und dann ihr Lächeln. Immer, wenn sie lachte, was sie gerne und laut tat, sah man ihre weißen Zähne und wurde sofort

angesteckt. Sie hatte viele schöne, weiße Zähne. Jedenfalls hatte man diesen Eindruck. Das nächste waren ihre Augen. Mandelaugen. Sie waren immer auf der Suche. Denn die Welt hatte für sie so viel zu bieten. Für Serge strahlte dieses fremde Mädchen in der Metro pure Lebenslust aus.

Und genau die konnte er gut gebrauchen. Denn er war gerade an der CNSAD (*Conservatoire National Supérieur D'Art Dramatique*), der bedeutendsten Schauspielschule Frankreichs, abgelehnt worden. Dabei hatte er seinem Vorbild Jean-Paul Belmondo folgen wollen, der – wie viele andere Stars – auch dort ausgebildet worden war. Vielleicht hatte er jetzt ausnahmsweise auch einmal Glück, und das schöne Mädchen würde sich für ihn interessieren.

Er nahm allen Mut zusammen und stellte sich neben sie. Dabei tat er so, als ob er an der nächsten Station aussteigen wollte. Als er ihre Nähe spürte, bemerkte er, wie gut sie roch. *War das ein Parfum?* Er hatte diesen Duft noch nie bei einer Frau wahrgenommen. Sie duftete wie eine exotische Blume.

Er kam sich blöd vor. Was sollte er denn sagen, um sie für sich zu interessieren? Etwa: *Du riechst aber gut, darf ich mal schnuppern?* Oder: *Steigst du auch an der nächsten Station aus?* Das war alles irgendwie blöd.

Als fast schon keine Zeit mehr war – denn sie zeigte deutliche Anzeichen, wirklich an der nächsten Station auszusteigen – sah er in ihrer Handtasche ein Buch. Es hatte den Titel: *Nouvelle Vague*. Was für ein Zufall. Er liebte diese Stilrichtung des neuen französischen Films. Ganz besonders *Außer Atem* mit Jean-Paul Belmondo, in seinem ersten Film von Jean-Luc Godard. Sofort hatte er eine Idee.

»*Salut!* Sag mal, wer ist dein Lieblingsregisseur der *Nouvelle Vague*?«

Sie brauchte nicht lange, um zu antworten. Anscheinend fand sie es ganz normal, von einem Fremden angesprochen zu werden.

Lächelnd gab sie zur Antwort:

»*Naturellement* François Truffaut. Ich liebe seinen Film *Jules et Jim* mit Jeanne Moreau und Oskar Werner.«

Das Eis war gebrochen. Und Serge in seinem Element.

»Hast du auch: *Sie küssten und sie schlugen ihn* mit Jean-Pierre Léaud gesehen?«

»Ich glaube fünfmal.«

Die Metro fuhr in die Station *Odéon* ein. Schnell reagierte er und fragte sie direkt:

»Hättest du Lust mit mir in den neuen Truffaut *Geraubte Küsse* zu gehen. Ich lad dich ein?«

Laut rumpelnd und quietschend bremste die Metro. Die Türen öffneten sich.

»Nur, wenn du mir deinen Namen sagst.«

»Serge. Ich heiße Serge. Und du?«

Sie sprang hinaus, drehte sich um und rief: »Aurélie. Aurélie Ballancourt.«

»Wo kann ich dich finden, Aurélie Ballancourt?«

Serge klemmte sich zwischen die sich schließenden Türen.

»Heute Abend. Um halb acht vor dem *Cinéma du Panthéon*.«

»Ich werde da sein!«

Ihre Reaktion war kaum noch zu hören:

»*Je suis ravi!*«

Sie freut sich! Sie freut sich! Mein Glück ist zurück!

An diesem Tag löste die gemeinsame Leidenschaft für das französische Kino ihre innige Liebe für einander aus – ein Gefühl, nach dem sich Serge schon so lange gesehnt hatte.

Aurélie war wie eine Blume, die jeden Tag aufs Neue für ihn erblühte.

Jetzt sah er zu ihr. Sie lag schlafend im heißen Sand. Ihr Körper glitzerte im Sonnenlicht wie Gold. Anscheinend bemerkte sie seine Blicke. Von einem Moment auf den anderen drehte sie sich blinzelnd zu ihm um.

»Na, *chérie*, hast du etwas Schönes geträumt?«

»*Bien sûr*, von einem Adonis, der aus den Wellen gestiegen ist und mich auf der Stelle verführt hat.«

Ihre Lippen spitzten sich und sie gab ihm einen frechen Kuss.

»Jetzt muss ich aber sofort ins Meer. Ich koche schon.«

Leichtfüßig sprang sie auf und reichte Serge ihre Hand. Er zog sich an ihr hoch. Doch weil er um einiges kräftiger war, fiel sie stattdessen auf Serge.

»Zuerst will ich einen richtigen Kuss!«

»Hm, du schmeckst nach Meer.«

Sie verstand das Wortspiel und antwortete:

»*Mehr* gibt es erst später, nachdem ich mich abgekühlt habe.«

»Na dann los! Was liegst du noch auf mir herum?«

Er knuffte sie in ihren Po. Das war das Zeichen loszustürmen. Gemeinsam rannten sie in vollem Tempo in die tosenden Wellen hinein, die hier am *Plage du Pampellone*

recht kräftig sein konnten. Mit großem Geschrei tauchten sie ins Wasser ein und plantschten darin wie kleine Kinder herum.

Nach zwanzig Minuten schwimmen und tauchen fielen sie erschöpft auf ihre Handtücher. Schwer atmend lagen sie nebeneinander und genossen die Sonne, die ihnen direkt ins Gesicht schien. Beide schlossen die Augen.

»Serge, ich bin glücklich! Hättest du mich damals in der Metro nicht angesprochen, wären wir heute nicht zusammen. Dein Mut sollte belohnt werden.«

Sie drehte sich zu ihm und küsste ihn leidenschaftlich.

»Ich bin doch belohnt worden. Du hast mir geholfen, beim zweiten Anlauf die Prüfung für das CNSAD zu bestehen. Mein größter Traum ist in Erfüllung gegangen. Ich werde Schauspieler!«

»Und vielleicht berühmt!«

»Das wird sich zeigen!«

»So gut wie du aussiehst, bekommst du sicher viele Rollen als Liebhaber oder als *Casanova*.«

»Ich will aber lieber ein Bösewicht sein, das sind die interessanteren Charaktere. Jean-Paul Belmondo oder Lino Ventura, die sind meine Vorbilder.«

»Dann musst du dir entweder Muskeln antrainieren oder ein Pokerface zulegen.«

»Das glaube ich nicht. Alain Delon sieht verdammt gut aus und spielt immer wieder auch fiese Rollen. Denk nur an *Der eiskalte Engel,* wo er einen Auftragsmörder spielt.«

»Das passt schon eher. Trotzdem, ich bin eher für den sensiblen *Beau,* der die Frauen versteht. Vielleicht orientierst

du dich lieber an Jean-Pierre Léaud. Er hat als Antoine Doinel, zuletzt in: *Geraubte Küsse*, eine ganz neue Art des männlichen Frauenverstehers verkörpert.«

»Der ist mir einfach zu soft und ein Träumer. Da bin ich doch eher für die handfesten Typen. Am besten, ich entwickele später zusammen mit einem Regisseur meinen eigenen Typus. Ich sehe es schon vor mir: Serge Rousseau in: *Der Dieb von Paris*, einem Film von Louis Malle. Die Rolle von Jean-Paul Belmondo wäre genau die Richtige für mich.«

»Ah du willst den Abenteurer mimen? In so einem Kostümfilm würdest du mir gefallen. Die engen Hosen früher waren sexy.«

»Ihr Frauen, ihr solltet auf die schauspielerischen Qualitäten achten, nicht nur auf den Popo.«

»Wenn der aber doch so schön ist?«

Aurélie legte ihre Hand zwischen ihr Handtuch und seiner Badehose, was Serge gleich ausnutzte, um sich zu ihr zu drehen und seinen Kopf auf ihre kleinen festen Brüste zu legen. So blieben sie eine Weile schweigend liegen und hörten dem Rauschen der heranrollenden Wellen zu.

Beinahe wären sie eingeschlafen, doch eine laute Stimme hielt sie davon ab.

»Na ihr zwei Turteltauben, wollt ihr euch nicht zu uns gesellen?«

Ein stämmiger, junger Mann hatte sich vor ihnen aufgebaut und die Sonne vollständig verdeckt.

Serge hob seinen Kopf und öffnete leicht verschlafen seine Augen.

»Eric, du tauchst immer im richtigen Moment auf. Wir wollten gerade ein Nickerchen machen.«

Der dunkelhaarige Athlet ließ sich so leicht aber nicht abwimmeln.

»Wir stellen gerade eine Mannschaft zusammen. Habt ihr vielleicht Lust, mit uns Volleyball zu spielen? Gegen eine Clique aus *Saint-Tropez*. Kneifen ist nicht erlaubt. Die Pariser müssen zusammenhalten.«

»Gegen diese wilde Horde?«

Serge drehte seinen Kopf in Richtung des Platzes, wo die Gegner lagen.

»Ich habe sie gestern beobachtet, die haben doch nur Blödsinn im Kopf.«

»Ja genau, und deshalb werden wir sie platt machen. Komm schon, gebt euch einen Ruck. Wir brauchen euch. Valérie, Jacques und Romain sind auch dabei. Dann wären wir vollständig.«

»Aurélie, was meinst du? Sollen wir?«

»In zehn Minuten. Ich muss nochmal wohin.«

»Genial, dann treffen wir uns am Volleyball-Feld.«

»*D'accord*, wir kommen.«

Eric rannte in großen, schnellen Schritten über den heißen Sand, um sich seine Füße nicht zu verbrennen.

»Da haben wir uns ja auf was eingelassen, Serge. Du weißt doch, ich habe meine Tage und nur noch einen Tampon dabei«, raunzte Aurélie etwas verärgert.

»Komm schon, wir können uns nicht dauernd von den anderen fernhalten. Immerhin sind wir gemeinsam von Paris an die *Côte d'Azur* gefahren.«

»Aber nur, wenn ich meine Leinenschuhe anziehen kann. Ich verbrenne mir nicht die Fußsohlen!«

»Das verlangt keiner von dir. Wir sollten uns außerdem vorher auch nochmal eincremen. Die Sonne sticht immer noch. Obwohl es schon 16:30 Uhr ist.«

Aurélie war aufgestanden und kramte ihr kleines Necessaire aus ihrer Strandtasche heraus.

»Ich laufe mal schnell zu den Toiletten. Du weißt, wie sehr ich sie hasse. Sie stinken erbärmlich!«

»Halte dir die Nase zu.«

»Haha!«

Wenige Minuten später standen beide in praller Sonne auf dem Volleyball-Feld am Strand. Es hatten sich auch schon einige Zuschauer eingefunden. Hauptsächlich Einheimische, die ihre Mannschaft aus *Saint-Tropez* anfeuern wollten.

»Das wird ja lustig werden. Wir haben keine Chance gegen die trainierte Clique«, bemerkte Serge, als die sechs Pariser sich zur Begrüßung und zum Einschwören im Kreis aufstellten.

»Intelligenz und Taktik siegt über Einfalt und Emotion«, meinte Eric lapidar.

»Los Leute, lasst uns anfangen«, rief einer der Spieler herüber.

Das Spiel begann, und schnell wurde klar, dass Serge wohl recht behalten sollte. Die Pariser lagen innerhalb kurzer Zeit 10:2 im Rückstand und nach nur zehn Minuten ging der erste Satz an *Saint-Tropez*. Der Applaus und das Geschrei waren groß. Die vier durchtrainierten und braun gebrannten Typen

und die zwei knackigen und großgewachsenen Mädels klatschten sich mit lautem Gejohle ab.

Im zweiten Satz sah es nicht viel anders aus. Einmal hatte Aurélie den Volleyball voll am Kopf abbekommen und ging taumelnd zu Boden. Serge musste alle seine Überredungskunst aufbringen, um seine Freundin zum Weiterspielen zu bewegen. Obwohl sie ihm eigentlich leidtat und ihr roter Kopf jetzt auch noch eine Beule bekam.

Nach einer halben Stunde war das Spiel vorbei und die Pariser Mannschaft am Ende mit ihren Kräften. Die Lokalmatadoren sahen so frisch aus wie zu Beginn und kamen auf die gegenüberliegende Seite ihres Feldes, um sich bei den Verlierern für das Spiel zu bedanken.

»Ihr habt wacker gekämpft. 11:8 im Zweiten, das war doch schon viel besser. Wollen wir morgen noch einmal spielen?«, fragte der Kapitän der Sieger.

Eric schaute seine Mannschaft an und bekam eindeutig negative Reaktionen.

»Ich glaube, meine Leute brauchen einen Tag Pause.«

»*Tant pis*, schade. Aber dann müsst ihr unbedingt heute Abend in den Club 55 hier am Strand kommen. Es findet nämlich eine Party statt. Wir sind so ab 21.30 Uhr da. Wie wär's?«

Wieder schaute Eric seine Freunde an. Dieses Mal waren die Reaktionen positiver.

»Kriegt man da, auch etwas zu essen?«, fragte Jacques den Spielführer der *Saint-Tropez* Mannschaft.

»Klar, ihr könnt vorher schon hin. Die haben einfaches, aber sehr leckeres Essen. Es gibt zum Beispiel *Moules et Frites.*«

»Hört sich gut an.«

Eric ging auf einen der Spieler zu und fragte:

»Wie heißt ihr eigentlich?«

Der junge Mann stellte die Sechs der Reihe nach vor:

»Das ist Henri, er ist unser Spielkapitän, den habt ihr ja vorhin schon kennengelernt.«

Henri nickt der Pariser Clique zu.

»Neben mir steht Chloe, meine Freundin.«

»*Salut.*«

»Der Kleine, Drahtige da ist Paul.«

»*Allo.*«

»Unsere Sportskanone, Cathérine«

»*Bonjour!*«

Cathérine ging auf alle zu und begrüßte jeden mit zwei Küsschen.

»Nicht zu vergessen, unser Lokalmatador: Bruno. Er kennt sich hier am besten aus, denn seinem Vater gehört die Patisserie *La Tarte Tropézienne.* Habt ihr sicher schon von gehört.«

»Und ich bin François. Wir alle verlassen Saint-Tropez nach dem Sommer und gehen nach Aix-en-Provence.«

»Und was macht ihr dort?«, wollte Aurélie wissen.

»Studieren.«

»Ah, so wie wir. Nur in Paris.«

Einigermaßen überrascht schauten die Verlierer zu den Gewinnern. Denn das hatten sie nicht vermutet. Die aus der Provinz studierten?

Nach der gegenseitigen Vorstellung entstand eine ungewollte Pause in der Konversation.

Etwas distanziert verabschiedeten sich die zwei Mannschaften und beteuerten, sich dann später wieder im Club 55 zu treffen.

»*À bientôt!*«, riefen sie sich zum Abschied gegenseitig zu.

Hélène & Michèle

Kurz darauf war die Pariser Clique zurück auf ihrem Campingplatz *La Vigneraie 1860*. Dieser lag nur 150 Meter vom Strand entfernt, inmitten von Weinfeldern und kleinen Pinienwäldern.

Aurélie war froh, zurück zu sein, und ging sofort unter die Dusche. Serge gesellte sich zu den Jungs, die sich alle ein kühles Bier gönnten.

»Wir haben uns ganz schön blamiert«, startete Eric das Gespräch.

Sie saßen zu viert auf klapprigen Campinghockern im Schatten einer großen Pinie. Die Grillen waren so laut, dass sie fast schreien mussten.

Serge relativierte die Aussage seines Freundes:

»Wir spielen nun mal nicht jeden Tag, wie die hier in *Saint-Tropez* oder *Ramatuelle*. Da ist es kein Wunder, wenn wir haushoch verlieren.«

Romain fand gleich einen weiteren Grund für die deutliche Niederlage:

»Unsere beiden Freundinnen sind nicht gerade besondere Sportskanonen. Ihre Reaktionszeit lässt schwer zu wünschen übrig. Da landet der Ball schnell mal auf dem Boden oder sonst wo.«

»Jetzt übertreibe mal nicht. Du hast auch einige Bälle durchgehen lassen, insbesondere vorne am Netz hättest du sie blocken können, bei deiner Größe«, kritisierte Jacques seinen Kumpel.

»Leute, kommt, wir können ja morgen hier auf dem Campingplatz etwas üben, dann werden wir bestimmt besser«, schlug Serge vor.

»Falls Aurélie und Valérie mitmachen«, merkte Romain zweifelnd an.

Jacques fand die Idee nicht schlecht:

»Ich spreche mit Valérie. Und du, Serge, überzeugst Aurélie?«

»Mal sehen, ich glaube, sie ist etwas angefressen. Normalerweise verschwindet sie nach dem Strand nicht gleich, sondern trinkt auch ein Bier oder eine *Orangina* mit.«

»Ihr könnt es ja einfach mal heute Abend im Club 55 probieren. *À propos*, wollen wir da hin und auch gleich etwas zu Abend essen? Die Preise sollen vernünftig sein«, fragte Eric.

Romain ist dafür:

»Ich hätte Lust. Jeden Abend auf dem Campingplatz, das wird mit der Zeit langweilig und auf selbst kochen habe ich heute keine Lust.«

»Abgemacht. Wir leihen uns an der Rezeption ein paar *Vélosolex*. Zu Fuß ist es zu weit von hier«, schlug Eric vor.

»Sprecht ihr mit euren Freundinnen, Serge und Jacques?«

»Klar, machen wir«, bestätigen die beiden.

»Jetzt brauche ich auch eine Dusche«, stöhnt Jacques und trinkt den letzten Schluck seines *Kronenbourg* Bieres.

»Treffen wir uns um halb acht am Ausgang? Ich kümmere mich gleich um die Mofas. Kommst du mit, Romain?«

»*Bien sûr*. Wir sollten auch Geld mitnehmen. Die wollen alles im Voraus bezahlt haben.«

»*À bientôt!* Wir sehen uns.«

Serge und Jacques gingen in Richtung Sanitäranlagen und Eric und Romain machten sich zur Rezeption auf.

Pünktlich um 19:30 Uhr trudelten alle an der Rezeption des Campingplatzes ein.

Aurélie und Valérie sahen fantastisch aus. Sie wirkten wie Zwillingsschwestern, nicht nur weil sie die identischen weißen Häkelkleider trugen, durch die ihre braune Haut zu sehen war, sondern weil sie sich auch noch eine ähnliche Steckfrisur gemacht hatten. Als sie den staubigen Weg in ihren *Espadrilles* entlang kamen, standen die vier Jungs mit offenem Mund da. Serge begrüßte seine Aurélie mit drei Küsschen und sog den betörenden Duft ihrer Haut ein. Das war wie ein Aphrodisiakum für ihn.

Auch Valérie wurde von Jacques umarmt und geküsst. Die Reaktion der beiden anderen ließ nicht lange auf sich warten.

»Und wer küsst uns? Ich dachte, wir leben in einer Demokratie, da haben die Bürger alle die gleichen Rechte und Pflichten«, stichelte Romain.

»Ihr kommt schon nicht zu kurz. Bevor wir euch küssen, zeigt uns mal unsere *Vélosolex*. Ich bin so ein Ding noch nie gefahren!«, sagte Aurélie und lenkte geschickt von Romains Wunsch ab, geküsst zu werden.

Sofort schob Romain eines der typisch französischen Mofas zu den beiden Mädchen.

Mit fachmännischem Wissen erklärte er:

»Eigentlich sehen sie aus wie ein Fahrrad. Man kann auch treten, das ist nur auf Dauer etwas anstrengend. Angetrieben werden sie von diesem kleinen Motor, der vorne an der Lenkstange befestigt ist. Ihr müsst nur diesen Hebel bedienen, dann legt sich eine Rolle auf das Vorderrad. Läuft der Motor, dann treibt er das Vélo direkt an.«

»Das ist ja mal eine geniale Konstruktion. Darf die jeder fahren?«, wollte Valérie wissen.

»Ja, man braucht keinen Führerschein. Man muss nur 16 Jahre alt sein«, unterstützte Eric seinen Freund mit seinem Wissen.

»Dann mal los. Die Hellblaue ist meine. Nimmst du auch diese Farbe Valérie?«

»*Bien sûr*, dann sind wir komplett im Partnerinnen-Look!«

Serge, Eric, Jacques und Romain stiegen auf die vier schwarzen Mofas. Als alle ihre Motörchen angelassen hatten, begann es deutlich nach Benzin und Abgasen zu riechen. Eric fuhr schnell vorne weg.

»Es geht erst ein Stück die Straße hoch und dann müsst ihr nach links abbiegen«, rief er noch den anderen Solex-Fahrern zu.

Die Sechs hatten sichtlich Spaß am Fahren. Als sie auf der *Route des Plages* waren, überholten sie sich gegenseitig und fuhren in weiten Schlangenlinien, so dass ein *Citroën Mehari*, der sie überholen wollte, laut hupte und seine Insassen ihnen einen Vogel zeigten.

Nach ungefähr drei Kilometern bog Eric plötzlich nach links in den *Boulevard Patch* in Richtung Meer ab. Die beiden Letzten, Serge und Aurélie, verpassten die Abfahrt und fuhren weiter geradeaus. Wenig später merkten sie, dass die anderen nicht mehr vor ihnen fuhren, und sie drehten um. Mit ein paar Minuten Verspätung kamen aber auch sie am Club 55 an.

Dieses war schon gut gefüllt, als sie das bekannte Strandrestaurant betraten. Ein Musiker spielte auf seiner Gitarre und an den Tischen und an der Bar wurde Pastis und Rosé getrunken. Wie es in Frankreich üblich war, warteten sie am Eingang, bis ein Garçon kam, der sie zu einem freien Tisch begleitete. Sie hatten Glück, denn der letzte große Tisch – sogar mit freiem Blick auf das Meer – war noch frei.

»Ist das nicht romantisch hier?«, stellte Valérie fest, nachdem sie sich gesetzt hatte. »Wenn die Sonne gleich untergeht, wird es bestimmt noch schöner.«

Sie war wie immer, wenn sie sich freute, ganz hibbelig und konnte kaum still sitzen. Sogleich plapperte sie weiter:

»Jacques, bestellst du uns einen Rosé? Am besten gleich zwei Flaschen. Und zwei *carafe d'eau!* Ihr seid doch einverstanden, oder?«

Das waren natürlich alle, denn der Rosé, der direkt von den Weinfeldern von *Ramatuelle* stammte, war hier das Nationalgetränk.

Als der Garçon kurze Zeit darauf kam, wussten schon alle, was sie essen wollten. Die Aussicht auf *Moules et Frites* hatte ihnen das Wasser im Mund zusammenlaufen lassen. Romain, der am hungrigsten von allen war, hatte kurz zuvor auf den

Nachbartisch hingewiesen, wo die Gäste einen großen Kochtopf mit duftenden *Moules à la Provençale* vor sich stehen hatten. Dazu gab es sehr große Schüsseln mit frischen *Frites*. Auch das typische Baguette durfte nicht fehlen. Damit konnte man die Soße gut aufnehmen.

Valérie unterhielt alle am Tisch weiter:

»Wie wäre es, wenn wir morgen statt Volleyball mal *Boule* spielen. Da muss man sich nicht in den heißen Sand werfen. Ich habe eine Stelle bei uns auf dem Campingplatz gefunden und sicher kann man sich auch ein Spiele-Set ausleihen.«

Eric korrigierte Valérie:

»Man nennt *Boules* in der Provence *Pétanque*, Valérie.«

»Ja, Herr Oberlehrer. Aber sie meint das Gleiche«, verteidigt Jacques seine Freundin.

Als die Muscheln kamen, kehrte schnell Ruhe ein, denn alle waren erst einmal damit beschäftigt, das Muschelfleisch aus den Schalen herauszupulen. Hierin war Serge der Spezialist.

»Schaut, ihr müsst einfach das Innere der ersten Muschel mit der Gabel herausholen. Dann könnt ihr die leere Muschel als Werkzeug nutzen, um das Fleisch aus den anderen Muscheln zu holen. Das funktioniert viel besser als mit einer Gabel. Außerdem hat das mehr Stil. So macht man das hier.«

Nach einigen Versuchen klappte diese Methode bei allen auch perfekt.

Als die Sonne gerade am Horizont verschwand, waren die Töpfe leer und die dritte Runde Rosé wurde vom *Garçon* in den mit Eis gefüllten *brique à vin* gestellt.

Aurélie und Serge schauten sich an und nahmen sich bei den Händen, ohne ein Wort zu verlieren.

»Wir gehen eine Runde am Strand spazieren. In ungefähr einer halben Stunde sind wir wieder da«, sagte Serge zu den anderen am Tisch.

Auch Valérie und Jacques entschieden sich zu einem Spaziergang, um die untergehende Sonne zu genießen.

Und so waren Romain und Eric unvermutet allein am Tisch zurückgeblieben.

Die beiden Pärchen gingen Händchen haltend in entgegengesetzte Richtungen am Strand entlang. Neidisch blickten die beiden Jungs ihnen nach.

»Und? Was machen wir nun?«

»Wir betrinken uns. Oder laden die beiden Schönheiten da hinten an unseren Tisch ein«, schlug Eric vor und deutete auf einen weiter entfernt gelegenen Zweier-Tisch.

»Traust du dich?«, fragte Romain Eric, der die Idee hatte.

»Klar, aber du kommst mit!«

Eric packte seinen Freund am Arm und zog ihn durch das halbe Restaurant hinter sich her.

Am Tisch der jungen Französinnen angekommen, erkannte Serge, dass er, selbst aus der Entfernung, sich nicht geirrt hatte - die beiden waren wirklich bildhübsch. Die eine hatte freche Zöpfe und eine süße Stupsnase, und die andere hatte blonde, schulterlange Haare und war oben herum ganz gut bestückt. Mehr konnte er in der Kürze der Zeit nicht ausmachen. Denn er benötigte seine volle Konzentration für die Ansprache der *jeunes filles*.

»*Salut*, habt ihr Lust, zu uns an den Tisch zu kommen? Wir fühlen uns so allein.«

In dem Moment, in dem Eric diesen Satz gesagt hatte, fand er ihn auch schon voll dämlich.

Doch zu seiner Überraschung bekam er einen durchaus aufmunternden Blick zugeworfen und die Blondine erwiderte:

»Dann trösten wir uns am besten gleich gegenseitig. Wir sind gerade versetzt worden. Unsere *Rendezvous* müssen noch arbeiten.«

Die Antwort kam so spontan für Eric, dass er erst einmal nichts sagen konnte. Romain sprang für ihn ein.

»Habt ihr schon etwas gegessen? Wir laden euch gerne ein. Wir könnten auch noch etwas vertragen, stimmt's Eric?«

»Klar, wir hatten bisher nur eine Vorspeise.«

»Entschuldigt, wir haben uns noch nicht vorgestellt: Das ist Eric und ich bin Romain.«

»Das ist meine Kollegin Hélène und ich bin Michèle. Wir haben hier ganz in der Nähe zu tun.«

»Und wir machen hier ganz in der Nähe Urlaub.«

»Dürfen wir eure Gläser mitnehmen? Wir sitzen dort hinten. Unser Tisch ist etwas größer«, erklärte Eric hoffnungsvoll.

Als Hélène und Michèle aufstanden, erkannten die Freunde, dass sie eine wirklich gute Wahl getroffen hatten. Die zwei Frauen gingen mit schwingenden Hüften in ihren Miniröcken zu dem freien Tisch. Dabei zogen sie die Blicke des halben Strandlokals auf sich.

Stolz baten Eric und Romain, Hélène und Michèle zwei Stühle an und setzen sich ihnen gegenüber.

Eric nahm gleich den Faden wieder auf:

»Wenn ich fragen darf, was arbeitet ihr denn hier in der Gegend?«

Dieses Mal antwortete Hélène. Während sie redete und gestikulierte, schwangen ihre Zöpfe hin und her, was Eric total süß fand.

»Wir haben beide Jobs beim Film. Ich bin *maquilleuse*, also Maskenbildnerin, und Michèle ist Skriptgirl.«

Jetzt gerieten die beiden Singles noch mehr ins Staunen. Romain reagierte schwer beeindruckt:

»Beim Film? Ihr meint, so richtig beim Dreh für einen Kinofilm?«

»Ja klar, der Film spielt an der *Côte d'Azur*. Genauer gesagt, in einem Haus, gleich hier in *Ramatuelle*. Er kommt nächstes Jahr in die Kinos«, klärte Hélène ihn auf.

»Das wird unseren Freund Serge besonders interessieren, er studiert Schauspiel in Paris«, gab Romain zum Besten und wurde gleich darauf von Eric mit einem Tritt unter dem Tisch für seine Aussage belohnt.

»Und wo ist euer Freund?«, wollte Hélène wissen.

»Er ist eine Runde am Strand mit seiner Freundin spazieren, den Sonnenuntergang genießen«, stellte Eric möglichst sachlich dar.

»Dann kommt er sicher gleich wieder, da kann ich mich mit ihm austauschen. Ich will auch Schauspielerin werden. Maskenbildnerin mache ich nur, weil ich bisher noch keinen Studienplatz bekommen habe.«

Im Stillen verfluchte Eric Romain. Warum muss er denn Serge erwähnen. Nun war er für Hélène uninteressant. Er probierte es trotzdem mit vollem Eifer. Doch nach zehn Minuten musste er sich eingestehen, dass seine Bemühungen auf wenig Gegenliebe stießen. Ein Jurastudent konnte Hélène nicht beeindrucken.

Ganz anders war es bei Romain und Michèle. Die beiden hatten schnell Gefallen aneinander gefunden. Sie saßen sich gegenüber und die Blicke waren eindeutig.

Eric war frustriert. Dabei hatte er die Initiative ergriffen. Der schüchterne Romain hätte sich niemals allein getraut, die beiden Frauen anzusprechen.

Zut alors!, so ein Mist, dachte er sich. *Jetzt darf ich gleich Hélène Serge vorstellen und der Abend ist für mich gelaufen.*

So war es dann auch.

Gerade als die Hauptspeise, ein *Entrecôte sauce au poivre vert*, für die vier am Tisch serviert wurde, kamen die beiden verliebten Pärchen in den Club 55 zurück geschlendert.

»*Oh là là*, ihr habt neue Bekanntschaften gemacht?«, rief Serge überrascht, als sie sich an den Tisch dazusetzten, der mit seinen langen Sitzbänken viel Platz bot.

»*Oui*, das sind Hélène und Michèle. Sie sind versetzt worden und da haben wir uns ihrer angenommen«, wusste Eric zu berichten.

Nach einem ersten *Allo* und vielen Küsschen, nahmen die Gespräche wieder an Fahrt auf. Insbesondere Valérie hatte zu ihrer alten Form zurückgefunden.

»Romain sagte mir gerade, dass ihr beim Film arbeitet, das ist ja spannend. Mit wem dreht ihr denn?«

Sofort horchte Serge auf. Seine Aufmerksamkeit ging von seiner Freundin weg, mit der er gerade getuschelt hatte, und er konzentrierte sich auf die Antwort der beiden.

»Wir drehen mit Alain Delon, Romy Schneider, Maurice Ronet ...«, sprudelte es aus Hélène heraus.

»... und Jane Birkin. Sie wird vielleicht sogar heute Abend hier vorbeischauen«, ergänzte Michèle stolz.

Jetzt war Serges Interesse wirklich geweckt. Er beugte sich über den Tisch zu Hélène, und wollte wissen:

»Habt ihr eine Ahnung, wie der Film heißt und wer der Regisseur ist?«

»*Naturellement*, wissen wir das! Der Titel ist *La Piscine* und der Regisseur heißt Jacques Deray.«

»*Incroyable*, das ist ja unglaublich. Und die sind alle hier in Ramatuelle?«

Hélène nickte kauend und trank danach einen Schluck Rosé.

Eric mischte sich in das Gespräch ein, denn er war nun richtig verärgert.

»Serge, jetzt lass Hélène doch mal in Ruhe essen. Vielleicht will sie nicht gleich alle deine Fragen beantworten.«

Hélène war anderer Meinung und gab ihre Informationen gerne preis.

»Du kannst ruhig fragen, ich mag Leute, die sich für unser Metier interessieren.«

Dabei beugte sie sich leicht nach vorne und Serge konnte deutlich ihre beiden wohl geformten Brüste sehen. Für Serge und Eric waren spätestens jetzt alle anderen um sie herum abgemeldet.

»Wir haben gerade die ersten Szenen abgedreht. Eine Liebesszene am Pool mit Romy und Alain war auch schon dabei. Ihr müsst wissen, die ganze Handlung spielt rund um einen Swimmingpool, deswegen heißt der Film auch *La Piscine*. Es ist eine Dreiecksgeschichte. Romy steht zwischen den beiden Männern. Wobei *Alain* ihr aktueller Freund ist und sie mit Maurice, der *Harry* spielt, früher eine Beziehung hatte. Das macht natürlich *Alain*, der im Film Jean-Paul heißt, eifersüchtig. Mehr verrate ich nicht.«

»Weißt du, Hélène, ich studiere Schauspiel in Paris an der CNSAD. Deshalb bin ich natürlich sehr an deiner Arbeit interessiert. *À propos*, was ist deine Aufgabe am Set?«, wollte Serge wissen.

»Ich bin Maskenbildnerin, aber eigentlich will ich auch Schauspielerin werden.«

Eric verdrehte seine Augen. Nun war es für ihn soweit. Er hatte keine Lust mehr, den beiden zuzuhören. Er entschied sich, aufzustehen und sich am Strand etwas die Füße zu vertreten. Frustriert wendete er sich ab. Die beiden bemerkten nicht einmal, dass er wegging.

»Das ist ja interessant. Vielleicht kann ich dir dabei helfen …«

In diesem Moment wurde es laut, denn die Clique vom Nachmittag kam in den Club. Mit großem *Allo* wurden sie vom Besitzer und dem Personal begrüßt. Auch einige Gäste standen auf und überall wurden Küsschen verteilt. Es dauerte eine Weile, bis die sechs den Tisch der Pariser erreicht hatten.

Romain nutzte die Gelegenheit, Hélène und Michèle die Situation zu erklären. Natürlich lud er die Mädchen ein, weiterhin bei ihnen am Tisch zu bleiben.

Henri war der Erste, der zum Tisch der Pariser Clique kam. Er hatte eine junge Frau im Schlepptau. Sie war eine äußerst zarte Erscheinung, extrem dünn, mit langen, glatten Haaren und einem Pony, der knapp über ihre großen Augen reichte. Sichtlich stolz und aufgedreht präsentierte er das Mädchen:

»Darf ich euch vorstellen, das ist Jane, Jane Birkin. Eine der Darstellerinnen in einem Film, der gerade hier in Ramatuelle gedreht wird.«

Bevor jemand etwas erwidern konnte, waren Hélène und Michèle schon aufgestanden und begrüßten die Schauspielerin mit gehauchten Küsschen.

Etwas verwundert schaute Henri zu.

»Ihr kennt euch?«

»*Bien sûr*, wir arbeiten auch am Set des Films. Und zwar als Maskenbildnerin und Skriptgirl.«

»Und woher kennt ihr die Pariser hier?«

Romain sprang ein und antwortete:

»Wir haben uns zufällig getroffen und bekannt gemacht.«

Henri hat die Überraschung schnell verdaut und schlägt vor:

»Habt ihr Lust, mit an den Strand zu kommen? Robert, der Besitzer des *Club 55*, macht gleich ein Lagerfeuer. Wir sollen unsere Gläser und den Wein mitnehmen. Später gibt es auch noch gegrillten Fisch.«

Das ließen sich die Freunde nicht zweimal sagen. Alle zogen ihre Schuhe aus und die Jungs krempelten die Hosen

hoch. Auch Hélène, Michèle und Jane waren mit von der Partie. Serge blieb bewusst in der Nähe der Maskenbildnerin, was Aurélie natürlich nicht entging.

Im Gehen flüsterte sie Valérie zu:

»Was hat er nur mit der? So habe ich ihn noch nie erlebt.«

Valérie versuchte, ihre Freundin zu beruhigen:

»Er ist, glaube ich, einfach neugierig. Und will möglichst viel über diesen Film-Dreh erfahren.«

»Hoffentlich behältst du Recht. Ich habe so ein komisches Gefühl im Magen.«

Das Holz war schon zu einem großen Haufen aufgeschichtet, als ein Angestellter des Clubs kam und mit einer Flüssigkeit das Feuer entfachte. Es entzündete sich schnell und der Strand war in ein flackerndes Licht getaucht. Überall lagen Decken herum und auf einem Tisch standen ein paar *briques à vin* gefüllt mit Rosé-Flaschen.

Die beiden Cliquen durchmischten sich nun und weitere Gäste stießen nach und nach hinzu. Ein Gitarrenspieler setzte sich auf einen Hocker in die Nähe des Feuers und unterhielt das Publikum mit Chansons von Charles Aznavour, Jacques Brel und Serge Gainsbourg.

Es herrschte eine magische Stimmung. Sie verführte Serge dazu, noch näher an Hélène heranzurücken. Sie lagen nebeneinander auf einer der Decken, während Aurélie sich ein paar Meter weiter mit Catherine unterhielt und sich Tipps für Volleyball geben ließ.

»Und du meinst wirklich, ich könnte mal ans Set kommen?«, war seine Frage, nachdem er Hélène ausführlich

die Bewerbungsmodalitäten an seiner Schauspielschule erklärt hatte.

»Ja klar, ich sage einfach unserem Sicherheitsmann Bescheid, dann lässt er dich rein. Du darfst nur nicht laut sein oder im Set herumlaufen. Bleibe einfach dezent im Hintergrund. Das Haus bietet genügend Ecken. Da kannst du alles genau beobachten. Vielleicht ergibt sich sogar die Möglichkeit, dich bei unserem Regisseur vorzustellen.«

»Das wäre eine Wucht. Ich war noch nie bei einem Film-Dreh dabei. Was habt ihr Morgen an Szenen geplant?«

»Ganz genau weiß ich das nicht. Aber wir sind auf jeden Fall wieder am Haus. Ich denke, Harry wird mit seiner Tochter Penelope, gespielt von Jane Birkin, eintreffen. Da drehen wir vor dem Haus. Das wird total spannend, denn die beiden kommen, wie ich gehört habe, mit einem Maserati an. Übrigens spielt Jane die Rolle der arroganten Kuh Penelope ganz fantastisch.«

»Wirklich? Das traut man ihr gar nicht zu. Sie wirkt so kindlich und unsicher.«

»Genau das sind ihre Stärken. Sie ist scheu, aber gleichzeitig sehr bestimmend. Wenn sie ihren Mund aufmacht, dann hat sie auch etwas zu sagen und eine klare Meinung. Willst du sie mal kennenlernen?«

»Das würdest du arrangieren?«

»Klar doch, wenn du mir versprichst, mich bei der Bewerbung an der *conservatoire national supérieur d'art dramatique* zu unterstützen?«

»Abgemacht. Und wo wird der Film gedreht?«

»Hier ganz in der Nähe in *Ramatuelle*. Das Viertel heißt *L'Oumède*. Du findest das Haus leicht, denn es stehen lauter Kastenwagen der Filmproduktion davor.«

»Weißt du was, ich finde dich total süß.«

Hélène errötete leicht und legte ihren Kopf schief.

»Was du nicht sagst, da wird doch einer nicht etwa scharf auf eine kleine Maskenbildnerin sein?«

»Vielleicht. Du kannst es ja mal ausprobieren.«

»Mal sehen, ich überlege es mir«, sagte Hélène und wechselte geschickt das Thema.

»Schau mal, die haben gegrillten Fisch. Holst du mir einen?«

Das ließ sich Serge nicht zweimal sagen. Er stand auf und ging zum Feuer. Dort wurden gerade weitere kleine Fische auf lange Stangen gesteckt. Er holte sich drei knusprig Aussehende, direkt aus dem Feuer – sicherheitshalber, denn als er dort stand und wartete, bemerkte er, dass seine Freundin Aurélie noch nicht versorgt war. Und außerdem hatte er ein schlechtes Gewissen, sie so lange links liegengelassen zu haben.

»Möchtest du auch etwas Fisch?«, fragte er sie vorsichtig.

»Oh, interessiert sich *Monsieur* wieder für seine Freundin?«, antwortete sie angefressen.

»Jetzt sei mal nicht so, ich habe mich nur über ihre Arbeit informiert. Stell dir vor, ich darf mal an das Set kommen, wenn sie drehen.«

»Und was bekommt die da dafür?«, maunzte Aurélie und zeigt auffallend deutlich in Richtung Hélène.

»Die da heißt Hélène. Ich werde sie bei ihrer Bewerbung an der CNSAD unterstützen.«

»Dann bin ich wohl für die nächsten Tage abgemeldet.«

Beleidigt stemmte sie ihre Hände in die Hüften.

Serge beugte sich zu ihr herunter und als er ihr einen Kuss zur Versöhnung geben wollte, drehte sie ihren Kopf weg.

»Lass mich in Ruhe. Für heute Abend auf jeden Fall. Und deinen Fisch kannst du dir sonst wohin stecken.«

Aurélie hatte sich so richtig in Rage geredet. Sie stand wütend auf und verließ das Lagerfeuer in Richtung Strandrestaurant.

Serge zuckte mit den Schultern und ging zurück zu Hélène. Sie saß zu seiner Überraschung immer noch allein dort auf der Decke und wartete auf ihn.

Nun gut, dachte er sich, dann beschäftige ich mich eben weiter mit Hélène.

Die beiden turtelten noch eine Weile miteinander. Wobei Serge keine weiteren Details über das Set erfuhr. Nur hatte er, das musste er zugeben, verdammte Lust auf die kleine Maskenbildnerin, und er war sich nicht sicher, ob er sich zurückhalten könnte, falls es eine Gelegenheit gab.

Auch Romain war bei Michèle weitergekommen. So sah es jedenfalls für Serge aus. Aus dem Augenwinkel konnte er immer wieder mal einen Blick auf die übernächste Decke werfen. Momentan massierte der große Sportler Michèles Schultern.

Interessant, auch eine Art, sich näher zu kommen, überlegte Serge.

Gerade als er Hélène mit einem neuen Glas Rosé versorgen wollte, hörte der Gitarrenspieler auf und alle lauschten seiner sonoren Stimme.

»Es ist mir eine besondere Ehre, *Mademoiselle* Jane Birkin anzukündigen. Sie wird uns ein *Chanson* von Serge Gainsbourg vortragen, und hat danach noch etwas anzukündigen, wie sie mir sagte.«

Natürlich hörten alle am Strand mit ihren Unterhaltungen auf und schauten gespannt zum Lagerfeuer, in dessen flackerndes Licht Jane Birkin getreten war und mit heller und sehr verführerischer Stimme zu singen begann. Alle waren sofort in ihren Bann gezogen. Als der letzte Gitarrenakkord erklang, gab es einen tosenden Applaus. Wie angekündigt, sprach Jane dann zu den jungen Leuten:

»Hey Leute, danke für euren Applaus. Ihr habt sicher schon gehört: Wir drehen einen Film, hier ganz in der Nähe. Und wisst ihr was, ihr könnt mitspielen! Denn übermorgen Abend drehen wir eine Partyszene und da brauchen wir viele Statisten. Wollt ihr dabei sein? Dann kommt zum Haus. Ich habe ein paar Kopien mit der Anfahrtsbeschreibung dabei. Habt ihr Lust? Dann seid pünktlich um 18:00 Uhr vor Ort. Alles Weitere klärt die Aufnahmeleitung mit euch. *Merci mes amies*. Habt noch einen schönen Abend.«

Und dann verschwand sie wieder. Winkend ging sie mit zwei Begleitern in Richtung Parkplatz.

Serge schaute begeistert zu Hélène.

»Das ist ja fantastisch. Dann bin ich gleich zwei Tage hintereinander am Set. Ich bin ein echter Glückspilz!«

»Ein ganz besonders charmanter obendrein!«

Seit Aurélie den Strand verlassen hatte, war Hélène auf einmal viel zutraulicher geworden. Sie schmiegte sich an Serge und spielte ihre weiblichen Reize geschickt aus. Mit leicht geneigtem Kopf öffnete sie erwartungsvoll ihre Lippen. Da konnte Serge - Gentleman hin oder her – nicht widerstehen. Er küsste sie erst vorsichtig und dann leidenschaftlich. Ihre Zungen fanden schnell zueinander und konnten sich gleich gut leiden. Der Rosé kam noch dazu, und ehe Serge sich versah, waren sie ineinander verschlungen.

Nachdem Jane Birkin gegangen war, brachen auch andere Gäste auf. Das Lagerfeuer brannte zwar noch, aber es wurde merklich leerer. Nur ein paar verstreute Pärchen saßen oder lagen noch am Strand. Da auch die Öllampen so langsam ausgingen, wurde es immer dunkler. Das störte Hélène und Serge aber nicht im Geringsten. Sie waren intensiv miteinander beschäftigt. Genauso Romain und Michèle. Ab und zu hörten sie leises Stöhnen von links oder rechts. Das unterstützte die eigenen Aktivitäten nur.

Serge hatte bisher ausschließlich mit seiner jetzigen Freundin Aurélie geschlafen. Was er überwältigend schön fand. Nun lag er in den Armen einer anderen Frau, die ihn begehrte. Sie war unglaublich anschmiegsam und hatte deutlich feminine Formen als Aurélie, die eher kindlich schmal war und wenig Busen hatte. Hier gab es also mehr zu entdecken. Allein Hélènes Brustwarzen waren ein Wunder der Natur. Sie stellten sich auf wie Knospen in der Sonne und es war eine Wonne, daran zu nuckeln und zu saugen.

Was er ganz besonders erregend fand, war, dass sie ständig an seinem Ohrläppchen knabberte und ihm alle möglichen unanständigen Wörter zuflüsterte. Seine Fantasie ging mit ihm durch und er konnte kaum noch an sich halten. Sein kleiner Freund war so prall, dass er bald von selbst zu platzen drohte.

Sollte er es hier am Strand mit ihr treiben? Die Versuchung war allzu groß. Er entschied sich dafür, seine Hand einzusetzen. Als er in ihren Slip vordrang, fand er eine wunderbar feuchte Umgebung vor.

Sie ließ es geschehen. Er konnte, so dachte er in diesem Moment, mit ihr machen, was er wollte. Ein Finger war ihr nicht genug. Sie signalisierte, sie wolle mehr. Er folgte ihrem Wunsch und bald waren es vier, die ihr unendliche Lust bereiteten. Keuchend und stöhnend war sie ihm ergeben und kam mehrmals hintereinander. So etwas hatte er noch nicht erlebt. Und obwohl er sich selbst kaum bewegte, kam auch er. Allein deshalb, weil sie ihn so erregt hatte.

»*Mon Dieu!* Hélène, was hast du mit mir gemacht? Mir ist voll schwindelig.«

»Und mir erst! Ich glaube, wir fahren voll aufeinander ab.«

»Das kannst du laut sagen.«

»Und was machen wir jetzt?«, wollte Hélène wissen.

»Wir gehen, ins Meer schwimmen und kühlen uns ab, was hältst du davon?«

»Geniale Idee. Komm!«

Beide sprangen auf und liefen zum Meer. Den Wellen entgegen, die sanft auf dem Sand ausliefen.

Am Rand des Wassers angekommen, zogen sie sich aus und sprangen gemeinsam ins Wasser. Andere Pärchen sahen die beiden und machten es ihnen spontan nach. Minuten später waren an die zehn plantschende und kreischende Pärchen im Wasser, alle nackt.

Hélène wurde es als Erste zu kühl. Sie schwamm zum Ufer und lief dann zu ihrem Platz zurück. Serge folgte ihr. Sie griffen sich ihre Kleider und ließen sich auf ihre Decke fallen.

Außer Atem keuchte Serge:

»Was für ein Abend, was für eine Nacht!«

»Traumhaft.«

Völlig unvorhergesehen schoss ihm ein Gedanke durch seinen Kopf. *Was sage ich Aurélie? Wo ist sie eigentlich? Ich habe sie komplett vergessen. Merde.*

Das schlechte Gewissen sorgte dafür, dass der Rosé bei ihm rasch seine Wirkung verlor. Für Hélène reagierte er völlig unerwartet.

»Ich glaube, ich sollte jetzt besser gehen. Es ist schon spät.«

Hélène fühlte sich wie vor den Kopf gestoßen und konnte kaum antworten:

»Wenn du meinst …«

Feige, mehr zu erklären, zog sich Serge stillschweigend an und gab ihr zwei distanzierte Küsse auf die Wange.

»Danke für alles! Wir sehen uns morgen!«, sagte er und stapfte durch den kalten Sand zurück zum Parkplatz.

Aurélie & Serge

Da stand er nun und schaute sich um. Außer seiner *Vélosolex* war nur noch eine Weitere da. *Das musste die von Romain sein, sagte er sich. Soll ich auf ihn warten?*

Nach kurzem Nachdenken entschied er, möglichst schnell zum Campingplatz zurückzufahren.

Panik stieg in ihm auf. Er hatte Aurélie noch nie im Stich gelassen. *War der Alkohol daran schuld*, fragte er sich, als er um die Kurve zur Rezeption am Campingplatz fuhr. *Oder Hélène, die ihn so belagert und begehrt hatte.* Egal, das war nun unwichtig. Er musste zu seiner Freundin! Hoffentlich war sie in ihrem Zelt und hatte keinen Blödsinn angestellt. Sie neigte zu unüberlegten Handlungen, das wusste er.

Ihre Kindheit war nicht einfach gewesen. Sie wurde von einer Freundin ihrer Mutter aufgezogen. Ihre Mutter Odette saß im Gefängnis, weil sie ihren Mann umgebracht hatte. Die Gerichte waren streng mit ihr gewesen. Sie bekam zwölf Jahre, obwohl sie beteuerte, aus Notwehr gehandelt zu haben. Odette kam erst vor einem halben Jahr aus dem Gefängnis frei. Seitdem hatten die beiden sich zweimal getroffen. Aurélie hatte sich danach verändert. Sie konnte schlecht schlafen. Wurde immer wieder von Albträumen geplagt. Serge wollte für sie da sein, aber sie erzählte ihm nicht, worum es in diesen

Träumen ging. Irgendwie war in letzter Zeit eine ungewohnte Distanz zwischen ihnen entstanden. Als ob etwas kaputt gegangen wäre. Sie bat ihn um Geduld; sie müsse erst begreifen, dass ihre Mutter wieder da war, und dass sie diese neu kennenlernen musste. Immerhin hatte sie fast ihre ganze Kindheit ohne sie verbracht. Bisher fanden sie keinen Draht zueinander. Sie waren wie zwei Fremde, die eine gemeinsame Vergangenheit hatten.

Was Serge überhaupt nicht nachvollziehen konnte, war Aurélies Verhalten, wenn sie miteinander schliefen. Er durfte sie liebkosen, überall anfassen und zärtlich zu ihr sein. Nur ihre Vagina durfte er nicht berühren. Weder mit der Hand, dem Mund noch der Zunge. Er fand das sehr schade, denn genau dieser Körperteil zog ihn magisch an. Er wollte es so gerne erkunden. Wie oft hatte er versucht, sie umzustimmen, doch es gelang ihm nicht. Sie ließ ihn nicht ran. Klar, er durfte mit seinem Schwanz in sie eindringen. War er einmal drin, dann ließ sie ihn alle möglichen Stellungen ausprobieren. Doch sobald er versuchte, mit ihr darüber zu reden, mauerte sie und zog sich in ihr Schneckenhaus zurück.

Einmal kam es deshalb sogar zu einem heftigen Streit. Offensichtlich hatte er sie mit seinem starken Begehren provoziert, denn sie ging unvermittelt auf ihn los. Sie griff nach einer Vase, die in der Nähe stand. Kurz bevor sie damit zuschlagen konnte, hatte er sie überwältigt.

Später war sie über sich selbst entsetzt und bat um Verzeihung. Dann wollte er wissen, ob er jetzt immer mit so einer Reaktion rechnen müsse. Darauf konnte sie ihm keine

Antwort geben. Stattdessen suchte sie seine Nähe und weinte bitterlich.

Auf dem Campingplatz war schon lange Nachtruhe eingekehrt. Serge schlich sich zu ihrem gemeinsamen Zelt und zog den Reißverschluss vorsichtig herunter. In diesem Moment erstarrte er vor Schreck. Aurélies Schlafsack war leer. Auch ihr Kleid, dass sie am Strand getragen hatte, war nicht zu sehen.

Merde! Was mache ich nur?, fragte er sich voller Verzweiflung.

Er hatte keine Ahnung, wo sie stecken könnte. Sollte er ihre Freundin Valérie wecken und sie fragen? Er entschied sich dagegen und ging stattdessen über den Platz in Richtung Meer.

Sein Herz schlug wild. Er atmete schwer. Wie in Trance stapfte er durch den Sand. Gott sei Dank, war es fast Vollmond und er konnte recht gut sehen. Serge entschied sich, nach links zu gehen. Nach gut zehn Minuten war außer ein paar Möwen, die am Strand herumliefen, noch immer keine Aurélie in Sicht. Unvermittelt drehte er wieder um.

Gut, dann versuche ich es eben in die andere Richtung, motivierte er sich und ging noch schneller.

Weitere fünfzehn Minuten später sah er in der Ferne ein Bündel auf dem Sand liegen. Sein Puls raste. Seine Schritte beschleunigten sich. Jetzt rannte er, was das Zeug hielt.

War sie das? Hoffentlich schlief sie nur.

Als Serge das Bündel erreichte, erkannte er, dass es wirklich Aurélie war, und dass sie nackt dort lag. Sie hatte nur die Decke aus dem Zelt halb über sich gelegt. Wie ein Baby lag

sie zusammengekauert im Sand. Er ging in die Knie und beugte sich über sie.

Gott sei Dank, dachte er, *sie atmet.*

»Aurélie, Aurélie, was machst du nur für Sachen? Ich habe dich überall gesucht«, sagte er leise, während er seinen Kopf schüttelte.

Dann legte er seine Hände sanft auf ihre Schultern. Langsam öffnete sie ihre Augen. Ihr Gesicht war verheult und aufgequollen.

»Serge, ich habe solche Angst. Ich hatte wieder einen dieser Albträume. Nur dieses Mal war es so real.«

Als sie das sagte, schaute sie sich um und erkannte, dass sie nicht in ihrem Zelt lag, sondern am Strand.

»Wo bin ich? Wie komme ich hierher?«

»Das weiß ich auch nicht. Ich habe dich gesucht, weil du nicht im Zelt warst, als ich zurückkam. Was hast du denn geträumt? Kannst du dich erinnern?«

»Ein Mann, ich konnte sein Gesicht nicht erkennen. Er hat mich bedrängt …«, flüsterte Aurélie und fing plötzlich am ganzen Körper zu zittern an.

» … und er hat mich ausgezogen. Ein Messer. Ich glaube, er hatte ein Messer … mit dem er mich bedrohte. Ich fing an zu schreien und um mich zu schlagen. Ich war vollkommen hysterisch vor Angst. Als ich mich wehrte, versuchte er mit seinem Messer … es war so furchtbar. Ich glaube, er hat mich erwischt …«

Während Aurélie erzählte, umklammerte Serge sie mit seinem ganzen Körper. Er war froh, dass sie das geschehen ließ und ihn nicht zurückwies. Durch seine Körperwärme und

seine beruhigenden Worte ließ ihr Zittern langsam nach. Es war das erste Mal für ihn, einen ihrer Träume erzählt zu bekommen. Er hatte das Gefühl, ihr dadurch näher zu sein. Gleichzeitig nagte sein schlechtes Gewissen an ihm. Er wollte es nicht, aber er musste an Hélène denken. Härter und abrupter hätte der Bruch zwischen der Situation mit Hélène vor gut einer Stunde und der jetzt mit Aurélie nicht sein können. Wie sollte er damit umgehen?

Hör auf, hatte er sich gesagt. *Du solltest jetzt bei Aurélie sein. Sie braucht dich mehr!*

In diesem Moment schaute Aurélie ängstlich im fahlen Mondlicht auf und blickte Serge fragend an. Sie sah so blass aus, so hilflos. Als er mit seinen Händen an ihrem Körper entlang streichelte, bemerkte er eine ungewohnte Feuchtigkeit. Sie war klebrig. Er folgte der feuchten Spur.

Was war das nur? Eine dunkle Flüssigkeit? Das konnte doch nicht sein!

Es war Blut. Blut, das im Mondlicht schwarz glänzte.

»Aurélie du blutest! Überall ist Blut? Wo kommt das her?«

Vor Schreck erhob sich seine Freundin. Als sie an sich heruntersah, erkannte sie lauter Schnittwunden an ihren Armen und Händen. Es waren viele und teilweise bluteten sie noch immer.

Ein Schrei des Entsetzens bahnte sich den Weg aus ihrer Kehle. Es klang schauerlich, als ob er von einem anderen Wesen käme.

»Das kann doch nicht wahr sein! Ich habe das doch nur geträumt. Was ist mit mir geschehen?«

»Aurélie, bitte beruhige dich. Du brauchst Hilfe. Kannst du laufen? Ich stütze dich. Lass uns zur Rezeption gehen. Dort gibt es einen Erste-Hilfe-Kasten. Wir müssen dich verbinden. Ich denke, dort ist auch eine Nachtwache, die kann uns bestimmt helfen.«

Serge war von sich selbst überrascht. Mit einem Mal wurde er ganz ruhig und versuchte, praktisch zu denken und zu handeln. Die vernünftigen Worte ihres Freundes halfen Aurelie, wieder in die Realität zu gelangen. Nach einem kurzen Moment der Starre flüsterte sie:

»Ja, bitte hilf mir. Ich fühle mich so schwach.«

Er legte Aurélies linken Arm über seine Schulter und seinen rechten Arm um ihre Hüfte. Dann schleppten sie sich ganz langsam, Schritt für Schritt, die weite Strecke zurück zum Campingplatz und dann zur Rezeption. Unterwegs sprachen sie kein Wort.

Es war, wie er vermutet hatte. An der Rezeption gab es einen gut bestückten Verbandskasten. Der Nachtwächter hatte erst vor Kurzem einen Erste-Hilfe-Kurs absolviert und konnte Aurélie fachgerecht versorgen. Die Schnitte waren nicht sehr tief. Als die Wunden desinfiziert und gesäubert waren, bemerkte Serge, dass seine Freundin so langsam wieder zu Kräften kam. Durch die Anwesenheit einer weiteren Person verlor die Situation etwas von ihrer Skurrilität. Und das grelle Licht der Neonlampe im Raum vermittelte Sicherheit und Klarheit.

Zu Serges Verwunderung stellte der Mann keinerlei Fragen zu ihren Verletzungen. Anscheinend gab es wohl öfter solche

Vorfälle. Am Ende der Prozedur bedankten sie sich bei dem hilfsbereiten Nachtportier, der ihnen den Rat mit auf den Weg gab, morgen auf jeden Fall einen Arzt aufzusuchen. Sie versprachen, das zu tun.

Aurélie hatte eine alte Trainingshose bekommen und ein weites T-Shirt. Damit sah sie noch verletzlicher aus. Die Decke hatten sie an der Rezeption gelassen. Der Portier versprach, sie am Morgen in die Wäsche zu geben.

Aurélie war kalt, als sie das Zelt erreichten.

»Serge, ich weiß nicht, ob ich heute Nacht wieder da rein kann. Es war so real. Der Mann ...«

»Weißt du was, ich hole uns einfach die Schlafsäcke heraus und wir schlafen draußen«, flüsterte er.

»Bitte bleibe bei mir«, bat sie ihn mit ängstlicher Stimme.

»Das werde ich tun. Nur lass mich kurz ins Zelt und unsere Sachen herausholen.«

Ahnte sie etwas von seinen Eskapaden? Oder war es nur der Schock vom Überfall?

Kurze Zeit später kuschelten sie beide nebeneinander. Die Nacht war klar und es war, wie meistens hier am Meer, feucht. Serge bemühte sich nach besten Kräften, seine Freundin zu wärmen. Doch seinen sanften Kuss auf ihre Stirn nahm sie schon nicht mehr wahr. Sie schlief bereits fest. Auch Serge fand wenig später in den Schlaf.

Die Nacht war kurz. Schon um sieben Uhr am nächsten Morgen wurden sie von den ersten Frühaufstehern geweckt. Außerdem schien die Sonne vom Osten her direkt auf ihr Zelt. Als sie ihre Augen aufschlugen, sahen sie in die Gesichter von Valérie und Jacques, die sie überrascht ansahen.

»Was macht ihr denn für Experimente? Haben euch die Moskitos aus dem Zelt vertrieben?«

Serge spürte jeden seiner Knochen und hatte das Gefühl, wie nach einer durchzechten Nacht. Mit belegter Stimme log er:

»So ähnlich. Wir haben einfach keine Luft da drin bekommen.«

Valérie sah in das Gesicht ihrer Freundin. Sie erkannte sofort, dass irgendetwas mit ihr nicht stimmte.

»Aurélie, ich gehe gleich duschen. Wenn du willst, dann kannst du ja nachkommen. Ich warte auf dich. Jacques, du bist doch meistens schnell mit der Morgenwäsche fertig ... wie wäre es, wenn du uns *Baguette* holst.«

Als sie das sagte, zwinkerte sie ihrem Freund zu. Der verstand sofort und ergänzte:

»Komm, Serge, wir zwei bedienen heute mal unsere Frauen.«

Er knuffte seinen Freund und sorgte für einen schnellen gemeinsamen Aufbruch.

Valérie setzte sich zu Aurélie und schaute sie besorgt an.

»Habt ihr euch gestritten? Hier stimmt etwas nicht, ich sehe es genau.«

Da Aurélie noch immer tief in ihrem Schlafsack steckte, konnte Valérie ihre verbundenen Arme nicht sehen. Doch sie selbst spürte die Wunden deutlich und wurde dadurch an die gestrige Nacht erinnert.

»Wir haben uns nicht gestritten, jedenfalls nicht richtig. Dazu ist es nicht gekommen. Aber etwas anderes ist geschehen.«

Sie holte ihre Arme aus dem Schlafsack hervor und hielt sie hoch. Mit vor Schreck weit geöffneten Mund reagierte die Freundin auf diesen unerwarteten Anblick.

»Du meine Güte! Wie ist denn das passiert?«

Sofort flossen die Tränen bei Aurélie.

»Er ist ... (ein Schluchzen und Zittern durchfuhr ihren Körper) ... er ist ... mit einem Messer auf mich losgegangen.«

»Wer? Doch nicht etwa ... Serge?«

»Ich bin mir nicht sicher? Ich weiß es nicht, ich habe ihn nicht genau erkannt. Es war dunkel im Zelt.«

»Das war bestimmt nicht Serge. Das kann ich mir nicht vorstellen. Warum sollte er?«

»Gestern Abend hat er eine andere kennengelernt.«

»Du meinst diese Maskenbildnerin, diese Hélène, mit der er sich unterhalten hat?«

»Ja, ich konnte es nicht länger mit ansehen, da bin ich zurück zum Campingplatz.«

»Ach, deshalb hatten wir dich nicht mehr gesehen? Wir hatten dich noch gesucht, weil wir mit dir gemeinsam zurückfahren wollten.«

»Da war ich bestimmt schon wieder hier. Ich hab' mich gleich hingelegt.«

»Und dann? Was passierte dann?«

Aurélie brauchte eine Weile, bis sie antwortete. Sie starrte ins Leere und sprach wie mit einer anderen Stimme:

»Er kam ins Zelt. Nannte mich kleine Hure. Wollte, dass ich mich ausziehe. Meine Beine breit mache ... »

»Nein! Das kann ich nicht glauben, wie schrecklich!«

Mit so etwas hatte Valérie nicht gerechnet. Serge war aus ihrer Sicht einfühlsam und wirkte nicht gerade pervers veranlagt.

Ihre Freundin fing wieder zu weinen an. Sie griff sich in die klebrigen Haare und wischte sich ihre Tränen mit den Händen weg.

»Zuerst dachte ich, er spielt nur. Alles ist ein blöder Scherz. Deshalb gehorchte ich auch und zog mich aus. Doch dann sah ich, ein Messer aufblitzen und er flüsterte:

»Jetzt werde ich deine Muschi mal schön machen!«

Valérie konnte nichts mehr sagen. Auch sie starrte vor Schreck und Verlegenheit zu Boden.

»Ich bin panisch aufgesprungen und habe wild um mich geschlagen. Er hat sein Messer in meine Richtung durch die Luft geschwungen. Dabei hat er mich mehrmals erwischt. Ich weiß nicht wie, aber ich konnte an ihm vorbei und bin aus dem Zelt und sofort losgerannt. Wohin weiß ich nicht mehr. Ich kann mich nicht erinnern.«

Valérie war aufgestanden und lief auf und ab.

»Hat denn keiner deine Schreie gehört? Hat dich keiner gesehen? Auf einem Campingplatz ist doch abends viel los?«

»Keine Ahnung. Das Nächste, an das ich mich erinnern kann, ist, dass Serge mich am Strand gefunden hat. Ich war immer noch nackt, lag aber in eine Decke gehüllt, wie wir sie vom Campingplatz bekommen haben.«

»Das verstehe ich jetzt nicht. Serge hat dich gefunden? Hat er dich auch verbunden?«, fragte Valérie verwundert.

»Nein, nein. Er hat mich zur Rezeption gebracht. Der Nachtportier hat sich dann um mich gekümmert.

»Und dann hast du so, als ob nichts passiert wäre, mit Serge hier geschlafen?«

Aurélie merkte, mit welcher Skepsis ihre Freundin auf ihre Geschichte reagierte.

»Was sollte ich deiner Meinung nach machen? Ich war mir nicht sicher, ob der Angreifer Serge war. Er ist immerhin mein Freund und er hat mich gefunden und mir geholfen.«

Valérie schüttelte ungläubig ihren Kopf.

»Ich muss das erst einmal verdauen. Komm, lass uns duschen gehen. Wir reden später weiter.«

Nach dem Duschen fühlte sich Serge schon etwas besser. Mit zwei *Baguettes* unter dem Arm und einer Tüte mit warmen *Croissants* kam er zu ihrem Zelt zurück. Aurélie war nicht da. Gut so. Dadurch hatte er etwas Zeit zum Nachdenken, bis Jacques mit den restlichen Zutaten für das gemeinsame Frühstück kam.

Er konnte die Geschichte, die ihm Aurélie gestern Nacht berichtet hatte, einfach nicht glauben. Als er nachdenklich vor ihrem gemeinsamen Zelt stand, kam ihm ein Gedanke.

Vielleicht hat der Unbekannte das Messer im Zelt verloren? Am besten schaue ich gleich mal nach.

Im Hellen erkannte er die Verwüstung, die im Inneren des kleinen Raumes noch immer vorzufinden war. Der Inhalt ihrer Koffer lag teilweise zerstreut auf dem Zeltboden. Überall waren Kleider und Utensilien verteilt. Die zwei Klappstühle waren umgekippt und eine Wasserflasche ausgelaufen.

Nachdem er etwas Ordnung geschaffen hatte, sah er auf der Plane weitere Blutflecken. Aurélie hatte also die Wahrheit

gesagt. Sie wurde wirklich hier angegriffen. *Aber wo war das Messer?*

Neben ihrer Schlafstätte lag sein umgekipptes altes Kofferradio. Als er es wieder hinstellen wollte, entdeckte er die blutige Klinge eines Klappmessers – *seines* Klappmessers. Reflexartig klappte er es ein und verstaute es an seinem ursprünglichen Platz in seiner Sporttasche. Erst jetzt bemerkte er, dass er stark schwitzte.

Warum nur, wie konnte das sein? Wie kam der Angreifer an sein Messer? Woher wusste er, wo es zu finden war?

»Serge, wo bist du? Hast du schon den Kaffee aufgesetzt? Ich habe frische Marmelade dabei. Aurélie und Valérie müssten gleich kommen.«

Reiß dich zusammen. Du kannst später darüber nachdenken, sagte er zu sich.

Er wischte sich den Schweiß von der Stirn und versuchte sich zu entspannen.

»*Pardon*, ich bin noch etwas durcheinander. Hier drin ist das reinste Chaos. Ich habe die Espresso-Kanne nicht gefunden. Vielleicht kannst du mal schauen. Normalerweise steht sie auf dem kleinen Tisch rechts.«

Jacques zögerte nicht lange und verschwand im Zelt. Wenige Sekunden später rief er:

»Ich weiß nicht, was du hast, hier hat alles seine Ordnung. Auf eurem kleinen Küchentisch sind alle Zutaten und auch die Kanne. Serge, dann stell du doch mal den Tisch und die vier Stühle auf.«

Serge war froh, etwas Praktisches erledigen zu können. In seinem Kopf drehten sich die Bilder der Nacht und die damit

verbundenen Theorien. Kurz flammte eine Szene in seinem Kopf auf. Er sah sich selbst, wie er mit einem Messer in der Hand auf seine Freundin losging.

Aber das konnte nicht sein. Er war doch gestern Abend nicht so betrunken? Warum hätte er das tun sollen? Schnell verdrängte er diese Vorstellung und stellte sich aufrecht hin.

Serge, sagte er sich, *du bist kein Typ, der seine Freundin bedroht und schon gar nicht mit einem Messer. Du willst Schauspieler werden und hast heute die Chance, bei einem Dreh dabei zu sein. Versau dir also nicht diese Chance. Halte dich möglichst raus und Aurélie wird die Sache bestimmt bald vergessen haben.*

Da täuschte er sich gewaltig.

Als Aurélie und Valérie vom Duschen zurückkamen, sah seine Freundin zwar besser aus, doch ihr Blick verriet nichts Gutes. Auch Jacques Freundin schaute ihn durchdringend an.

Was geht jetzt ab, fragte er sich.

Jacques, der noch im Zelt das Frühstück vorbereitete, hatte von der miesen Stimmung nichts mitbekommen. So kam er gut gelaunt mit der Kaffeekanne in der Hand zum gedeckten Tisch.

»Hey Leute, wer will frischen Kaffee? Die Milch steht da auf dem Tisch, damit könnt ihr euch euren *bol a café* zubereiten. Ist das nicht wieder ein fantastischer Sonnentag!«

Als keine Reaktion erfolgte, fragte er:

»Hier stimmt doch etwas nicht. Wollt ihr uns nicht aufklären?«

Sein Blick lag auf seiner Freundin.

Bevor Valérie etwas sagte, schaute sie zu Aurélie. Diese nickte ihr zu. Also begann Valérie zu erzählen.

»Aurélie ist heute Nacht in ihrem Zelt von einem Mann mit einem Messer angegriffen worden. Er hat sie sexuell bedroht. Da sie sich zur Wehr gesetzt hat, wurde er in die Flucht geschlagen. Aber dieser Typ verwundete sie an ihren Armen.«

»*Quoi? Chérie?* So ein Scheiß, deshalb habt ihr im Freien übernachtet. Hast du den Mann erkannt?«

Aurélie musste ihre aufkommenden Tränen unterdrücken und den Kloß in ihrem Hals herunterschlucken, erst dann konnte sie antworten:

»Nein, ich habe ihn nicht erkannt. Es war ziemlich dunkel und ich war panisch vor Angst. Außerdem hat er seine Stimme verstellt. Er klang jedenfalls komisch. Rau, mit sehr tiefer Stimme.«

»Aber du musst doch, wenn er auf dich losgegangen ist, irgendetwas mitbekommen haben. Was hatte er an, war er groß, klein, dick? Hat er einen Geruch gehabt. Denk mal nach.«

»Sag mal, Jacques, warum verhörst du Aurélie? Kannst du sie nicht einfach trösten? Sie hat schon genug mitgemacht.«

»Ich verhöre sie nicht, ich bemühe mich nur, herauszufinden, wer dieses Schwein war. Und dann können wir mit einer Beschreibung zur Polizei gehen.«

Aurélie schüttelt entschieden ihren hübschen Kopf. »Nein, auf keinen Fall. Das will ich nicht. Mir ist ja nichts weiter passiert. Wir sollten uns den Urlaub nicht vermiesen lassen.«

Serge hatte bisher bewusst nichts gesagt. Er wusste immer noch nicht, ob er vielleicht selbst für die Tat verantwortlich

war. Und obwohl das für ihn unvorstellbar war, blieb er vorsichtig, und anscheinend wollte Aurélie den Vorfall auch nicht weiter diskutieren. Deshalb unterstützte er sie in ihrer Aussage.

»Aurélie hat Recht. In Zukunft passe ich auf sie auf und lasse sie abends nicht mehr im Zelt allein. Das wäre nicht passiert, wenn wir uns gestern Abend nicht getrennt hätten und gemeinsam zurückgefahren wären. Es tut mir leid, *ma chérie*.«

Er legte seine Hand auf die ihre. Doch sie zog sie ruckartig zurück. Verwundert schaute er sie an und wartete auf die nächste Reaktion.

»Wir müssen nochmal reden, Serge. Ich bin dir schon böse. Und du hast mir noch nicht erzählt, was du mit dieser Hélène angestellt hast. So betrunken, wie du zurückgekommen bist, kann ich mir so einiges vorstellen …«

In Serge rumorte es. Sie hatte ihn mit ihrer Aussage direkt getroffen. Er lief rot an und seine Emotionen kochten hoch.

»Was meinst du damit? Das Gegenteil ist doch der Fall. Wenn ich dich nicht am Strand gesucht und gefunden hätte, wärst du nicht so schnell versorgt worden. Außerdem war ich nicht mehr betrunken!«

»Du gibst also zu, betrunken gewesen zu sein! Kannst du dich denn überhaupt noch an die Details des Abends erinnern? Vielleicht sind ja ganz andere Dinge passiert, von denen du gar nichts mehr weißt?«

»Worauf willst du hinaus, Aurélie? Ich verstehe dich nicht.«

Wütend sprang er vom Tisch auf. Der leichte Campingstuhl kippte nach hinten um. Mit hochrotem Kopf stand er vor seiner Freundin und packte sie an beiden Schultern.

»Hey, mal langsam, mein lieber Freund. So nicht«, ging Jacques dazwischen und löste den aufgebrachten Serge von Aurélie.

»*Excusez-moi,* es tut mir leid. Warum sagst du so etwas, Aurélie? Ich habe dir doch nichts getan?«

Aurélie wusste in diesem Moment auch nicht so recht, warum sie ihren Freund so provoziert hatte. Sie konnte aber nicht zurück und setzte ihren Angriff fort.

»Wer hier wegen meiner Worte austickt, der kann vielleicht auch in betrunkenem Zustand mit einem Messer auf seine Freundin losgehen!«

Jacques hielt seinen Freund immer noch umklammert. Doch dieser zeigte wieder, wie sehr ihn Aurélies Worte trafen und wütend machten. Er versuchte, sich loszureißen, doch Jacques starke Arme hielten ihn fest umklammert.

»Du bist doch völlig verrückt geworden? Warum sollte ich das denn tun? Was hätte ich denn davon?«

Valérie beobachtete die skurrile Szene mit offenem Mund. So hatte sie sich ihren Urlaubsmorgen nicht vorgestellt. Das Pärchen ging hier vor ihren Augen aufeinander los.

Woher kamen nur diese Aggressionen, fragte sie sich.

Serge verhielt sich nicht gerade wie ein Unschuldslamm. Also schien eines sicher, er hatte etwas zu verbergen. Aber auch Aurélie ließ es darauf ankommen. Anscheinend war sie plötzlich wieder eine starke Persönlichkeit, obwohl sie vor

nicht einmal einer halben Stunde völlig verängstigt gewirkt hatte. *Diese Frau hatte wohl zwei Gesichter?*

»Jetzt hört auf, ihr beiden!«, forderte sie lautstark.

Jacques schob Serge wieder auf seinen Campingstuhl, und Valérie legte ihre Hand auf Aurélies Schulter.

»Was haltet ihr davon, wenn wir uns später noch einmal treffen, um die Sache zu besprechen?«, schlug Valérie vor.

Mit funkelnden Augen schaute Serge seine Freundin an. Sie blickte auch nicht gerade fröhlich drein.

»Ihr seid doch sonst nicht so. Vielleicht geht ihr euch einfach mal einen Tag aus dem Weg«, versuchte Jacques eine letzte Vermittlung.

»Das sollten wir tun. Ich bin heute Nachmittag sowieso am Set. Ich schaue mir den Dreh an.«

»Seht ihr, ich habe es doch gewusst. Er hatte was mit der kleinen Schlampe. Und jetzt hat sie ihn auch noch eingeladen. Am besten reise ich gleich ab!«

»Du bist doch krankhaft eifersüchtig! Du weißt ganz genau, wie sehr ich an so einer Chance interessiert bin. Wann hat ein Schauspielstudent mal die Möglichkeit, Weltstars zuzusehen?«

»Und dabei mit einer Maskenbildnerin rum zu vögeln.«

»Das werde ich gerade beim Dreh können! Während Hélène damit beschäftig ist, Romy Schneider zu schminken?!«

»Hallo! Schluss jetzt. Aurélie, wir beide sind heute zusammen. Was hältst du davon, wenn wir gleich nach *Saint-Tropez* fahren? Es ist Markt. Jacques und Serge bleiben hier. Serge, was meinst du, wäre es möglich, Jacques zum

Dreh mitzunehmen? Dann wäre Aurélie vielleicht etwas entspannter?«

Serge verzog den Mund.

»Meinetwegen, ich kann ja sagen, dass er auf mich aufpassen muss.«

»Genau. Ich bin dein Bodyguard«, schlug Jacques ihm vor.

Serge witterte seine Chance, doch noch zum Set zu kommen, und machte das Spiel mit.

»Nur wenn du einen schwarzen Anzug anziehst.«

»Abgemacht. Dann musst du mir aber auch Romy Schneider vorstellen, falls du die Chance hast, bis zu ihr vorzudringen, was ich mir nicht vorstellen kann.«

»So machen wir das. Aurélie, komm, schlag ein. In *Saint-Tropez* gibt es eine Menge zu sehen. Die perfekte Ablenkung für dich.«

»Na gut, ich komme mit. Wann willst du los?«

»Am besten gleich. Der Markt geht nur bis Mittag und es ist schon kurz nach 10:00 Uhr. Ich ziehe mir nur kurz ein Kleid über.«

»Das mache ich dann auch. Treffen wir uns vorne am Ausgang? Nehmen wir wieder die *Vélosolex?*«

»Genau. Also bis dann. Jacques bringst du unsere Sachen zurück zum Zelt?«

»*Absolument.* Und wir beide spülen noch ab?«

»Und nehmen dann auch die *Vélosolex.* Wir sollten so um 10:30 Uhr los.«

Serge konnte es kaum abwarten.

»Also, bis dann.«

Aurélie und Serge gingen sich für den Tag aus dem Weg.

Aber das würden sie nicht den ganzen Urlaub über machen können.

Am Set

Vom Campingplatz *La Vigneraie 1860* bis zum Wohnviertel *l'Oumède* in *Ramatuelle* war es mit den *Vélosolex* eine gute halbe Stunde zu fahren.

Serge und Jacques kamen um kurz vor 12:00 Uhr an einer Einfahrt an, die zu einem weitläufigen Anwesen gehörte. Wie von Hélène beschrieben, standen jede Menge weiße Kastenwagen neben der Einfahrt. Am Tor blickten sie die Sicherheitsleute grimmig an. Die beiden jungen Männer fielen natürlich sofort auf, als sie ihre Mopeds auf der anderen Straßenseite abstellten. Einer der Sicherheitsleute kam gleich angelaufen. Schon von Weitem rief er:

»*Stationnement interdit!* Halten verboten!«

Serge ging langsam und mit einem freundlichen Gesichtsausdruck auf den muskulösen Mann zu und versuchte ihm klar zu machen, dass sie eine Einladung hätten.

»Das ist Jacques und ich bin Serge, *bonjour Monsieur*. Hélène, die Maskenbildnerin am Set, hat uns eingeladen. Vielleicht könnten sie bei ihr nachfragen und uns ankündigen?«

Das Gesicht des Wachmannes wurde nicht freundlicher. Brummend drehte er sich um und sagte im Weggehen:

»Ihr bleibt hier. Und rührt euch nicht vom Fleck.«

Der Aufforderung folgend, setzen sie sich auf einen großen Stein am Straßenrand.

»Was meinst du, Serge, lassen die uns rein?«

»Bestimmt. Hélène hat es mir versprochen.«

Als Jacques den Namen der Maskenbildnerin hörte, erinnerte er sich sofort wieder an den Streit vom heutigen Morgen.

»Mal ehrlich, hattest du gestern Abend was mit ihr?«

Serge druckste etwas herum. Ihm war die Frage sichtlich unangenehm.

»Wir haben geknutscht. Und ein bisschen gefummelt. Mehr nicht.«

»Und später? Warst du bei deiner Freundin im Zelt?«

»Nein, ich schwöre es. Ich habe Aurélie am Strand gefunden. Sie lag dort nackt, in eine Decke gewickelt und hatte Schnittverletzungen an den Händen und an den Armen. Daraufhin bin ich mit ihr zum Nachtwächter am Eingang gegangen. Der hat sie verbunden. Mehr war nicht!«

»Dann verstehe ich nicht, warum sie am nächsten Morgen so reagiert und dich beschuldigt und angemacht hat.«

Jacques stand auf und kickte einen kleinen Stein weg.

»Du solltest wissen, sie hatte eine schwere Kindheit. Sie ist nicht bei ihren leiblichen Eltern aufgewachsen. Ihre Mutter war im Gefängnis. Seit Kurzem ist sie wieder draußen.«

Verwundert schaute Jacques seinen Freund an.

»Echt? Weswegen hat sie denn gesessen?«

»Mord. Sie hat ihren Mann umgebracht. Sie behauptet bis zum heutigen Tag, es sei Notwehr gewesen. Die Richter haben

ihr wohl nicht geglaubt, denn das Urteil war sehr hart. Sie hat zwölf Jahre bekommen.«

Serge hatte seiner Freundin zwar versprochen die Geschichte niemandem zu erzählen, doch er entschied spontan, bei Jacques eine Ausnahme zu machen. Insbesondere nach den Geschehnissen von gestern Abend und heute Morgen.

»Das ist ja ein Ding. Aurélie kann einem leidtun.«

»Stimmt. Wobei ... manchmal frage ich mich, ob sie durch die Erlebnisse von damals etwas abbekommen hat.«

»Wie meinst du das?«, wollte Jacques ganz genau wissen.

Weiter kam er nicht, denn der massige Sicherheitsmann rief ihnen zu und winkte sie zum Eingangstor.

»Ihr dürft reinkommen. Aber nur, wenn ihr euch absolut im Hintergrund haltet. Kein Ton, wenn gedreht wird! Sonst könnt ihr gleich wieder gehen.«

»Verstanden. Sie werden nichts von uns mitbekommen.«

»Das hoffe ich. Geht hier den Kiesweg hoch, dann kommt ihr zum Eingang der Villa. Dort erwartet euch Hélène.«

»*Merci, Monsieur*!«

Es war, wie der Wachmann angekündigt hatte. Hélène stand schon an der Eingangstür und winkte ihnen.

»*Salut* Serge.« Sie begrüßte ihn mit drei Küsschen auf die Wange und schaute ihn fragend an.

Serge kapierte sofort und stellte ihr seinen Freund vor.

»Du kennst ja Jacques von gestern Abend. Er wollte unbedingt mit, denn er ist ein großer Fan von Romy Schneider.«

Hélènes Reaktion war zuerst nicht sonderlich positiv.

»Das wird nicht so einfach. Gleich zwei Zuschauer. Aber ich bemühe mich, ein gutes Wort für euch beim Aufnahmeleiter einzulegen. Er heißt übrigens Robert. Wartet hier, ich bin gleich zurück.«

Und schon war sie wieder weg. Jacques schaute Serge wieder fragend an.

»Das mit Aurélie, das musst du mir bei Gelegenheit noch einmal genauer erklären.«

»Kann ich machen, versprich dir aber nicht zu viel davon. Sie ist einfach unberechenbar.«

Serge zuckte mit seinen Schultern. Mehr konnte – und wollte – er momentan nicht preisgeben.

Hélène kam zurück und strahlte.

»Robert hat nichts dagegen. Ihr könnt beide dabei sein. Ihr habt vielleicht ein Glück. Wir drehen heute eine Szene hier vor der Villa. Mit Jane Birkin als *Penelope* und Maurice Ronet als ihren Vater, *Harry Lannier*. Sie kommen im Maserati an. Romy Schneider, die im Film die *Marianne* spielt, begrüßt die Gäste. Da die Szene draußen spielt, gibt es genügend Platz und ihr könntet euch außerhalb des Szenensets postieren. Zu mir in die Garderobe dürft ihr auf keinen Fall kommen. Verstanden?! Denn dort kümmere ich mich um die beiden Schauspielerinnen. Sie genießen bei mir ihre Privatsphäre und erholen sich vom Dreh in der Hitze. Die Crew hat extra eine Klimaanlage in der Garderobe installiert.«

Serge und Jacques versprachen, sich dezent im Hintergrund zu halten.

»So, jetzt muss ich schnell wieder rein. Die Frisuren sind noch nicht fertig, und die erste Probe beginnt in zehn Minuten. Wärt ihr etwas später gekommen, wäre die komplette Straße gesperrt gewesen, denn es werden auch ein paar Fahrszenen aufgenommen. Kommt mal schnell mit, ich stelle euch Robert vor. Er organisiert hier am Set alles und kann euch sagen, wo ihr nicht stört.«

Schon rannte sie in Richtung eines kleinen offenen Zelt-Pavillons, der circa zwanzig Meter vom Haus entfernt aufgebaut war. Dort standen mehrere Stühle und ein Tisch mit Getränken. Auf einem der Stühle saß ein langhaariger Typ mit Bart und weiter, bequemer Kleidung. Er hatte ein Megafon in der Hand. Hélène ging direkt auf ihn zu.

»*Salut* Robert, darf ich dir nun Serge und Jacques persönlich vorstellen. Sie studieren Schauspiel in Paris. Du hast ja nichts dagegen, wenn sie zusehen. Könntest du ihnen einen Platz zeigen, wo sie nicht stören? Ich muss gleich wieder in meine Garderobe, Romy und Jane fertigmachen.«

Schon drehte sie sich um und rannte in Richtung Villa. Robert schien relaxed, denn seine *Gitanes*, die er im Mundwinkel hatte, qualmte langsam vor sich hin. Er blickte nur kurz hoch und deutete dann auf zwei Stühle, die seitlich des Pavillons im Schatten zweier Bäume standen.

»Macht es euch dort bequem. Aber keinen Mucks, wenn ich *rolling camera* in mein Megafon rufe. Dann beginnt nämlich die Aufnahme. Habt ihr das kapiert?«

»Klar. Und *merci*!«

»Ist das nicht super? Gleich sehen wir Romy Schneider. Ich fühle mich wie in einem Traum«, begeisterte sich Serge in

Erwartung dessen, was in wenigen Minuten vor seinen Augen passieren würde.

»Siehst du die Kamera? Was für ein riesiges Teil. Sie haben sie auf Schienen verlegt. Ist das immer so?«

»Ganz genau kann ich dir das nicht sagen, denn ich habe noch keinen Kurs in Filmtechnik belegt. Aber soweit ich weiß, macht der Kameramann das, weil er eine ruhige Bewegung erzeugen will, wahrscheinlich die Ankunft des Maseratis. Und wackelige Bilder wären da nicht in seinem Sinne. Schau mal, das ist eine *Arriflex* 35 mm Kamera. Das sind die Besten. Kommen aus Deutschland. Damit werden auf der ganzen Welt Spielfilme gedreht.«

Kaum hatten sie sich gesetzt, kamen aus allen Ecken des Grundstücks Leute gelaufen. Viele davon in Overalls. Andere in T-Shirts und kurzen, abgeschnittenen Jeans. Riesige Lampen mit weißen Reflektoren wurden ausgerichtet und angeschaltet. Der Aufnahmeleiter rannte zwischen allen Beteiligten herum und gab Anweisungen. Neben der Kamera saß ein junger Mann, der ein Objektiv säuberte. Die Typen mit den Overalls trugen Kabel und ein Gärtner rechte den Kiesweg.

Aus dem Haus kam nun eine kleine Gruppe. Sie sahen wie Künstler aus. Ein Mann mit Strohhut war umringt von mehreren sich wichtigmachenden Mitarbeitern, die auf ihn einredeten. Serge erkannte Michèle, das Skriptgirl, sofort wieder.

Er flüsterte Jacques zu:

»Da ist Michèle. Ihre Aufgabe ist es, die gefilmten Szenen und Dialoge genau zu protokollieren. Falls am Original

Drehbuch während der Aufnahmen etwas geändert wird, soll das penibel festgehalten werden, damit später, beim Filmschnitt, der Cutter alle Informationen hat und sich zurechtfindet. Der Mann mit dem Hut ist der Regisseur, Jacques Deray, und der andere, mit dem er gerade zur Kamera geht, das ist der Kameramann. Wenn ich mich noch richtig erinnere, dann heißt er Tarbès oder so.«

»Woher hast du alle diese Informationen? Hat Hélène dir das erzählt?«, wollte Jacques wissen.

»Ja, sie war sehr gesprächig.«

»Dann kannst du mir auch sicher verraten, wie der Film heißt, den sie hier drehen?«

»*Bien sûr,* mein Lieber. Er heißt *La Piscine* und in der internationalen Variante *Swimmingpool.* Sie drehen ihn zweisprachig. Erst auf Französisch und dann auf Englisch. Das bedeutet, dass jede Szene zweimal aufgenommen wird. Aber das werden wir ja gleich erleben.«

Jetzt war Jacques wirklich beeindruckt. Mit offenem Mund schaute er dem Geschehen zu.

Deray nahm auf seinem Stuhl Platz. Es war einer dieser typischen Regiestühle mit dem Schriftzug *Réalisateur* auf der Rückenlehne aus Stoff. Dann hörten sie den Aufnahmeleiter nach den beiden Schauspielern Jane und Maurice rufen. Kurz darauf kamen sie in Begleitung von Hélène aus dem Haus.

Jane spielte *Penelope*, die Tochter von *Harry*. Eine Rolle, die ihr wie auf den Leib geschrieben war, denn sie verkörperte eine scheue junge Frau, die es aber faustdick hinter den Ohren hatte und jeden Mann locker mit ihrem Gehabe provozieren konnte. Auch ihre Kleider drückten das perfekt

aus. Sie trug einen engen Minirock in schwarz-weißem Karomuster. Dazu eine hautenge durchsichtige Bluse. Mit den flachen Ballerinas an ihren Füßen und einem Bastkorb in der Hand, wirkte sie wie die verführerische Unschuld vom Lande. Ihr perfektes Äußeres wurde noch durch eine übergroße, modische Sonnenbrille und ihre sehr dunkel geschminkten Augen komplettiert.

Harry, gespielt von Maurice Ronet, verkörperte den typischen Lebemann, der schon die ganze Welt gesehen hatte. Er trug ein stark tailliertes, blaues Hemd, das er weit geöffnet hatte. Bei ihrem Erscheinen wirkten die beiden eher wie ein Liebespaar und nicht wie Vater und Tochter.

»Wo ist der Maserati?«, wurde durch das Megaphon gerufen.

Ein junger Mann kam hektisch angelaufen und erklärte unsicher:

»Wir haben ihn in den Schatten gefahren, damit er sich nicht so aufheizt.«

»Dann hol ihn verdammt nochmal her. Sonst heizen wir dir mal ordentlich ein!«, brüllte der Aufnahmeleiter, verärgert über die eigenmächtige Aktion des Assistenten.

Ein sonores Motorengeräusch war zu hören und ein Traum von einem Supersportwagen fuhr um die Ecke. Ganz langsam wurde er an die markierte Stelle gelotst. Jane und Maurice stiegen gleich ein. Dort mussten sie erst einmal ausharren, bis das Auto ins rechte Licht gerückt war. Dabei wurde darauf geachtet, dass die beiden Insassen auch gut zu sehen waren. Als alles perfekt ausgeleuchtet war, erhielt Maurice die Anweisung zu drehen und zurück zur Auffahrt zu fahren.

»Wo schaut denn der Regisseur da hinein? Ich meine den schwarzen Kasten da?«, wollte Jacques wissen.

»Das ist die Ausspiegelung. Er kann in schwarz-weiß sehen, was der Kameramann aufnimmt. So hat er die direkte Kontrolle und die Möglichkeit direkte Anweisungen zu geben.«

»Aha. Und der Typ da vorne mit der langen Angel und dem Mikrophon daran, das ist wohl der Tonmann?«

»Richtig. Sie drehen hier den Originalton. Manchmal wird später im Studio auch noch nachsynchronisiert.«

Wie angekündigt, hörten sie jetzt die durch das Megafon verzerrte Stimme des Aufnahmeleiters:

»*Rolling camera. Maserati*, die Erste.«

Die Filmklappe wurde von einem Assistenten vor das Kameraobjektiv gehalten. Darauf war der Titel des Films »*La Piscine*« zu lesen, die Szene, also *Maserati,* und der *Take,* in diesem Fall der Erste. Dazu kamen noch die Namen des Regisseurs, des Kameramannes und des Tonmeisters. Dann noch das Datum und die Bezeichnung der Filmrolle. Das war besonders wichtig, denn im Laufe eines Tages wurden einige Filmrollen abgedreht. Der Kamera-Assistent musste sie penibel beschriften. Nach Drehschluss wurden diese jeweils zur Entwicklung nach Cannes gefahren. Der Regisseur hatte so am Abend des nächsten Tages die Möglichkeit, erste entwickelte Aufnahmen zu begutachten und eventuelle Fehler durch einen Neudreh zu korrigieren.

Der metallic-rote Sportwagen kam im gemächlichen Tempo vorgefahren, begleitet von einem imposanten Sound. Dabei musste Harry eine Kurve fahren und dann direkt vor

der Kamera anhalten, die am Ende des ersten *Takes* auf die Windschutzscheibe scharf stellte.

Nach ungefähr sechs Vorfahrten war die Szene im Kasten. Die beiden Schauspieler durften das mittlerweile von der Sonne aufgeheizte Auto wieder verlassen und sich in ihrer Garderobe abkühlen.

Auch Serge und Jacques standen auf und trauten sich etwas näher an das Filmset heran. Sie waren ganz besonders an dem Maserati interessiert. Dieser wurde inzwischen von dem Assistenten poliert, der sein ganz besonderes Augenmerk auf die Seitenscheiben und Frontscheibe legte. Sie mussten frei von Schlieren sein, um Spiegelungen zu vermeiden.

Serge ging zu dem jungen Mann, der nicht viel älter wirkte als er selbst.

»*Salut*, wir sind Studenten und dürfen heute beim Dreh zuschauen. Für was bist du zuständig?«

»Im Moment, wie ihr seht, für das Auto. Ich muss es in den Pausen auf Hochglanz bringen. Ansonsten bin ich das *Mädchen für Alles*. Unter anderem fahre ich die Schauspieler.«

»Genial! Dann siehst du sie jeden Tag und hörst, was sie so reden?«, fragte Jacques.

»Um ehrlich zu sein reden die nicht besonders viel. Früh morgens sind sie noch nicht richtig wach und spät abends sind sie müde vom Dreh. Ich kriege also kaum was mit.«

»Aber immerhin bist du ihnen nah.«

»Es sind auch nur Menschen. Und sie sind ganz schön launisch und erwarten immerzu, rundum versorgt zu werden. Ich darf, zum Beispiel, andauernd die Zigaretten besorgen.

Und wehe, es ist die falsche Marke oder es sind zu wenige Packungen. *Oh lá lá,* dann gibt's Ärger.«

Jacques Bewunderung für den Job des Assistenten war offensichtlich.

»Jane Birkin ist schon heiß, findest du nicht auch?«

»Kann sein. Sie ist aber nicht mein Typ. Ich stehe weniger auf solche Bohnenstangen, da muss schon mehr dran sein. So wie bei Brigitte Bardot, die solltet ihr mal erleben!«

»Sag nur, du hast schon mit ihr gedreht?«

»Hier im Süden werden viele Filme produziert ... aber mit ihr ... das durfte ich noch nicht erleben.«

»Hey ihr da, zurück auf eure Plätze! Haltet meine Leute nicht vom Arbeiten ab!«, unterbrach der Aufnahmeleiter das Gespräch barsch.

Er drehte sich um und ließ sein Megafon laut quäken.

»Alle fertigmachen für Szene zwei: die *Begrüßung.*«

Serge und Jacques gingen wieder zurück zu ihren Stühlen. Die Kamera war nun nicht mehr auf den Schienen montiert, sondern befand sich auf einem Stativ. Die Beleuchter testeten die Lampen und auch der Sound wurde überprüft. Ein weiteres Mal ertönte:

»*Rolling camera, Begrüßung*, die Erste.«

Der Maserati stand nun direkt vor der Villa. Diese hatte auf der ganzen Breite des Baus eine Treppe. Ganz typisch für die Häuser dieser Gegend, bestand die Front aus mehreren bodentiefen Glastüren mit quadratischen kleinen Fenstern. Der Eingang war von Zypressen in großen Tontöpfen gesäumt.

Obwohl die Sonne hoch am Himmel stand, wurde der Eingang von noch helleren Scheinwerfern ausgeleuchtet.

Der erste *Take* der Begrüßungsszene war, wie Jacques und Serge bemerkten, deutlich komplizierter als die Vorfahrt des Maseratis. *Harry* stieg aus dem Wagen aus und ging erwartungsvoll die Treppe hoch. Ihm kam *Marianne* entgegen, gespielt von Romy Schneider. Sie begrüßten sich überschwänglich mit Küsschen und einer intensiven Umarmung. Harry wollte *Marianne* anschließend seine Tochter vorstellen. Doch *Marianne* umrundete zuerst bewundernd seinen Luxuswagen und öffnete danach die Autotür. *Penelope* stieg desinteressiert aus und schaute *Marianne* unterkühlt an. Sie gab ihr nicht einmal die Hand, obwohl *Marianne* ihr freundlich gegenübertrat. Stattdessen lief die junge Dame kokett die Treppe zum Haus hoch und begegnete dort *Jean-Paul,* dargestellt von Alain Delon. Dieser blickte fasziniert auf die sinnlich-erotische Erscheinung. Sie jedoch begegnete ihm gespielt arrogant. Ihre Blicke trafen sich. Man spürte deutlich das Knistern zwischen ihnen.

Serge war beeindruckt. Die schauspielerischen Fähigkeiten der Stars konnten sich sehen lassen. Sie wirkten überhaupt nicht verkrampft und boten immer wieder neue Spielvarianten. Doch der Regisseur hatte seine eigene Vorstellung, wie diese für den Film wichtige Szene zu spielen war. So musste die Umarmungsszene von *Harry* und *Marianne* mehrmals wiederholt werden.

»Romy ist so natürlich. Ihr Charme übertrifft alle und alles«, lobte Jacques bewundernd die Schauspielerin.

»Man merkt, dass zwischen den beiden einmal was war, obwohl sie sich wie zwei alte Freunde begrüßen. Ich bin mir sicher, Jacques Deray will genau das herausholen.«

»Was du alles bemerkst. Für mich sieht das aus wie zwei Menschen, die sich nach längerer Zeit wiedersehen.«

»Nein, die hatten mal etwas miteinander, bestimmt. Sie waren schon intim, das spürt man, wenn man sie genau beobachtet.«

Serge blieb bei seiner Meinung und fuhr mit seiner professionellen Beobachtungsgabe fort.

»Diese *Penelope* ist einfach göttlich, wie sie das arrogante, verzogene Gör spielt. Sieh nur die Reaktion von *Marianne,* nachdem ihr *Penelope* nicht einmal die Hand gegeben hat. Mich wundert, dass sie sich das so gefallen lässt. Es ist herabwürdigend. *Penelope* dreht sich einfach weg und lässt die beiden stehen. So etwas hätte ich mir mal erlauben sollen, in ihrem Alter!«

»Sie hat es gerade anders gespielt, aber der Regisseur wollte noch mehr *Blasiertheit*. Deswegen sollte sie sich im fünften *Take* die Sonnenbrille auf der Nase zurechtrücken. Das kam aber dann doch nicht so gut. Schau nur, im Sechsten fasst sie sich dafür an den Rock und schaut kurz auf den Boden, um dann *Marianne* mit einem gespielt-lasziven Lächeln zu provozieren. Dabei leckt sie sich auch noch über die Lippen! Arrogante Kuh!«

»Nicht so laut, sonst kriegen wir noch Ärger!«, ermahnte Serge seinen Freund.

So war es dann auch. Der Aufnahmeleiter kam nach Ende des sechsten *Takes* zu ihnen und verwarnte sie mit deutlichen Worten.

»Wenn ihr noch einmal hier rumquatscht, während die Kamera läuft, dann fliegt ihr raus, ist das klar!«

»*Pardon Monsieur*. Es wird nicht wieder vorkommen«, entschuldigte sich Jacques höflich.

Es folgten noch drei weitere *Takes*, jeweils mit kleinen Varianten in der Mimik der drei Akteure.

Serge fand die dritte Version am besten, doch, da war er sich sicher, würde ihn niemand nach seiner Meinung fragen.

Am Ende rief der Aufnahmeleiter: »*Check gate!*«

»Dürfen wir jetzt wieder reden?«, flüsterte Jacques.

»Ja, das war die Aufforderung, an den Kamera-Assistent den Spiegel hinter dem Objektiv zu prüfen, ob dort eventuell ein Haar oder Staub ist. Falls das der Fall ist, dann müsste die ganze Szene erneut gedreht werden. Aber wie du siehst, gibt er ein positives Zeichen. Die Szene ist im Kasten, wie man sagt.«

»Und ich habe Hunger und Durst. Meinst du, wir bekommen hier etwas zu essen?«, fragte Jacques vorsichtig.

»Lass uns einfach mal hier warten. Ich kann mir vorstellen, dass Hélène wahrscheinlich gleich zu uns kommen wird. Es ist wohl Drehpause.«

»Stimmt, plötzlich sind alle weg. Wo die wohl hin sind?«

»Sicher gibt es hier einen Wagen mit Koch und so. Das nennt man *Catering*«, erklärt Serge seinem Freund.

»Was du nicht sagst. Hauptsache ich kriege überhaupt etwas.«

»Schau, da kommt sie schon. Aber anscheinend hat sie Ärger. Der Assistent von vorhin, du weißt, der, der den Maserati poliert hat, hält sie am Arm fest«, beobachtete Serge von Weitem.

»Wo? Ich sehe sie nicht!«

»Da, hinter der halb offenen Terrassentür. Sie ist schwer zu sehen. Was macht der Typ mit ihr? Er schubst sie. Das wird mir jetzt zu bunt. Ich muss da hin.«

So schnell er konnte, lief Serge in Richtung Hauseingang. Doch bevor er dort ankam, stolperte ihm Hélène direkt vor die Füße und stürzte voll auf ihre Knie. Fluchend und stöhnend lag sie da.

»*Tu peux toujours te gratter!* Du kannst mich mal, Guy!«

Serge versuchte, ihr zu Hilfe zu kommen und griff ihr unter die Arme, um ihr aufzuhelfen.

»*Merci* Serge. Es tut mir leid. Dieser Typ ist einfach unmöglich.«

Schon stand Hélène wieder, doch eines ihrer Knie blutete.

»Hier nimm mein Taschentuch. Du kannst es gerne behalten.«

Während Hélène ihr Knie abtupfte, schaute Serge hinter die halb offene Tür. Doch dort war niemand mehr zu sehen.

»Möchtest du mir sagen, was los war?«

»Guy wollte nicht, dass ich zu euch gehe. Er ist eifersüchtig. Dabei sind wir schon seit einem Monat nicht mehr zusammen.«

Serge musste erst einmal schlucken. Damit hatte er nicht gerechnet.

»Sollen wir trotzdem mit dir kommen?«, fragte er vorsichtig.

»Ja klar, ich lasse mir doch nicht von diesem *mec* die Laune verderben. Und ihr auch nicht!«

Jacques, der die ganze Zeit in sicherer Entfernung geblieben war, winkte Serge und Hélène zu sich.

»Komm Jacques, wir gehen auf die Terrasse hinter der Villa, dort gibt es für alle ordentlich was zu essen. Hast du Hunger?«

»Und wie. Hélène, alles klar? Geht's wieder?«, wollte er wissen.

»Ja, geht schon. Ich mache gleich ein Pflaster darauf.«

Serge flüsterte im Gehen seinem Freund zu:

»Ihr eifersüchtiger Ex-Freund hat ihr verboten, zu uns zu kommen. Du hast ihn auch kennengelernt – der Autopolierer.«

Mit einem abschätzigen Gesichtsausdruck reagierte Jacques auf das Gehörte, um kurz darauf schon wieder ins Schwärmen zu geraten.

»Schau nur, der Swimmingpool! Einfach riesig. Und man kann bis zum Meer sehen. *Fantastique!*«

Vor einem umgebauten Wohnwagen stand die halbe Filmcrew an, um sich mit Essen zu versorgen. Unter Pinien waren Tische und Stühle platziert. Dort saßen einige Leute und unterhielten sich angeregt.

»Stellt euch doch einfach schon mal an. Ich hole mir ein Pflaster und stoße dann dazu. Setzt euch am besten an einen freien Tisch.«

Und schon war Hélène verschwunden. Etwas unsicher ordneten sich die beiden hinten in der Schlange ein. Es dauerte nicht lange und sie bekamen einen großen Teller mit Pasta, Baguette und einen Salat auf einem Tablett gereicht.

»Wasser und Rosé sind auf den Tischen«, gab ihnen, die sympathisch aussehende Köchin zu verstehen.

Mit ihren Tabletts in der Hand fanden sie einen schönen Tisch mit Blick auf das Haus und den Pool. Hungrig machten sie sich über die üppige Portion her. Mit vollem Mund kommentierte Jacques seine Beobachtungen.

»Weder Romy noch Maurice sind zu sehen. Was meinst du, essen sie getrennt von den anderen?«

»Das kann gut möglich sein. Hier sind nur Leute von der Filmcrew. Wahrscheinlich bekommen die Schauspieler ein anderes Menü.«

»Schade, zu gern hätte ich mir ein Autogramm von Romy geholt.«

»Das ließe sich bestimmt organisieren«, sagte eine Stimme hinter ihnen.

»Hallo Michèle! Freut mich, dich zu sehen. Setz dich doch zu uns«, lud Serge das Skriptgirl ein.

»Und, wie war der Dreh für euch? Spannend, nicht wahr?«

»Absolut. Wir haben nicht schlecht gestaunt, wie aufwändig alles ist«, antwortete Jacques mit Eifer.

»Ich konnte eine Menge lernen. Insbesondere wie variantenreich Romy und Jane spielen.«

»Das musste auch sein. Jacques Deray hat darauf bestanden, die Begrüßungsszene voller versteckter

Anspielungen zu gestalten. Ist euch die Story von *La Piscine* denn bekannt?«

»Leider nicht. Wir sind sozusagen mitten drin hineingeplatzt«, gab Serge zu.

»Das macht nichts. Ich kann dir aber gern mehr erzählen, wenn du möchtest.«

»Auf jeden Fall! Das wäre super.«

»Ihr kommt doch hoffentlich morgen wieder. Denn Jane hat euch alle am Strand eingeladen, bei der Party-Szene mitzumachen. Wenn ihr dabei seid, dann haben wir danach bestimmt noch die Möglichkeit, uns auszutauschen.«

In den Augen von Serge war Michèle fast genauso attraktiv und interessant wie Hélène. Vielleicht etwas weniger verrückt und scharf. Außerdem konnte sie ihn fachlich weiterbringen, denn bei ihrem Job ging es um das Drehbuch und die daraus resultierenden Interpretationen des Regisseurs. Ein wichtiger Aspekt für angehende Schauspieler.

»Na klar kommen wir! Können wir uns irgendwie vorbereiten. Du kennst ja sicher die Handlung?«

»Um ehrlich zu sein gibt es nicht viele komplizierte Dialoge in dieser Szene. Besonders nicht für die Statisten. Ihr bekommt alles morgen erklärt. Wichtig ist, dass ihr tanzen könnt und attraktiv seid.«

Bei den letzten Worten lächelte sie verschmitzt und zog die beiden mit ihrem Blick förmlich aus.

Jacques fühlte sich dadurch angesprochen. Er hatte schon Bedenken, dass ihm Serge mit seinem Fachwissen komplett übertrumpfte.

»Wir kommen aus Paris. Da gibt es die populärsten Clubs in ganz Frankreich! Wenn man da das Tanzen nicht drauf hat …«

»Ich werde ein Auge auf dich haben.«

Michèle war voll süß, dachte Jacques. *Zu dumm, dass sie gestern Abend mit Romain rumgemacht hatte. Aber wer weiß.*

»Wie ich sehe, habt ihr mich überhaupt nicht vermisst«, meinte Hélène in leicht vorwurfsvollem Ton, als sie sich neben Serge setzte.

»Ich muss zugeben, Michèle hat uns perfekt unterhalten, aber mit dir wird es bestimmt noch spannender«, versuchte Serge Hélène positiv zu stimmen.

»Du kleiner Charmeur!«

Ihre Hand berührte die von Serge.

»Vielleicht hast du auch ein paar spannende Dinge, die du mir beibringen kannst?«, flüsterte sie mit einem eindeutigen Unterton.

»Wenn wir die Zeit dazu finden, gerne.«

»Vielleicht morgen Nacht, nach Drehschluss …?«

»Hallo, fürs Flirten haben wir wirklich keine Zeit. Gerade heute. Ich muss in fünf Minuten wieder am Set sein und du in deiner Garderobe«, erklärte Michèle in einem leicht vorwurfsvollen Ton.

»Wisst ihr was, wir bleiben hier noch einen Moment sitzen, wenn das möglich ist, und überlegen uns, wie wir besonders attraktive Partylöwen geben, damit die Szene morgen ein voller Erfolg wird.«

»Gute Idee, Serge. Ihr könnt gerne noch sitzenbleiben. Aber in einer halben Stunde solltet ihr wieder am Set sein. Wir haben noch das Ende der Begrüßungsszene zu drehen. Da kommt auch Alain Delon ins Spiel. Ein wahrer *Beau*, das kann ich euch verraten.«

Hélène und Michèle waren schon aufgestanden und ließen die beiden Verehrer allein zurück.

»Da kann man schon schwach werden, bei diesen Frauen«, meinte Jacques zu Serge, als sie gemeinsam in Richtung Villa gingen.

»Besser nicht, das gibt nur Ärger«, warnte er seinen Freund schmunzelnd.

Ihre beiden Klappstühle standen noch an ihrem Platz, doch die Sonne schien nun genau darauf. Deshalb verlegten sie ihren Beobachtungsposten näher in Richtung des Regiezeltes.

»Vielleicht bekommen wir so ein paar Anweisungen von Jacques Deray mit? Es würde mich sehr interessieren, wie er mit seinen Stars umgeht«, meinte Serge, als sie sich in Position brachten.

Die Szene begann mit *Penelope,* die auf die Villa zuging. Genau in diesem Moment kam *Jean-Paul,* gespielt von Alain Delon, mit nacktem Oberkörper aus dem Haus. Die beiden wechselten einen vielsagenden Blick. Schnell gesellte sich *Harry*, *Penepoles* Vater, dazu, der seine verzogene Tochter *Jean-Paul* mit übertriebenem Stolz vorstellte. Dieses Mal fiel ihre Begrüßung freundlich aus. Sie gab ihm sogar die Hand. Alle drei gingen dann gemeinsam in die Villa. Zuvor kündigte *Marianne* an, Getränke für alle holen zu wollen.

»Maurice, du musst uns das Gefühl eines stolzen Vaters vermitteln«, gab der Regisseur seine Anweisung an *Harry*.

»Und Alain, mehr Bewunderung für das junge Geschöpf, wenn ich bitten darf.«

Die Szene war überraschend schnell abgedreht, denn alle drei machten ihre Sache sehr gut.

»Irgendwie habe ich das Gefühl, sie spielen sich selbst«, bemerkte Jacques am Ende.

»Das muss so sein. Die Schauspieler sollten in ihrer Rolle aufgehen. Man sollte ihnen ihren Charakter und ihre Handlungen voll abnehmen. Erst dann steigt der Zuschauer voll ein und identifiziert sich mit den handelnden Personen.«

»Und du bist dir sicher, dass du das auch einmal draufhaben wirst?«, fragte Jacques.

»Ganz sicher, dafür studiere ich ja Schauspiel. Wir machen dazu viele Übungen und erhalten dauernd Feedback.«

Wieder hörten die beiden die Aufforderung des Aufnahmeleiters: »*Check gate!*«

Und erneut bekam er das positive Signal des Assistenten, dass alles in Ordnung sei.

Innerhalb von wenigen Minuten erschien die Location völlig verlassen. Die Scheinwerfer wurden abgebaut. Auch das Zelt wurde weggetragen.

Hélène kam aus der Villa zu ihnen gelaufen.

»Ich glaube, ihr solltet jetzt gehen. Die nächste Szene ist intim und da dürfen keine Zuschauer dabei sein.«

»Eine Liebesszene?«, wollte Jacques gleich wissen.

»Ja, und da ist immer nur der engste Kreis dabei. Mit Romy und Alain ist das Ganze aber nicht so schwierig, denn sie waren ja schon einmal ein Paar.«

»Echt? Ich stelle mir das eher noch schwerer vor, wenn man im richtigen Leben nicht mehr zusammen ist.«

»Sie sind Profis und kriegen das geregelt.«

»Jacques, komm, ich denke Hélène hat gleich wieder alle Hände voll zu tun. Wir machen uns auf den Heimweg, es ist schon spät geworden«, erinnerte Serge seinen Kumpel.

»Wir sehen uns morgen am späten Nachmittag, nicht wahr Hélène?«

»Auf jeden Fall! Und bringt gute Laune mit. Ihr geht auf eine Party.«

»Also, bis dann.«

Serge hauchte Hélène drei Küsschen auf die Wangen. Jacques tat es ihm gleich.

Die beiden nahmen so viele Eindrücke mit, dass sie auf der Heimfahrt kein Wort wechselten. Jeder war mit sich selbst beschäftigt.

Was Aurélie wohl gemacht hat?, fragte sich Serge. Hoffentlich hat sie den Vorfall von letzter Nacht verarbeitet und ist wieder gut gelaunt. Sein Magen grummelte, als er in den Campingplatz einbog und die *Vélosolex* zurückgab.

Es war nach 17:00 Uhr. Die meisten Urlauber verbrachten den Nachmittag noch am Strand. Auch Aurélie schien dort zu sein, denn das Zelt war zugezogen. *Eine Erfrischung würde auch mir guttun,* entschied er und zog sich schnell seine

Badehose an. Mit seinem großen Badehandtuch und Flipflops an den Füßen, ging er zum Strand herunter.

Von Weitem konnte er schon die Clique hören. Sie spielten wieder Volleyball. Doch darauf hatte er keine Lust. Er ging in einiger Entfernung am Volleyballfeld vorbei. Keiner bemerkte ihn. Sie waren mit sich selbst und dem Spiel beschäftigt. Doch er konnte nicht anders, er beobachtete kurz Henri, als er Aurélie zeigte, wie man richtig pritscht. Dabei stand er hinter ihr und hatte seine Arme um sie gelegt. Ihre Körper berührten sich. Sofort spürte Serge einen Stich in seinem Herzen.

Musste das denn sein? Heute Morgen war sie noch schwer verletzt und jetzt macht sie schon wieder Sport. Dazu noch mit diesem Typen von hier! Egal, ich hatte einen fantastischen Tag und lasse mir nicht die Laune von so etwas verderben, sagte er sich.

Er beschleunigte seine Schritte und sprang direkt in die Wellen. Das Wasser war genau richtig temperiert. Er tauchte ein und kraulte so lange, bis er nicht mehr konnte. Weit draußen drehte er sich auf den Rücken und schaute in den Himmel.

Die Bilder der letzten Nacht kamen ihm wieder in den Sinn. Mit etwas Distanz waren sie noch unwirklicher. Ganz besonders beschäftigte ihn das blutige Messer.

Warum hatte er es zurück in seine Tasche gesteckt? Er malte sich aus, dass es von irgendjemandem gefunden wurde. Es war der beste Beweis, dass er der Täter war. Vor Schreck tauchte er mit seinem Kopf unter und schluckte Meerwasser. Prustend und spuckend kam er wieder an die Oberfläche und sagte sich:

Ich muss es verschwinden lassen. Am besten noch heute!

Schnell schwamm er zum Ufer zurück, nahm sein Handtuch und lief direkt zum Zelt. Aurélie spielte noch immer Volleyball. Im Zelt öffnete er seine Tasche und suchte nach dem Klappmesser. Er kramte zwischen seinen Kleidern. Auch in der Seitentasche. Doch er fand kein Messer. Es war weg!

»Merde«, fluchte er. *Ich habe es doch heute Morgen zurückgelegt. Was mache ich jetzt?*

Grübelnd saß er da. Dann hörte er die Stimmen von Aurélie, Valérie und Jacques. Er atmete tief durch und versuchte, sich nichts anmerken zu lassen, als er ins Freie trat.

»Ah, da seid ihr ja. Wart ihr Volleyball spielen?«

»Ja und unsere Mannschaft hat gewonnen! Wir haben dieses Mal *Saint-Tropez* und Paris gemischt. Da waren die Kräfte besser verteilt«, erklärte Valérie begeistert.

»Dann geht es dir wieder besser, *ma chérie*?«

Während Serge das sagte, näherte er sich seiner Freundin und wollte sie umarmen.

Doch sie drehte sich weg und meinte nur mit unterkühlter Stimme:

»Es geht so. Valérie hat sich rührend um mich gekümmert. Und du? Hast du Hélène wiedergesehen?«

Serge konnte mit der Situation nicht besonders gut umgehen. Unsicher schaute er auf den Boden und antwortete:

»Ja, kurz. Sie hat uns begrüßt und uns einen Platz gezeigt, wo wir den Dreh gut beobachten konnten. Da sie aber ihren

Job machen musste, waren Jacques und ich meistens auf uns allein gestellt.«

»Gut, dann hast du dich ja schon daran gewöhnt, allein zurechtzukommen. Ich habe mir im Supermarkt ein kleines Zelt besorgt und ziehe damit in die Nähe von Valérie.«

Jetzt verstand Serge überhaupt nichts mehr. *Was nur war in sie gefahren?* Sie konnte doch froh sein, dass er sie heute Nacht am Strand gesucht und gefunden hatte. Seine Reaktion war dementsprechend.

»Ich verstehe dich nicht, Aurélie. Du verhältst dich, als ob ich dich gestern Nacht angegriffen hätte. Dabei habe ich mich um dich gekümmert.«

Aurélie schaute ihn mit leerem Blick an und blieb bei ihrer Entscheidung.

»Ganz ehrlich, ich bin mir nicht sicher, wer da heute Nacht in meinem Zelt war. Du hast auf jeden Fall die Möglichkeit dazu gehabt. Der Mann, den ich gesehen habe, sah dir ähnlich – von der Größe, wie von der Statur her. Außerdem habe ich von den anderen erfahren, wie du am Lagerfeuer auf Hélène abgefahren bist und mit ihr rumgemacht hast! Schon alleine deswegen möchte ich im Moment nicht in deiner Nähe sein. Verstanden?«

»Wie du meinst ...«

Serge drehte sich verletzt um und verschwand wieder im Zelt. Dort setzte er sich auf seinen Schlafsack und vergrub seinen Kopf zwischen seinen Knien. Die unterschiedlichsten Gefühle kämpften in ihm. Er war wütend und verärgert. Gleichzeitig aber auch irgendwie erleichtert, denn er wusste nicht, wie er mit der Situation hätte weiter umgehen sollen.

Das Einzige, was er momentan wusste, war, dass die Beziehung mit Aurélie nicht mehr so zu sein schien wie zuvor. Er entschied für sich, die Distanz, die sie wollte, zu respektieren. Damit hatte er selbst auch eine Freiheit gewonnen, die ihm half mit neuen Möglichkeiten, die sich vielleicht ergaben, offener umzugehen. Am Ende seiner Überlegungen sagte er sich:

Serge, du bist in den Ferien. Du wirst dich doch nicht für den Rest der Zeit in deinem Zelt verstecken. Da draußen sind hunderte wunderschöner Frauen! Außerdem kannst du morgen das erste Mal bei einem Spielfilm mitwirken. Nutze deine Chancen und lasse dich nicht von dieser Frau herunterziehen.

Er gab sich einen Ruck und stand auf, schlüpfte in seine Jeans und zog ein T-Shirt über. Er wollte zu Romain und ihn fragen, ob sie morgen gemeinsam zur Party gingen. Jacques war ihm zu riskant. Der würde wahrscheinlich alles, was sie erlebten, seiner Freundin Valérie erzählen.

Am nächsten Tag gingen sie sich aus dem Weg. Serge schlief lange und döste dann die ganze Zeit am Strand. Zwischendrin sprang er ins Meer und schaute den Leuten beim Baden zu. Mittags holte er sich ein Sandwich an einem der kleinen Stände, die überall am Strand ihre Snacks anboten. Romain legte sich nachmittags zu ihm, und sie sprachen über den kommenden Abend.

»Weißt du, wer alles mitkommen wird?«, fragte er Romain, der schon ganz aufgeregt war, Michèle wiederzusehen.

»Von uns werden Eric, Jacques und Valérie dabei sein. Ob Aurélie kommt, konnte sie mir nicht sagen. Ich glaube, sie ist unsicher, wegen ihrer Verletzungen am Arm. Auf jeden Fall müsste sie eine Bluse mit langen Ärmeln tragen, vermute ich. Von den Parisern kommen Henri, Paul, Chloe und François. Catherine besucht Freunde in *Saint-Tropez*. Bruno muss seinem Vater in der *Patisserie* helfen. Wir werden also insgesamt wahrscheinlich neun oder zehn Statisten sein.«

Serge ergänzte mit seinem Filmwissen:

»Am Strand waren aber weitaus mehr Leute, die Jane Birkin eingeladen hat. Ich kann mir vorstellen, dass sie eine Auswahl treffen und der eine oder andere nicht zum Einsatz kommt. Das Drehteam organisiert bestimmt ein schnelles Casting vor dem Dreh und überprüft, wer geeignet ist.«

»Hoffentlich sortieren sie mich nicht aus. Dann müsste ich gehen, bevor ich Michèle treffe.«

»Dann wirf dich in Schale. In Badeshorts können wir dort nicht auftauchen. Weißt du, wie wir zum Drehort kommen können? Ich habe keine Lust, die ganze Strecke wieder mit der Vélosolex zu fahren«, meinte Serge.

»Henri und Paul haben zwei Autos organisiert. Ich kann sie gerne fragen, ob sie uns mitnehmen. Soll ich?«

»Auf jeden Fall. Dann kommen wir nicht komplett derangiert an.«

»Ich spurte dann mal los, Henri suchen. *À bientôt!*.«

»*À bientôt!* Aber du hast noch nicht gesagt, wann wir uns treffen?«

»17:30 Uhr wäre gut, denke ich.«

»Also, bis dann. Wieder an der Rezeption.«

»*Oui*, an der Rezeption.«

Etwa zur gleichen Zeit saßen Valérie und Aurélie in ihren knappen Bikinis in einer kleinen Bar am Strand von *Pampelonne*. Es war angenehm unter dem Sonnensegel. Beide hatten eine *Coca* vor sich und nippten ab und zu an dem eiskalten Getränk. Valérie kam noch einmal auf den gestrigen Abend zu sprechen.

»Willst du das mit Serge wirklich durchziehen? Gerade, wenn du dir nicht sicher bist, dass er der Mann im Zelt war?«

Aurélies Gesichtsausdruck, der eben noch entspannt war, wurde eisig. Erst wollte sie nicht antworten, doch dann entschied sie sich, mehr von sich preiszugeben.

»Aus welchem Grund auch immer, ich vertraue Serge nicht mehr. Er zeigt mir jetzt sein wahres Gesicht.«

Valérie verstand nicht ganz.

»Was meinst du damit. Du bist doch immerhin schon über ein Jahr mit ihm zusammen? Da müsstest du ihn doch recht gut kennen.«

»Das habe ich auch gedacht. Aber seit er hier ist, hat er wieder Augen für andere Frauen. Vielleicht liegt das am Sommer oder der knappen Kleidung. Er ist wohl doch ein typischer Draufgänger, der nur sich selbst kennt und das Abenteuer sucht. Sonst hätte er nicht mit Hélène angebandelt.«

Aurélie lutschte an einem Eiswürfel und spuckte ihn wieder in ihr Glas zurück. Nachdem sie wieder aufsah, konnte sie ihre Empörung nicht verbergen.

»Schau doch nur, jetzt fangen die Frauen an *oben ohne* am Strand herumzulaufen. Kein Wunder, dass die Männer alle geil sind.«

»Ich finde das in Ordnung. Wir haben das Recht dazu. Über Jahrhunderte wurden wir gezwungen, in Kleidern zu baden, und durften so gut wie nichts von uns zeigen. Ich fühle mich frei, wenn ich kaum etwas anhabe. Ich brauche mich nicht zu verstecken. Aurélie, verstehe doch, das ist das neue Selbstbewusstsein der Frauen! Viele Generationen vor uns haben dafür gekämpft.«

»Kann schon sein, aber ich erkenne nicht, was wir davon haben? Die Männer steigen uns nur noch dreister nach. Gestern hat mir einfach einer an den Hintern gefasst, als ich aus dem Waschraum kam.«

»Du hättest ihm einfach eine knallen sollen. Wir müssen uns wehren. Wenn wir weiter die scheuen ergebenen Weibchen sind, dann lernen die es nie. Noch ein Wort zur Kleidung. Sie ist Ausdruck unseres neuen Selbstbewusstseins. Der Minirock ist das Zeichen der femininen Revolution!«

»Für mich ist er die Einladung an das männliche Geschlecht, uns zwischen die Beine zu schauen.«

»Das klingt so, als ob du keine Freude daran hättest, angesehen zu werden und der Männerwelt den Kopf zu verdrehen?«

»Manchmal schon. Aber dann muss ich gleich an meine Mutter denken, die von ihrem eigenen Mann vergewaltigt wurde. Das lässt mich nicht los. Es schüttelt mich innerlich, wenn mir einer *da unten* zu nahekommt.«

Valérie überlegte, wie sie ihrer Freundin helfen konnte, damit sie nicht in diese Extreme verfiel.

»Machst du es dir manchmal selbst?«, fragte sie spontan.

»Du stellst vielleicht Fragen! Aber ja, das tue ich. Das ist aber etwas völlig anderes. Ein Mann ist nie so einfühlsam wie ich zu mir selbst.«

»Da bin ich anderer Meinung. Wenn du dich fallen lässt, dann wird er dir neue Gefühlswelten zeigen. Du kannst bei dir immer nur das machen, was *du* dir vorstellst. Ein Partner wird dich mit Neuem überraschen.«

»Genau, er wird egoistisch und brutal sein. Meistens ist doch nur rammeln angesagt.«

»Bei Jacques nicht. Er kann auch sehr sensibel sein, wenn ich es ihm sage. Auch hier musst du zeigen, was du willst und dich nicht zur Abhängigen degradieren lassen. Wir Frauen in den Sechzigern sollten obenauf sein. Die Missionarsstellung ist lange vorbei. Glaube mir.«

»Weißt du was, ich kann ganz gut auch ohne ständigen Sex auskommen. Zuerst soll mein Mann mich verstehen und ernst nehmen.«

»Ich glaube, das tut Serge sehr wohl. Gib ihm doch noch eine Chance«, sagte Valérie sichtlich um Vermittlung bemüht.

»Mal sehen, ich warte den heutigen Abend ab. Wenn er dann wieder auf Hélène abfährt und mit ihr rummacht ...«

»Dann kommst du also mit?«

»Ja, ich will mir das nicht entgehen lassen. Schon allein wegen Alain Delon.«

»Ah, ich verstehe. *Mademoiselle* hat doch noch Träume.«

»Das nicht gerade. Aber ansehen ist auch schön.«

»Stimmt. Da schließe ich mich dir an.«

»Weißt du schon, dass wir mitgenommen werden? Henri hat Autos organisiert. Übrigens, was hältst du von ihm?«

»Er kann auf jeden Fall gut Volleyball spielen.«

»Das kann man wohl sagen. Und er hat dir das Pritschen beigebracht. Auch eine Leistung.«

Beide mussten spontan lachen. Denn Aurélie war weiterhin eine Niete auf dem Feld. Aber das störte Henri nicht.

»Dann lass uns mal in Schale werfen.«

»Viel ist bei mir nicht möglich. Ich habe nur eine weiße Bluse mit langen Ärmeln dabei. Immerhin passt sie zu meinem schwarzen Minirock.«

»Na siehst du, das ist doch schon mal ein Plan.«

»Bis später an der Rezeption.«

»17:30 Uhr?«

»*Pile poli*, ganz genau.«

La Fête

Alle waren pünktlich am Eingang eingetroffen. Keiner wollte sich diese einmalige Gelegenheit entgehen lassen, in einem internationalen Kinofilm mitzuspielen. Es standen sogar drei Autos bereit. Henri hatte nicht zu viel versprochen. Ein *Renault 4,* ein *Citroën Mehari* und ein *Simca 1000.* In allen Autos lagen warme Wolldecken für die Nacht. Denn auch im Sommer konnte es auf der Halbinsel feucht und kühl werden.

Sie hatten keine Ahnung, wie lange der Dreh dauern würde. Jane Birkin hatte dazu nichts gesagt. Doch Henri hatte an alles gedacht. Es gab sogar in jedem Auto mehrere Flaschen *Evian* und ein paar Baguettes mit Salami. Die hatte Bruno in der *Patisserie* seines Vaters für sie vorbereitet.

»Da haben wir ja genügend Platz! Wer fährt die drei Wagen?«, fragte Valérie, die in einem bezaubernden, weißen Strickkleid umwerfend aussah.

»Den *Mehari* fahre ich, der ist etwas Besonderes, da musste ich versprechen, mich selbst hinters Lenkrad zu setzen. Die beiden anderen werden von Paul und François volliert«, erklärte Henri.

»Können Valérie und ich hinten im *Citroën* mitfahren? Wir wollten schon immer mal in so einer *Plastikschüssel* sitzen«, fragte Jacques, der eine weiße Leinenhose und einen

passenden Blazer angezogen hatte und wie der Sohn eines Jacht-Besitzers wirkte.

»Klar doch, ihr habt zuerst gefragt. Die Plätze sind immer beliebt. Man schaukelt lustig hin und her, wenn ich um die Kurven fahre.«

Allen anderen war es egal, wo sie einstiegen. Nur Aurélie wartete, bis sich Serge entschieden hatte, gemeinsam mit Romain im *R4* Platz zu nehmen. Sie wählte dann den *Simca*, den Paul lenkte.

Es war eine illustre Truppe, die sich auf den Weg nach *Ramatuelle* machte. Mit lautem Gehupe verließen sie den Campingplatz. Es waren sogar einige Schaulustige gekommen, die ihnen hinterher winkten.

Nach einer knappen halben Stunde fuhren sie am Drehort vor. Jacques hatte Henri den Weg gezeigt, den er gestern mit der *Vélosolex* gefahren war.

Der Sicherheitsmann am Tor kam gleich zu ihnen und begrüßte sie standesgemäß mit einem grimmigen Gesicht und einer ruppigen Begrüßung:

»Ich denke, ihr habt euch verfahren. Hier geht es nicht weiter. Privat.«

Serge stieg aus dem *R4* aus und ging auf den Wachmann zu. Er wirkte in seinem blauen, eng geschnittenen Anzug und dem weiß-blau gestreiften Shirt völlig anders, deshalb erkannte ihn der glatzköpfige Sicherheitsmann nicht.

»Ich habe mich wohl nicht klar genug ausgedrückt, Bürschchen.«

»*Salut,* Monsieur, wir hatten schon das Vergnügen. Ich war gestern mit meinem Freund hier, sie erinnern sich?«

»Du schon wieder. Hast du etwa Verstärkung mitgebracht?«

»Genau, denn wir wurden von Jane Birkin eingeladen. Wir sind die Statisten für den Dreh heute Abend.«

Der Glatzkopf schaute irritiert.

»Hat mir keiner gesagt. Ich kann euch nicht einfach so hineinfahren lassen. Wartet hier. Ich spreche mit dem Aufnahmeleiter. *Attends un moment!*«

»Gibt es Probleme?«, fragte Henri.

»Nur das Übliche. Der Sicherheitsmann wurde nicht informiert. Er fragt nach. Wir sollen warten.«

Einige Minuten später kamen zwei Frauen die Einfahrt herunter. Eine davon war Hélène, wie Serge sofort erkannte. Die andere war ihm unbekannt. Sie ergriff aber sogleich das Wort:

»*Salut,* ich bin Constance, die Casting-Direktorin. Für den Party-Dreh heute Abend benötigen wir zwanzig Statisten. Wie mir Jane berichtet hat, seid ihr von ihr eingeladen worden. Dann steigt bitte mal alle aus. Ich möchte mir einen ersten Eindruck verschaffen.«

Etwas überrascht von der ungewöhnlichen Begrüßung, kam die Gruppe der Bitte nach.

»Stellt euch bitte links und rechts neben eure Autos. Die Männer hier, die Frauen dort. Wie ich sehe, habt ihr euch schick angezogen. Gut so. Trotzdem wird Hélène das eine oder andere noch ändern müssen. Hélène, komm, wir schauen uns die Looks mal an.«

Nacheinander gingen die beiden Frauen an den Mitgliedern der Gruppe vorbei und tuschelten immer mal

wieder. Ausgerechnet bei Aurélie blieben sie stehen und sprachen sie an.

»Du bist sehr hübsch. Nur deine Bluse gefällt uns nicht. Sie ist sehr brav. Hélène wird dir aus unserem Fundus etwas Raffiniertes geben.«

Hélène kochte innerlich, ließ sich aber nichts anmerken und lächelte freundlich.

»Die Männer sind alle soweit okay. Die Sakkos zieht ihr bitte beim Dreh aus, das wirkt sonst zu steif. Wer ein weißes Hemd trägt, bitte die Ärmel hochkrempeln, das ist lockerer. Wer bist du? Deine Locken sollten wir etwas bändigen.«

Henri fasste sich in seine Haarpracht und grinste über sein braun gebranntes Gesicht.

»Also, ich muss schon sagen, ihr habt Geschmack bewiesen. Wer von euch ist ein Paar? Ich frage nur, wegen des Tanzens später. Wir benötigen einige, die miteinander schmusen.«

Auch das noch, dachte Serge. *Ich halte lieber meinen Mund. Soll doch Aurélie sich melden, falls sie Interesse hat.*

Aber Aurélie meldete sich nicht.

Dafür aber Valérie und Jacques, sowie Chloé und François.

»*Oh lá lá,* wir haben zwei Pärchen, fünf Männer und nur eine weitere Frau. Dann wollen wir mal hoffen, dass gleich noch mehr Frauen kommen werden. Wir erwarten nämlich noch eine weitere Gruppe aus *Saint-Tropez.* Wir ordnen euch Jungs dann jeweils einer Frau zu. Wärt ihr damit einverstanden?«

Allgemeines Nicken.

»*Bon,* nun müssen wir nur noch entscheiden, was wir mit dir machen«, sagte die Casting-Direktorin und ging auf Aurélie zu. »Möchtest du mit einem aus deiner Gruppe tanzen?«

Aurélie zeigte keine Reaktion. Sie schaute verschüchtert auf den Boden.

Anscheinend hatte die Casting-Frau ein *Faible* für sie, denn sie machte ihr einen überraschenden Vorschlag.

»So gut wie du aussiehst und wirkst, passt du perfekt zu der Vorstellung des Regisseurs. Er sucht nämlich noch eine Frau, die später mit Alain Delon tanzt. Wie wäre das? Könntest du dir das vorstellen?«

Die ganze Gruppe stand mit offenen Mündern da. *Aurélie und Alain. Das hörte sich gut an,* dachte Aurélie. Gespannt schauten alle zu ihr und warteten auf ihre Antwort.

In diesem Moment erinnerte sich Aurélie an das, was ihr Valérie heute in der Bar gesagt hatte: *Wir Frauen brauchen uns nicht zu verstecken, wir haben ein neues Selbstbewusstsein.*

Daraufhin gab sie sich einen Ruck und antwortete mit fester Stimme:

»Das kann ich mir gut vorstellen. Ich tanze sehr gerne.«

Überrascht von ihrem eigenen Mut, schaute sie zu Serge, der komplett baff war.

»Wunderbar! Dann begleitet dich Hélène in die Villa. Ihr geht zuerst in die Garderobe. Wir kleiden dich dann neu ein. Die anderen warten bitte noch einen Moment. Ich schicke Guy, das ist einer der Assistenten. Er wird euch zeigen, wo ihr hinmüsst. Noch etwas: Er teilt euch einen Vertrag aus, den ihr

bitte durchlest und dann unterschreibt. Jeder von euch erhält nach dem Dreh hundert Franc als Gage. Damit habt ihr die Rechte eurer Person im Film und deren Verwertung an die Produktionsgesellschaft abgegeben. Aber wie schon gesagt, es steht alles im Vertrag. Bis später, wir sehen uns.«

Hélène ging danach gleich auf Aurélie zu. Dabei kam sie auch an Serge vorbei. Beide vermieden es, sich mit Küsschen zu begrüßen und nickten sich nur kurz zu.

»*Salut* Aurélie, ich bin Hélène.«

»Ist mir bekannt.«

Distanziert gab sie Hélène ihre Hand zur Begrüßung. Diese dachte nur: *Warum ausgerechnet Serges Freundin? Das fehlte gerade noch.*

Gemeinsam verließen sie den kleinen Platz am Eingang und schritten den Kiesweg zum Haus hinauf. Sie redeten kein Wort. Erst als sie oben an der Villa angekommen waren, sprach Hélène wieder.

»Wir drehen heute im Haus und auf der Terrasse. Ihr kommt mit *Harry* an, der euch in *Saint-Tropez* aufgegabelt hat. Wenn ihr an der Villa ankommt, sind die drei Zuhause gebliebenen Gastgeber zunächst von dem Überfall der unangekündigten Gäste nicht besonders begeistert. Aber da ihr Wein, etwas zu essen und gute Laune mitbringt, entwickelt sich nach kurzer Zeit eine ausgelassene Partystimmung.«

»Aha, und da lerne ich auch Alain kennen?«

»Ja, er spielt im Film *Jean-Paul,* den Freund von *Marianne.*«

»Und er tanzt ausgerechnet mit mir? Weißt du warum?«, wollte Hélène wissen.

»Das kann ich dir nicht sagen, da musst du den Regisseur fragen. Oder Michèle, die kennt das Drehbuch. Komm, wir schauen uns mal Kleider für dich an.«

Die beiden waren mittlerweile in einem Raum angekommen, der von einem überdimensionalen Spiegel dominiert wurde. Seitlich standen verschiedene Kleiderständer auf Rollen. Auf mehreren Tischen waren unendlich viele Make-up Utensilien verteilt. Es gab auch Perücken und Hélène sah ein Regal voll mit Schuhen.

»Du meine Güte, hier gibt es ja mehr Auswahl als in der *Galerie Lafayette* in Paris.«

»Jetzt übertreibst du aber. Wir sind eben auf einiges vorbereitet. Bei Sonderwünschen musste ich aber auch schon nach Cannes oder Nizza fahren. Das kam ab und zu schon vor.«

Hélène hatte drei Sommerkleider über ihrem Arm und präsentierte sie Aurélie.

»Schau mal, die könnten dir gutstehen.«

Sie zeigte nacheinander ein schwarzes eng tailliertes Minikleid mit einem weißen Gürtel, ein weiteres mit einem graphischen bunten Muster und ein drittes mit großformatigen Blumen, das einen recht ausladenden Ausschnitt hatte.

Aurélie war nicht besonders glücklich über die Auswahl, denn alle drei Kleider waren ärmellos.

Sollte sie ihre Verletzungen erwähnen? Es würde sich wahrscheinlich nicht vermeiden lassen, überlegte sie.

Sie entschied sich dafür, offen damit umzugehen.

»Hélène, leider habe ich an meinen Armen ein paar Schnittwunden. Ich habe gestern aus Versehen in die Scherben einer Weinflasche gegriffen.«

Das war eine dumme Ausrede, aber etwas Besseres fiel ihr gerade nicht ein.

»Weißt du was, geh doch einfach mal hinter den Paravent und probiere die drei Kleider an. Wir schauen dann, ob wir deine Verletzungen überschminken können. Darin bin ich besonders gut.«

Aurélie war etwas beruhigter und akzeptierte den Vorschlag. Als sie sich hinter dem Paravent auszog, stellte sie fest, dass sie keinen BH anhatte. Schon beim ersten Kleid wirkte ihr Körper, wie sie fand, zu dünn und mädchenhaft. Sie ärgerte sich über sich selbst und bereute schon den Entschluss, diese exponierte Statistenrolle übernommen zu haben.

»Hélène, was ist, gibt's Probleme? Passen die Kleider nicht?«

»Doch, doch. Ich finde mich nur zu dünn darin. Insbesondere oben herum.«

»Zeig doch mal. Da können wir bestimmt was machen. Ich habe Push-ups dabei, damit können wir etwas schummeln.«

Aurélie kam im geblümten Kleid hinter dem Paravent hervor, und Hélène musste zugeben, dass sie fantastisch aussah. Sie steckte das Kleid an der Hüfte noch etwas enger. Danach saß es noch besser.

»Meinst du wirklich, ich kann das tragen?«

»Klar doch, hier zieh mal diesen BH an. Der wirkt Wunder!«

Nachdem Aurélie den BH angezogen hatte und vor Hélène stand, hatte sie plötzlich wohl geformte Brüste, die den Ausschnitt des Kleides gut ausfüllten. Mit mehreren gekonnten Stichen auf jeder Seite nähte Hélène das Kleid ab.

»So, das hätten wir. *Très chic, Mademoiselle.*«

Aurélie sah sich im Spiegel und gefiel sich sehr. Es war das erste Mal, dass sie in Gegenwart von Hélène lachte und einen Anflug von Sympathie für die Maskenbildnerin zeigte.

»*Merci*, es gefällt mir wirklich!«

»Puh, dann hätten wir das schon mal geschafft. Jetzt kümmere ich mich noch um deine Haare und dann schminken wir dich.«

Sie bot Aurélie einen Platz vor dem großen Spiegel an. In diesem Moment fielen ihr die Schnittwunden an den Armen wieder auf.

»Das hätte ich fast vergessen. Zeig mir doch mal deine Arme. Um die muss ich mich gleich kümmern.«

Aurélie hielt ihre Arme der Maskenbildnerin entgegen. Hélène betrachtete die Schnittwunden.

»*Mon dieu! Merde!* Das ist aber eine ganz schöne Menge tiefer Wunden! Wie hast du das denn angestellt?«

Aurélie konnte und wollte nicht antworten; stattdessen fing sie an zu weinen.

Hélène war unsicher, wie sie darauf reagieren sollte. Ungeschickt tätschelte sie die junge Frau an der Schulter und versprach ihr:

»Ich kriege das schon hin. Keiner wird etwas merken oder dumme Fragen stellen, versprochen.«

»*Merci*, ich wäre dir sehr dankbar.«

Hélène schaffte es, die Arme fast unverletzt aussehen zu lassen. Noch beeindruckender aber war die Veränderung, die sie durch das Make-up erzielte. Sie verwendete dafür die unterschiedlichsten Cremes, Puder und Schminkutensilien, die sie aus einem Koffer mit hunderten von Fächern holte. Aurélie beobachtete den Vorgang mit wachsender Begeisterung.

Am Ende der Prozedur saß eine völlig veränderte Frau vor dem Spiegel. Sie hatte sich noch nie so attraktiv empfunden. Auf einmal wirkten ihre Augen groß und strahlend und ihr Mund war verführerisch voll und leuchtete in einem modischen Rot. Aus dem scheuen Mädchen war eine *sexy* Frau geworden. Nicht billig, sondern mit Stil und Niveau.

»Gefällst du dir?«, fragte Hélène, als sie fertig war.

»Ich fühle mich wie ein anderer Mensch. Jetzt weiß ich, was meine Freundin Valérie heute gemeint hat, *wir Frauen* sollten uns emanzipieren und zu unserem Körper stehen.«

»Du bist auf dem besten Weg, genau das zu tun. Nun aber schnell, wir müssen uns beeilen. Ich habe noch eine Menge mit den restlichen Statisten zu tun. Am besten ich bringe dich zu deinen Freunden.«

Als die beiden Frauen auf die Terrasse traten, bemerkte Romain als erster die *neue* Aurélie.

Begeistert rief er:

»Aurélie, du siehst aus wie ein Filmstar!«

Daraufhin drehte sich die ganze Gruppe zu ihr hin und spendete Applaus. Serge wusste nicht, was er davon halten sollte. Aber er musste zugeben, seine Freundin sah überwältigend aus. Aber leider war das nicht für ihn, sondern für Alain Delon. Er war verwirrt; mit dieser Entwicklung hatte er nicht gerechnet. Irgendwie sah er seine Felle wegschwimmen.

Es dauerte noch fast eine Stunde, bis alle Statisten auf der großen Terrasse versammelt waren. Serge hatte eine extravagante, blonde Tanzpartnerin zugeteilt bekommen, die allerdings nicht sein Typ war. Im Grunde genommen war er froh darüber. So konnte er sich mehr auf den Dreh konzentrieren und genau beobachten, wie alles ablief.

»Eine Ansammlung von schönen Menschen, das muss man schon sagen«, bemerkte Romain, der neben Serge stand und wartete.

»Ich bin mal gespannt, ob wir wirklich den Regisseur Jacques Deray kennenlernen. Vielleicht kommen ja auch die Schauspieler dazu, wenn er die Szene erklärt?«

Serges Hoffnung ging kurz danach in Erfüllung. Jacques Deray trat mit seinem Kameramann und Romy, Alain, Maurice und Jane auf die Terrasse. Spontan applaudierten die Statisten.

Der Regisseur hob die Hand und begann zu sprechen:

»*Bonsoir, mes amis!* Den Applaus könnt ihr euch für später aufheben, wenn wir alles im Kasten haben. Heute Abend wartet eine Menge Arbeit auf uns. Lasst mich euch kurz den Ablauf erklären:

Take eins der Partyszene, die wir heute Abend drehen werden, ist euer Ankommen mit den Autos. Unser Aufnahmeleiter Robert wird euch auf die verschiedenen Fahrzeuge verteilen. Darin findet ihr Kartons und Taschen mit Lebensmitteln und Wein. Nehmt bitte alles mit! Auch ein Blumenstrauß für *Marianne* ist dabei. Ihr fahrt kurz hintereinander vor und steigt sofort aus. Der erste Take muss sehr schnell ablaufen. Traut euch! Es soll wie ein Überfall wirken. Natürlich im positiven Sinne. Da ihr Stimmung macht und gute Laune mitbringt, werdet ihr von *Marianne* herzlich begrüßt. Sie nimmt euch mit ins Haus. Dort sind *Jean-Paul* und *Penelope*, gespielt von Alain und Jane. Apropos, entschuldigt, ich habe euch noch gar keine Möglichkeit gegeben, unsere Stars zu begrüßen, *voilá*.«

Die vier Schauspieler traten nach vorne und winkten den Statisten freundlich zu.

»Dann, im Haus angekommen, stellt ihr die Lebensmittel in die Küche und auf den Esstisch, öffnet und verteilt den Wein. Die zwei Gitarristen fangen zu spielen an.

Ab da sind wir schon bei *Take 2*. Nun kommen wir zu der Begrüßungsszene mit *Harry, Marianne* und *Jean-Paul*. Harry stellt den dreien zwei junge Frauen vor, die er in *Saint-Tropez* kennengelernt hat. Constance, du hast deine Auswahl getroffen? Bitte zeige mir die beiden Frauen.«

Die Casting-Direktorin ging zu den Statisten und begleitete Aurélie und eine weitere attraktive blonde Schönheit zum Regisseur.

»Das ist Aurélie, sie wird mit *Jean-Paul* tanzen. Und das ist Sophie, sie ist *Harrys* Flamme.«

Jacques Deray lächelte die beiden Statistinnen aufmunternd an.

»Perfekt, ich finde, ihr zwei seid eine sehr gute Wahl. Ihr werdet später genaue Instruktionen erhalten, welche Aufgaben auf euch zukommen. Ich bin mir sicher, ihr werdet das bravourös meistern. Hatten wir nicht auch noch einen jungen Mann für *Marianne* vorgesehen, der ihr zur Hand geht?«

»*Oui*, den müssen wir noch auswählen«, antwortete Constance.

Erneut ging sie die Gruppe der Statisten ab und blieb unvermittelt vor Serge stehen.

»Ich glaube, du bist genau der Richtige. Wie heißt du?«

»Ich bin Serge.«

»Gut Serge, dann halte dich bitte am Ende des ersten Takes bereit. Wir werden dir dann zeigen, was du zu spielen hast«, erklärte ihm Constance.

Der Regisseur fuhr mit seinen Erklärungen fort:

»Dann folgt *Take 3* der Partyszene: Die Gäste tanzen wild und ausgelassen. Wir werden dann gleich die besten Tänzerinnen und Tänzer aussuchen und entsprechend in Szene setzen. Auch in diesem Take spielt *Penelope* weiterhin die arrogant-distanzierte Tochter. Ihr Vater, *Harry,* kann sie zwar widerwillig zum Tanzen überreden, aber sie ist im Gegensatz zu allen anderen eher schlecht drauf.

Dann wird die Musik ruhiger und die Pärchen kommen sich näher. Jetzt ist der Moment, wo *Jean-Paul* und Aurélie miteinander eng umschlungen tanzen. Doch *Jean-Paul* wirkt die ganze Zeit abgelenkt, denn er beobachtet seine Freundin

Marianne, wie sie mit *Harry* eng umschlungen tanzt und flirtet. Nach wenigen Augenblicken verlässt er seine Tanzpartnerin und geht in Richtung Swimmingpool. Dort trifft er auf *Penelope*, die auch das Haus verlassen hat und alleine am Pool steht. Die beiden kommen sich näher und tauschen später Zärtlichkeiten aus.

Vom Haus aus beobachtet *Marianne* das Geschehen. Ihr könnt euch vorstellen, dass dies im weiteren Verlauf des Films für Streit sorgt. *Bon,* mehr müsst ihr nicht wissen. Alles andere, was eure Einsätze betreffen, erfahrt ihr zum jeweiligen Zeitpunkt von meinem Team. Noch Fragen?«

Eric meldete sich zu Wort:

»Was meinen Sie, wie lange wird der Dreh dauern?«

»Genau kann ich das nicht sagen. Es ist auf jeden Fall eine Menge Stoff. Ich könnte mir vorstellen, dass wir bis spät in die Nacht zu tun haben. *Alors*, dann gehen bitte alle zu ihren Autos. Wir starten heute chronologisch. *Top c'est partie!* Und los geht es.«

Serge freute sich. Er hatte seine erste kleine Rolle bekommen! Im Vergleich zu der seiner Freundin war sie allerdings relativ kurz. Doch immerhin drehte er mit Romy Schneider! Im Film spielte er *Phillipe*. Er wurde von *Harry* als einer der Gäste, die er mitgebracht hatte, vorgestellt, und durfte *Marianne* mit einem Handkuss begrüßen. Sie legte dann ihren Arm um seine Hüfte und fragte ihn, ob er ihr beim Bedienen der Gäste helfen würde. Gemeinsam gingen sie in Richtung Küche. So jedenfalls hatte es ihm der Regieassistent erklärt. Die kurze Sequenz würde bald nach der Ankunft

gedreht. Seine Nervosität stieg von Minute zu Minute. Er machte sich Mut: *Du packst das schon, sei einfach du selbst.*

Ähnlich ging es Aurélie. Sie war mittlerweile zwar selbstbewusster, doch mit Alain Delon tanzen? Wenn ihr das jemand vor einer Woche erzählt hätte, hätte sie gesagt, er wäre verrückt. Ihre Knie waren wackelig, als der Regieassistent Christoph auf sie zukam. Er schien auf den ersten Blick sehr nett zu sein, hatte lange Haare, einen Bart und wirkte irgendwie ausgehungert. *Wahrscheinlich arbeitete und rauchte er zu viel,* dachte sich Aurélie.

»Du bist also Aurélie und im Film spielst du die verführerische Schönheit *Coco.* So wie du aussiehst, kannst du das bestimmt glaubwürdig darstellen. Es wird dir sicher auch nicht schwerfallen, *Jean-Paul* anzuhimmeln. Das darfst du ganz auf deine Art tun. Leider wird er dein Interesse nicht erwidern, denn er hat nur Augen für *Penelope* und ist gleichzeitig eifersüchtig auf seine aktuelle Freundin *Marianne.* Eine recht verfahrene Situation also. Wundere dich also nicht, wenn er mit dir eng umschlungen tanzt, aber die Kamera seine argwöhnischen Blicke einfängt. Du schmiegst dich trotzdem an ihn. Nach einem kleinen Moment wird er dich dann abrupt verlassen. Hier kommt dann dein schauspielerisches Talent zum Einsatz. Du reagierst enttäuscht, und sagst, dass du noch nicht einmal seinen Namen kennst. Er wird dir nicht antworten, da er schon auf dem Weg nach draußen auf die Terrasse ist. Du drehst dich einfach von der Kamera weg und zuckst einmal kurz mit den Schultern. Ein Zeichen dafür, dass er dir gestohlen bleiben kann. Das ist alles. Glaubst du, du bekommst das hin?«

»Ich werde es auf jeden Fall versuchen. So schwer erscheint es mir nicht. Auf was sollte ich besonders achten?«

»Du sollst so spielen, als ob keine Kamera anwesend ist, das ist das Wichtigste. Schau bitte nicht in die Linse hinein. Konzentriere dich voll auf Alain.«

»Gut, das werde ich machen.«

»Viel Glück!«

»Danke dir. Und wenn ich etwas falsch mache, dann sag's mir bitte.«

Während Aurélie, Serge und die anderen Statisten kurz nach 21.00 Uhr ihre Anweisungen bekamen, saß Hélène heulend in der Garderobe. Michèle war bei ihr und versuchte sie aufzumuntern.

»Vergiss diesen Typen! Er ist einfach der letzte Dreck. Du hast dir schon viel zu lange seine unmögliche Art gefallen lassen. Er nutzt dich doch nur aus. Ohne deine Empfehlung hätte er nie als Assistent beim Film einen Job bekommen.«

Doch Hélène war emotional zu aufgewühlt, um klar denken zu können.

»Es wird mir alles zu viel. Ich habe heute alleine über zwanzig Statisten betreut. Plus natürlich unsere Stars, die alle Nase lang etwas wollen. Romy ist superanspruchsvoll. Im Film hat sie dauernd ein neues Outfit an und die Haare werden dazu ständig angepasst. Mal streng nach hinten, mal ganz klassisch oder auch verführerisch offen. Immer bin ich gefordert. Dabei habe ich von Anfang an gesagt, dass *eine* Maskenbildnerin nicht ausreicht. Aber man hat ja nicht auf mich gehört. Und zusätzlich noch Guy, er lässt nicht locker

und stört mich. Dabei macht er mir die unmöglichsten Vorwürfe: Ich würde allen Männern am Set nachstellen. Sogar mit Alain Delon will er mich gesehen haben. Dabei hat er mir nur Frühstück vorbeigebracht, da ich wieder mal keine Zeit hatte, um zum Cateringwagen zu gehen. Dazu kommt noch, dass ausgerechnet *heute* Serge hier ist. Er ist gerade beschäftigt, aber eigentlich wollte ich mich nach Drehschluss am Pool mit ihm treffen. Schau, er hat mir eine Nachricht zukommen lassen.«

Michèle tat überrascht und spielte die verantwortungsvolle Freundin. Dabei hatte sie das Gleiche mit Romain vor.

»Meinst du nicht, das ist etwas riskant? Soweit ich weiß, ist seine aktuelle Freundin auch hier. Ist es nicht Aurélie? Sie hat die Rolle der *Coco* bekommen. Nicht schlecht für den Anfang. Da kann sie ihre Reize voll zur Geltung bringen. Hübsch ist sie allemal.«

»Eine dünne Bohnenstange ist sie. Serge hat es mir selbst gesagt. Er findet meine Rundungen attraktiver. Und stell dir vor, sie hat beide Arme voller tiefer Schnittwunden. Sie hat mich angelogen und gesagt, sie hätte in eine zerbrochene Glasflasche gegriffen«, sprudelte es aus Hélène heraus.

»Pass nur auf, dass du da nicht in etwas hineingerätst. Vielleicht haben die beiden sich gestritten. Du hast keine Ahnung, wie eng die noch miteinander sind. Vielleicht sucht er nur das schnelle Abenteuer. Denk dran, das sind Pariser, die hier nur Urlaub machen. In zwei Wochen ist er wieder weg, und du hast vielleicht einen neuen Job irgendwo in Frankreich. Überleg mal.«

»Er ist aber so süß. Vielleicht bin ich naiv, na und. Ich bin auch zum Film gegangen, weil ich das Leben auskosten möchte. Und jetzt habe ich die Gelegenheit dazu. Du machst es doch nicht anders. Bei jedem Dreh hast du einen Neuen. Wer ist es dieses Mal? Romain, oder?«

Michèle merkte, sie kam nicht weiter. Sie hatte versucht, ihre Kollegin davon abzuhalten, eine riskante Affäre zu beginnen. Sowohl Guy als auch Aurélie würden genau beobachten, was in dieser Nacht geschah. Als Reaktion auf die Frage von Hélène reagierte sie nur mit einem Achselzucken. *Dann sollte sie doch allein sehen, wie sie mit der Situation zurechtkam.*

»Ich sollte schon längst wieder am Set sein. Wir drehen gleich.«

Mit wiegenden Hüften verließ Michèle die stickige Garderobe und war mit ihren Gedanken schon beim nächsten Take.

Hélène hatte das Gespräch nicht wirklich geholfen. Ihre Gefühle waren weiterhin aufgewühlt.

Sollte sie später zum Swimmingpool gehen und Serge treffen? Sie war sich nicht sicher. Aber sie kannte sich. Wahrscheinlich würde es dann eine spontane, stark emotionale Entscheidung sein. Ein bisschen verrückt war sie ja schon immer.

Der Dreh verlief reibungslos. Die Statisten erwiesen sich als talentiert und sehr kooperationsbereit. Auch, wenn manche Einstellungen mehrmals gedreht werden mussten, blieben alle professionell. Besonders die Tanzszenen schienen

den jungen Leuten zu gefallen. Sie bewegten sich ausgelassen und der Regisseur war sehr zufrieden.

Aurélie erwies sich vor der Kamera als Naturtalent. Sie wirkte geschmeidig und natürlich. Alain zeigte sich von seiner charmanten Seite. Immer wieder ermutigte er sie und gab ihr Tipps. Schon nach kurzer Zeit vergaß Aurélie die Kamera und ging ganz in ihrer Rolle auf. Besonderen Spaß machte ihr die Sequenz, bei der sie auf den Abgang von *Jean-Paul* reagierte. Selbst der Regisseur hatte seine Freude an den Varianten, die sie darbot. Überrascht von sich selbst und mit stolzem Blick kam sie am Ende ihres Parts auf Serge zu.

»Das hättest du nicht gedacht, was Serge? Deine Freundin bekommt Lob von einem der bekanntesten Regisseure Frankreichs. Vielleicht sollte ich auch Schauspiel studieren und nicht, wie geplant, Lehramt?«

Serge hatte seinen Dreh um 23:00 Uhr noch vor sich und war deutlich angespannt. Trotzdem war er beeindruckt von der Darbietung seiner Freundin. Etwas ungeschickt, versuchte er das zum Ausdruck zu bringen:

»Dass du gut tanzen kannst, das war mir bekannt. Überrascht hat mich, wie locker du mit Alain umgegangen bist. Er ist doch um einiges älter als du. Aber vielleicht magst du das ja?«

Schon während er den letzten Satz formulierte, hätte er ihn am liebsten wieder zurückgenommen. Doch dazu war es zu spät. Aurélie funkelte ihn mit stechenden Augen an.

»Musst du immer auf das *Eine* zu sprechen kommen? Für dich gibt es anscheinend nichts anderes außer Sex. Von wahren Gefühlen hast du keine Ahnung. *Connard!*«

Warum redeten sie dauernd aneinander vorbei? Das war doch früher nie der Fall. *Egal was ich sage, sie kriegt es immer in den falschen Hals.* Serge war hilflos. Er startete einen letzten Versuch.

»Es tut mir leid. Ich habe es nicht so gemeint. Du warst wirklich super. Alle hatten nur noch Augen für dich«, säuselte er mit versöhnlicher Stimme.

»Komisch, warum glaube ich dir nicht. Du, mit deinem *Frauen-Verführer-Blick* und mit deinem gespielten Interesse. Glaub' mir, die Frauen werden dein Gehabe früher oder später nicht mehr ertragen können. Übrigens habe ich heute Hélène kennengelernt. Sie war überraschend freundlich zu mir. Hatte wahrscheinlich ein schlechtes Gewissen. Pass nur auf, was du anstellst. Du wirst beobachtet!«

Jetzt kapierte Serge überhaupt nichts mehr. Zum einen machte sie ihn nieder und zum anderen schien sie um ihn zu kämpfen. Er verstand das weibliche Geschlecht nicht. *Oder vielleicht doch nur Aurélie? War Hélène etwa auch so unberechenbar emotional? War sie es wert, Aurélie weiter zu provozieren? Sie eventuell zu verlieren?*

Auch in ihm war ein Gefühlschaos ausgebrochen. *Warum gerade jetzt, wo er gleich vor der Kamera stehen würde?* Um sich zu beruhigen, dachte er im Stillen:

Streite dich nicht weiter mit ihr. Konzentriere dich auf den Dreh.

In ruhigem Ton entgegnete er:

»Ach, Aurélie. Warum bist du nur so? Lass uns morgen reden. Ich würde gerne einen ähnlich guten Auftritt hinlegen, wie du. Drückst du mir die Daumen?«

Doch sie stand mit verschränkten Armen vor ihm und zeigte keinerlei Zuneigung.

»Was erwartest du? Ich bin doch hier. Das sollte dir genügen.«

Sie drehte sich um und ließ ihn stehen.

Als er das erste Mal Romy Schneider gegenüberstand, blieb ihm fast das Herz stehen. *Was für eine Frau!* Sie hatte eine magische Ausstrahlung. Er verlor sich sofort in ihren Augen. Sie konnten förmlich in ihn hineinsehen. Und erst ihre Stimme. Unbeschreiblich sanft. So verletzlich und gleichzeitig so präsent. Kein Wunder, dass sie ein Weltstar war. Kurz darauf erklärte ihm Christoph, der Regie-Assistent, seine Rolle.

»*Harry* wird dich *Marianne* vorstellen. Du spielst *Philippe* und lächelst sie etwas schüchtern, aber freundlich, an. Sie wird ihren Charme spielen lassen. Darauf reagierst du mit einem Handkuss. Hier entsteht ein kleiner intimer Moment. Gut gelaunt nimmt sie dich in ihre Küche mit. Ihr geht gemeinsam Arm in Arm von *Harry* weg. Er schaut euch kurz nach. Auch andere bemerken euch und schauen euch interessiert an.«

Eigentlich nicht viel Handlung, dachte Serge. Doch als er inmitten von anderen Statisten stand, neben ihm Maurice Ronet und nicht weit entfernt Romy Schneider, der er gleich einen Handkuss geben sollte, wurde ihm schon etwas mulmig.

Konzentriere dich auf deinen Part und vergiss die anderen um dich herum, sagte er sich.

Trotzdem spielte er die kleine Szene mindestens fünfmal. Jacques Deray hatte immer wieder Details, die er verbessern oder abändern wollte. Manchmal verstand er nicht, warum, aber er stellte keine Fragen. Das war auch besser so, bei der Menge an Takes, die noch gedreht wurden. Am Ende bekam er Applaus von allen am Set und war unendlich stolz. Zum Abschied gab ihm Romy mehrere Küsschen auf die Wange und verschwand wieder in ihrer Garderobe.

Da sich die nächste Szene, bei der er nicht gebraucht wurde, gleich anschloss, konnte er zum Cateringwagen gehen und sich etwas zu trinken holen. Auf dem Weg dorthin begegnete er Jacques, der ihm begeistert gratulierte.

»Du warst spitze! Leider konntest du dich nicht selbst sehen. Wir alle fanden dich brillant. Sehr sympathisch, nicht überheblich, einfach ein Typ zum Verlieben.«

»Sag' das mal Aurélie. Sie lehnt mich momentan komplett ab. Du hättest sie mal vor meinem Dreh erleben müssen. Egal was ich gesagt habe, es war falsch oder in ihren Augen sexistisch. Bin ich wirklich so ein Lustmolch?«

Beide setzten sich an einen der Tische unter Pinien. Die Crew hatte Scheinwerfer aufgestellt, denn es war mittlerweile dunkel geworden. Die Luft war aber angenehm lau, und es versprach, eine typische Sommernacht zu werden, wie man sie auf der Halbinsel von *Saint-Tropez* oft genießen konnte. Auch der Wind, der nachmittags noch wehte, war verschwunden. Jacques schaute seinen Freund verständnisvoll an und erwiderte:

»Du bist, aus meiner Sicht, kein Lustmolch. Du bist ein junger Kerl, der die weiblichen Reize nicht ignoriert, sondern

darauf reagiert. Wir Männer finden das in Ordnung. So manche Partnerin hat damit aber ein Problem. Insbesondere wenn sie es ernst mit einem meint.«

»Du meinst also, Aurélie ist nur extrem eifersüchtig? Sie will mit mir zusammen sein und vielleicht noch mehr? Also die große Liebe?«

Jacques schenkte Serge vom Rosé ein, der auf jedem der Tische in einer gekühlten Karaffe stand.

»Genau das meine ich. Und jetzt kommt die entscheidende Frage an dich: *Willst du das auch?* Wenn nicht, dann merkt sie das irgendwann. Und genau deshalb ist sie so zu dir, weil sie ihre Zweifel hat.«

Serge nahm erst einmal einen großen Schluck. Der Wein war frisch und fruchtig.

»Du bist ja ein echter Frauenversteher! Wo hast du denn das gelernt? Wenn ich ganz ehrlich zu mir selbst bin, dann kann und will ich so eine bedeutende Frage heute nicht beantworten. Ich fühle mich einfach noch zu jung, um solche weit reichenden Entscheidungen zu treffen. Ich habe noch so viele Pläne und Träume. Kann ich da sagen, ob eine Frau das alles gut findet und mitmacht? Ist es nicht normal, wenn dabei unterschiedliche Sichtweisen aufeinanderprallen? Heute zum Beispiel war ich wirklich stolz auf meine Freundin. Sie hat ihre Sache sehr gut gemacht. Gleichzeitig war ich aber auch eifersüchtig und zuerst auch etwas neidisch. Die Eifersucht und der Neid sind jetzt vorbei, denn ich konnte mir selbst eben auch beweisen, dass ich ein Schauspiel-Talent habe. Dadurch habe ich mich beruhigt und

bin wieder offener für sie geworden. Aber festlegen will ich mich nicht.«

Jacques klopfte Serge auf die Schulter.

»Siehst du, reden hilft. Jetzt hast du eine klare Sicht und kannst danach handeln. Vielleicht versuchst du es auf ähnliche Weise mit Aurélie. Spiele einfach nicht den Starken, der alles besser weiß. So, genug mit den tiefsinnigen Gedanken. Lass uns mal schauen, ob wir noch einmal gebraucht werden. Die wichtigen Szenen müssten aber eigentlich alle im Kasten sein.«

Gemeinsam näherten sie sich dem Set, wurden aber, noch bevor sie auf die Terrasse gelangten, von einem der Sicherheitsleute gestoppt. Er wandte sich ihnen zu und flüsterte:

»Das Set wird gerade umgebaut. Um Mitternacht werden einige Szenen auf der kleinen Terrasse vor dem Wohnzimmer gedreht. Dazu benötigt der Regisseur nur ein paar der Statisten. Wenn ihr nicht angesprochen wurdet, dann seid bitte so gut und haltet euch fern.«

Serge und Jacques machten wieder kehrt und gingen zu ihrem Tisch am Cateringwagen zurück. Da noch genügend kalter Rosé da war, gönnten sie sich eine weitere Runde. Nach und nach kamen auch andere Statisten hinzu. Sie berichteten, dass die geplanten Aufnahmen für sie vorbei seien. Alle Komparsen müssten aber dableiben, falls der Regisseur noch das eine oder andere nachdrehen wollte.

Valérie, Romain und Eric gesellten sich zu ihnen. Serge wunderte sich, warum Aurélie nicht dabei war. Als er sich umschaute, bemerkte er, dass Sie auch an keinem der

anderen Tische saß, obwohl dort die ganze Clique aus *Saint-Tropez* versammelt war.

Vielleicht wird sie ja noch gebraucht? Oder hält sich oben in der Villa auf … ich werde mich mal an den Sicherheitsleuten vorbei schleichen.

Serge fand einen kleinen Pfad auf der anderen Seite der Villa. Hier war kein Mensch zu sehen. Als er an den hell erleuchteten Fenstern vorbeikam, warf er einen verstohlenen Blick hinein.

War das nicht dieser Typ, Guy, der Ex von Hélène? Warum lief der denn hier drinnen herum und war nicht am Set?

Er traute sich nicht, ihn länger zu beobachten, denn er hörte das Megaphone des Aufnahmeleiters:

»*Camera rolling*. Partyszene, Take 4.«

Er drückte sich weiter an der Hauswand entlang, kam an die Ecke, wo gerade gedreht wurde, und wagte einen Blick. *Marianne* und *Harry* tanzten eng umschlungen. Im Hintergrund war *Jean-Paul* zu sehen, der sie mit einem eifersüchtigen Blick beobachtete. Von Aurélie war nichts zu sehen. Er machte kehrt und entschied, unten am Pool nach Aurélie zu suchen.

Die Statisten unterhielten sich angeregt und hatten einiges über die Stars und Sternchen der Filmbranche zu berichten. Die Zeit verstrich schnell, und es wurde merklich kühler. Als Serge auf seine Uhr schaute, war er überrascht, wie spät es war. 02:30 Uhr.

Henri kam herüber, und man sah ihm seine Müdigkeit an. Entsprechend fragte er in die Runde:

»Drehen die etwa immer noch? Wir werden doch sicher nicht mehr gebraucht, oder? Ich geh mal in Richtung Villa und frage nach, was meint ihr?«

Romain nickte sofort. Wahrscheinlich hatte er die Hoffnung, Michèle zu treffen.

»Ich komme mit dir. Ich schlafe sonst noch am Tisch ein.«

Serge wurde immer unruhiger. *Wollte sich Hélène nicht bei mir melden? Sollte ich mal nach ihr Ausschau halten?*

Es dauerte eine Weile, bis Henri und Romain zurückkamen. Sie brachten aber gute Neuigkeiten mit.

»Wir sind fertig und werden nicht mehr gebraucht! Auch der Dreh am Pool mit *Jean-Paul* und *Jane* ist gleich beendet. In wenigen Minuten wird Constance, die Casting-Direktorin, uns die Gage auszahlen und dann dürfen wir endlich ins Bett.«

Trotz der späten Stunde brach Jubel aus. Alle waren froh über die erlösende Botschaft. Nur Serge machte sich weiter Gedanken.

Die hell beleuchtete Villa wurde nach und nach dunkler. Ein paar Minuten später brannten nur noch die normalen Lampen im Haus. Die großen Film-Scheinwerfer waren alle aus. Es entstand eine eigentümliche, ruhige Atmosphäre, als sie wieder auf der Terrasse standen und ihre Umschläge erhielten.

Danach kam mitten in der Nacht noch einmal Stimmung auf, denn die ganze Filmcrew wollte sich von den Statisten verabschieden.

Erst jetzt merkte Serge, wie viele Mitarbeiter an diesem Abend aktiv waren. Bestimmt über fünfzig Leute plus zwanzig Statisten standen zusammen und unterhielten sich.

Wieder schaute er auf seine Uhr. 03:10 Uhr. Nervös blickte er sich um.

Er schlängelte sich durch die kleinen Grüppchen, die sich gebildet hatten. Dabei kam er an Romy vorbei. Sie schaute ihn mit einem fragenden Gesichtsausdruck an.

»*Philippe,* hat es dir nicht gefallen? (Sie nannte ihn bei seinem Filmnamen). Du schaust so ernst.«

Er musste sich zusammenreißen, damit Romy nichts von seiner Stimmung mitkam.

»Alles in Ordnung. Ich bin nur etwas müde. So lange Drehtage ...«

»... haben wir oft. Man gewöhnt sich mit der Zeit daran. Morgen können wir aber ausschlafen.«

»Das werde ich vermutlich auch. Ich bin auf jeden Fall sehr stolz. Es war mein erster Dreh als angehender Schauspieler.«

Er hatte seine Fassung wiedergefunden.

»Du willst also auch in diese verrückte Branche? Überleg dir das gut. Talent hast du, das darf ich dir sagen.«

Serge wurde rot. Ein solches Kompliment hatte er nicht erwartet.

»*Merci,* das baut mich auf. Ich hatte schon so meine Zweifel.«

»Das haben wir alle. Das gehört dazu. Wer nicht an sich zweifelt, der wird nicht besser. Nur musst du positiv bleiben und nie aufgeben.«

Romy beugte sich vor und flüsterte Serge ins Ohr.

»So jung wie du bist und so gut aussehend wird dir die Filmwelt offenstehen. Ich drücke dir die Daumen.«

Jetzt war Serge wirklich hin und weg. Ein solches Lob von einem Weltstar, das ging runter wie Öl.

»Vielen Dank. Vielleicht sehen wir uns ja irgendwann wieder?«

»Bestimmt. *Bonnes nuit.*«

Wie in Trance verabschiedete sich Serge. Romy wand sich dem Regieassistenten Christoph zu.

Nachdem Serge das überschwängliche Lob verdaut hatte, kam seine unterschwellige Nervosität zurück.

Merde, Hélène müsste doch irgendwo sein?

Er bahnte sich seinen Weg durch die Menge, in Richtung Villa.

Wo war nochmal die Garderobe, in der Hélène arbeitete? Dort müsste sie doch sein? Im Flur traf er Michèle, die etwas gehetzt wirkte.

»Hallo Michèle, ich suche Hélène. Weißt du vielleicht, wo ich sie finden kann?«

Das Skriptgirl blieb mit einem fragenden Blick vor ihm stehen.

»Gute Frage. Ich dachte, sie würde sich längst mit dir vergnügen.«

»Wie du siehst, nicht. Ich hatte heute noch nicht das Vergnügen, sie länger zu sehen.«

»Dann kann ich dir leider auch nicht helfen. Ich war gerade in ihrer Garderobe, da ist sie nicht.«

»Und auf der Terrasse habe ich sie auch nicht

angetroffen«, ergänzte Serge.

»Irgendwie komisch. Sonst ist sie immer bei Drehschluss mit dabei.«

»Wollen wir gemeinsam suchen? Du in der Villa und ich draußen? Wir treffen uns in 20 Minuten wieder hier. Einverstanden?«

»*D'accord!*«

Beide liefen in unterschiedliche Richtungen davon.

Aurélie

Nachdem sie sich mehr oder weniger im Streit getrennt hatten, brauchte Aurélie erst einmal Distanz zu Serge und den anderen. Sie suchte nach einem Platz auf dem weitläufigen Grundstück, um für sich zu sein.

Abseits der Location erhellten nur ein paar verstreute Bodenlampen den Weg, der rund um die Villa führte. Sie ging in Richtung des Swimmingpools und kam an einem kleinen, im mauretanischen Stil gehaltenen Pavillon vorbei und entdeckte nach einigen Metern eine steile Steintreppe, die eine Anhöhe hinaufführte. Schemenhaft erkannte sie eine alte, kleine Kapelle. Sie entschloss sich, hier hochzugehen. Vielleicht gab es dort einen Platz zum Verweilen.

Als sie oben ankam, war es richtig dunkel. Sie tastete sich an der Außenwand der Kapelle entlang. Ein paar Meter weiter stieß sie mit ihrem Knie an eine Steinbank. *Der ideale Platz für mich,* dachte sie.

Sie setzte sich, und versuchte ihr Umfeld zu erkennen. Langsam gewöhnten sich ihre Augen an die Dunkelheit. Die kühle und feuchte Nachtluft tat gut. Sie lehnte sich zurück und legte sich flach auf die Bank. Nach einigen tiefen Atemzügen schloss sie die Augen.

Bald kamen wieder die Erinnerungen von ihrer Nacht am Strand. Sie begann zu frösteln. Zu dumm, sie hatte keine

Jacke dabei und trug noch immer das enge Blumenkleid vom Dreh. Nur ihre kleine Umhängetasche lag neben ihr.

Hätte sie direkt zu Hélène gehen müssen, damit sie wieder ihre eigenen Kleider zurückbekam? Egal, das könnte sie bestimmt auch später noch erledigen.

Sie schlang ihre Arme um ihren Körper und spürte dabei die Wunden, die mittlerweile einen Grind bildeten.

Wie schon so oft zuvor, bemerkte sie, wie ihr leicht schwindelig wurde. Ihr Atem ging schneller. Vor ihrem inneren Auge erschienen bunte Farben, ähnlich wie in einem Kaleidoskop. Als Kind war das immer der Moment kurz vor dem Einschlafen gewesen. Doch seit vielen Jahren schlief sie danach nicht wirklich, sondern tauchte in eine andere Welt ein. Wenn sie nicht allein war, konnte sie dieses Abdriften recht gut unterdrücken. Sie war dann einfach etwas weggetreten und unkonzentriert. Doch jetzt musste sie es nicht tun, es war ihr sogar willkommen.

Die andere Welt empfing sie mit Wärme und einem Gefühl von Geborgenheit. So war es immer am Anfang. Doch dann änderte sich ihre Vision und sie sah sich selbst, wie sie hilflos und verzweifelt dastand. In weiter Ferne erschien Serge. Jemand war bei ihm. Sie versuchte, ihn zu rufen, doch er reagierte nicht. Stattdessen nahm er die Hand der anderen Person. *War es eine Frau?* Die andere drehte sich zu Aurélie um. Jetzt erkannte Aurélie die Person. Es war Hélène. Auch sie winkte. Dann küsste sie Serge. *Ihren* Serge. Danach verschwanden die beiden Gestalten im Nichts.

Und wieder sah sie Farben. Wie in einem Strudel. Nun war sie mittendrin. Wurde hineingezogen.

Was war das? War da nicht ein Schluchzen zu hören? Ein leises Wimmern?

In ihrem Traum stand sie auf und lief los. Schwebte los. Doch der Weg war versperrt. Von einer Tür mit einem eisernen Riegel.

Und wieder war das Wimmern zu hören. Es kam aus dem Inneren. Sein Klang war hoch und schrecklich traurig.

Irgendwie schaffte sie es, den schweren Riegel zur Seite zu schieben. Die Tür öffnete sich mit einem tiefen Knarren wie von Geisterhand.

»Serge? Bist du's?«, fragte eine Frauenstimme hoffnungsvoll.

Aurélies Körper verkrampfte sich. Alle Muskeln waren angespannt. Die nackte Wut kochte in ihr hoch. Jetzt war sie vollständig in ihrem Wahn verloren. Fremde Mächte kontrollierten sie. Ihre Bewegungen waren wie ferngesteuert.

Ihre Hand griff in ihre Umhängetasche. Holte etwas hervor.

Es fühlte sich gut an. Es machte sie stark.

Sie ging zwei unendlich langsam wirkende Schritte nach vorne. Dort lag Hélène auf einer Steinplatte. An Händen und Füßen gefesselt.

Hélène sah Aurélie. Panik ergriff sie.

»Was machst du da? Aurélie nicht! Es tut weh!«

Vergeblich versuchte Hélène die junge Frau zu erreichen.

In ihrem traumatischen Zustand hörte Aurélie ihre eigene Stimme.

»Du hast ihn mir genommen!«

Die Suche

Die Schauspieler und der Filmstab waren schon längst zu ihrem Hotel zurückgebracht worden. Es liefen nur noch einige Mitglieder der Crew herum, die das Set bereits für den morgigen Dreh vorbereiteten. Jacques und Valérie warteten geduldig auf ihre Freundin. Doch mittlerweile machten sie sich Sorgen, wo denn Aurélie stecken könnte. Sie hatten Aurélie seit ihrem Dreh mit Alain Delon aus den Augen verloren.

Eigentlich war der Abend für sie positiv verlaufen. Der Partydreh hatte zwar lange gedauert, war aber für die Statisten abwechslungsreich und interessant gewesen. Sie kamen den Stars nahe und die ganze Crew ermunterte sie zum Tanzen und sich zu amüsieren. Auch danach war eine besondere Atmosphäre in der lauen Nachtluft auf der Halbinsel. Gemeinsam mit den anderen Statisten saßen sie noch zwei Stunden zusammen und redeten über das Erlebte. Doch irgendwann hielten sie Ausschau nach Aurélie. Sie saß an keinem der Tische in der Nähe des Cateringwagens. Auch auf dem frei zugänglichen Gelände war sie nicht zu sehen. Und dann war Serge ebenfalls seit einer Stunde wie vom Erdboden verschluckt.

Während die anderen Statisten das Set verließen, entschieden sie, sich auf die Terrasse zu setzen und zu warten. Vielleicht kamen die beiden noch. Wahrscheinlich wollten sie

ihren Streit beilegen und waren spazieren gegangen, vermutete Jacques. Valérie glaubte nicht daran, denn sie wusste, wie schlecht Aurélie momentan auf Serge zu sprechen war.

Um 03:50 Uhr trafen sie Serge endlich auf der Terrasse der Villa. Er war in Begleitung von Michèle. Beide sahen erschöpft aus.

»Hallo Serge, da bist du ja. Wir sitzen hier schon seit Stunden und machen uns Sorgen«, empfing ihn sein Jacques.

»Das tue ich auch! Wir kommen gerade zurück von der Suche nach Hélène. Ihr kennt ja Michèle von gestern Abend.«

Valérie reagierte deutlich distanziert auf die Anwesenheit des Skriptgirls und meinte nur:

»Was hat denn *die* damit zu tun?«

Michèle ließ diesen unfreundlichen Ton nicht auf sich sitzen und konterte:

»*Sie* ist die Kollegin und Freundin von Hélène, die seit Ende des Drehs nicht mehr gesehen wurde.«

Jacques bemühte sich, die Emotionen aus dem Spiel zu lassen.

»Kommt, hört auf damit. Es scheint so, als ob nicht nur Hélène verschwunden ist. Wir haben Aurélie auch seit dem Ende ihres Drehs mit Alain Delon aus den Augen verloren. Lasst uns am besten gemeinsam überlegen, was zu tun ist.«

Serge machte einen praktischen Vorschlag.

»Wir suchen ein weiteres Mal das Grundstück ab. Wenn wir sie dann immer noch nicht gefunden haben, fahren wir zum Campingplatz und schauen, ob Aurélie vielleicht dort ist.

Du, Michèle, fährst zu eurem Hotel und siehst dort nach Hélène.«

»Ich kann auch gleich dort anrufen. Es gibt einen Nachtportier. Der kann nachsehen, ob ihr Schlüssel weg ist. Wir haben unsere gestern gemeinsam abgegeben.«

Mit den beiden Vorschlägen waren alle einverstanden.

Serge ergriff noch einmal das Wort:

»Da ich schon einmal komplett ums Haus gelaufen bin, kenne ich mich ganz gut aus. Wenn wir getrennt suchen, dann ist die Chance größer, sie zu finden. Michèle, habt ihr vielleicht hier am Set Taschenlampen? Das würde helfen.«

»Die Beleuchter müssten welche haben und der Kamera-Assistent, der braucht sie, um Staub in der Optik zu erkennen. Die sind aber alle schon zu Bett und haben ihre Autos mit dem Material mitgenommen. Trotzdem, ich schaue mal drinnen im Haus nach. Ihr könnt ja schon mal los. Ich bringe sie euch dann.«

Schnell drehte sich Michèle um und ging in Richtung Villa. Unvermittelt erfasste sie ein Lichtkegel. Dann hörte sie eine laute Stimme rufen:

»Hallo, was machen Sie denn noch hier? Es ist Drehschluss und alle müssen das Set verlassen!«

Michèle reagierte nervös und rief zurück:

»Meine Kollegin Hélène, die Maskenbildnerin, ist verschwunden. Wir suchen sie. Ich will gerade im Hotel anrufen, ob sie vielleicht ohne mich hingefahren ist.«

Zwei Wachmänner kamen angerannt und griffen Michèle am Arm und stoppten ihren Tatendrang. Der eine blaffte:

»Halt! Sie sagten gerade *wir*. Wer ist noch hier?«

»Äh, drei von den Statisten. Sie suchen eine weitere Frau, die ist wohl auch verschwunden. Sie sind gerade im Garten unterwegs.«

Michèle merkte nun, wie skurril die Situation war, in der sie sich gerade befand.

»So geht das nicht. Wir werden ihre Freunde zurückholen und übernehmen selbst die Suche. Bernard, du bleibst bei der *Mademoiselle* hier. Meinetwegen kann sie im Hotel anrufen und nach ihrer Kollegin fragen. Ich gehe ihre Freunde suchen.«

Bernard nickte seinem Kollegen zu. Dieser setzte seinen massigen Körper in Bewegung. Zuvor nahm er seine übergroße Taschenlampe, die mehr wie ein Schlagstock aussah, in die Hand und schaltete sie wieder an.

Er betrat die Terrasse, doch hier war niemand zu sehen. Er umrundete das Haus einmal. Auch hier war keine Menschenseele. Jetzt entschied er sich, zum Pool zu gehen.

Auf halben Weg hörte er mehrere Schreie. Eine schrille Frauenstimme und eine Männerstimme brüllten vor Entsetzen um Hilfe.

Bernard beschleunigte seinen Schritt. Schon von Weitem sah er zwei Gestalten, die am Rand des Pools standen und wild gestikulierten. Er lief, so schnell er konnte, zu ihnen. Was er dann sah, ließ ihn erstarren. Am Rand des Swimmingpools lag eine Frau. Ihr Kopf hing im Wasser.

Das durfte doch nicht wahr sein! Morgen sollte genau an dieser Stelle ein Mord gedreht werden, ging es dem Wachmann durch den Kopf. Sogleich übernahm er das Kommando.

»Was ist mit der Frau? Ist sie tot?«

Jacques reagierte als Erster. Mit zitternder Stimme antwortete er:

»So wie es aussieht, ja! Wir haben sie gerade erst entdeckt. Ihr Kopf hängt im Wasser.«

Der Wachmann näherte sich dem seltsam verdrehten Körper. Er legte seine große Hand unter den Kopf der Frau und hob ihn aus dem Wasser. Sofort sah er eine große, mit Blut verschmierte Wunde am Kopf. Leblose Augen starrten ihn an. Ihr ganzes Gesicht war vor Schrecken verzerrt. Es wirkte so, als hätte sie vor ihrem Tod etwas Entsetzliches gesehen.

Valérie, die sich zu dem leblosen Körper hinunterbeugte, um ihn genauer zu betrachten, rief laut und schrill:

»Es ist Hélène! Nicht Aurélie!«

Dann brach sie zusammen. Ein Heulkrampf lähmte ihren Körper. Jacques war kurz davor sich zu übergeben. Er würgte und schluckte die Magensäure herunter, die in seinem Rachen aufstieg.

Auch der Wachmann beugte sich über Hélènes leblosen Körper und überprüfte, so gut er das konnte, ob die junge Frau wirklich tot war. Er spürte keinen Puls und auch keinen Atem. Der Körper war relativ kalt. Da auch er noch nie eine Leiche untersucht hatte, reagierte er hektisch, aber nicht unbesonnen.

»Keiner verlässt den Tatort. Sie fassen nichts mehr an. Schon gar nicht die Tote. Ich rufe jetzt die Polizei. Verstanden? Bleiben Sie hier!«

Und dann rannte er zurück zur Villa.

Jacques kümmerte sich um seine Valérie. Sie klammerte sich an ihren Freund. Ihr Schluchzen und Weinen wollten nicht aufhören.

Nach einer kleinen Ewigkeit trauten sie sich, die Tote richtig anzusehen. Sie erkannten Hélène kaum wieder. Ihr Gesicht glich einer vollkommen verzerrten Fratze. Ein mehr als faustgroßes Loch klaffte in der Stirn. Blut war nicht mehr viel zu sehen. Es hatte sich wohl im Wasser verteilt, als der Kopf darin lag.

Überall am Körper hatte Hélène Schürfwunden. Ihre Bluse war zerfetzt. Ihre Knie voller blauer Flecken. Plötzlich erkannten sie etwas, was sie ein weiteres Mal erstarren ließ. Hélène hatte die gleichen Schnittwunden an ihren Armen wie Aurélie.

»Jacques, schau nur, das kann doch nicht sein! Die Arme von Hélène?«

Jacques sah genau hin.

»Stimmt, die sehen wirklich genauso geritzt aus.«

Sie konnten sich das nicht erklären. Was war mit Hélène passiert? Valérie flüsterte ihrem Freund leise zu, als ob die Tote ihre Stimme noch hören könne:

»Müssen wir hierbleiben? Ich finde es gruselig. Bitte lass uns zurück auf die Terrasse gehen und dort warten.«

Jacques nahm seine Freundin in den Arm und dann gingen beide ganz in Gedanken versunken zur Villa.

Ihre Überlegungen kreisten natürlich um das schreckliche Ereignis. *Warum waren sie nur zu diesem Dreh gegangen?* Alles hätte so schön sein können. Ein weiterer Abend unter Freunden, am Strand von *Pampelonne*. Doch jetzt waren sie

hier und warteten auf die Polizei. Ein Mord war geschehen. Und noch immer war ihre beste Freundin verschwunden. Eine furchtbare Realität, der sie sich stellen mussten.

Valérie schaute zu Jacques, dessen Blick ins Leere ging.

»Jacques, hoffentlich ist Aurélie nichts passiert! Ich habe kein gutes Gefühl. Und wo ist Serge schon wieder? Hat er unsere Schreie nicht gehört?«

Doch Jacques dachte an etwas anderes. An etwas, das er seiner Freundin gegenüber nicht äußern wollte. Eine Frage kam ihm in den Sinn, die ihn nicht mehr losließ.

Hatte der Tod von Hélène etwas mit dem Verschwinden von Aurélie zu tun? Und war Serge irgendwie darin verwickelt? Sie hatten sich doch oben an der Villa getrennt ...

Weiter kam Jacques mit seinen Fragen jedoch nicht, denn das Geräusch von Polizeisirenen in der Ferne irritierte seinen Gedankengang.

In Gefangenschaft

Sie wurde von einem stechenden Schmerz in die Realität zurückgeholt. *Aber war es wirklich die Realität?* Als sie die Augen aufmachte, sah sie fast nichts.

Wo war sie?

Sie lag auf einem harten Steinboden. Neben ihren Beinen sah sie einen schweren Holzbalken. Sie versuchte, sich zu bewegen, doch ihr Körper gehorchte ihr nicht.

Langsam erinnerte sie sich an ihren Wunsch von heute Nacht, allein sein zu wollen. Sie war zum Swimmingpool gegangen. Es musste weit nach Mitternacht gewesen sein. Eine Treppe. Da war eine Treppe gewesen. Und an ihrem Ende eine kleine Kapelle. Sie hatte dort oben Rast gemacht. Sich von den Ereignissen der letzten zwei Tage erholt.

Es waren schlimme Tage gewesen. An deren Ende hatte sie kein Vertrauen mehr zu Serge. Sie war bitterenttäuscht von ihm. Seinem Verlangen nach einer anderen Frau. Seinen primitiven Trieben.

Und dann noch dieser Guy. Er war keinen Deut besser. War hinter ihr her gewesen. Hatte ihr nach der letzten Tanzszene aufgelauert. Aber dem hatte sie es gezeigt. Gut, dass sie Serges Klappmesser mitgenommen hatte. *Wo hatte sie es eigentlich hin?*

Sie war wütend auf sich selbst, wie schon so oft zuvor. Sie konnte nicht mehr unterscheiden zwischen Traum und

Realität. Und die Dinge, die sie in dieser Zeit anstellte, waren ihr am nächsten Tag unbegreiflich.

War das jetzt wieder ein Traum?

Sie überprüfte ihren Körper. Sie hatte das Blumenkleid an. Es stand ihr so gut.

Was war mit ihren Armen? Die Wunden heilten langsam. *Aber ihre Hände?* Sie fühlten sich rissig an und irgendetwas klebte an ihnen. Zu dumm, sie konnte nicht sehen, was es war. Deshalb roch sie daran. Es war ein eigenartiger Geruch. So süßlich. Sie kannte diesen Geruch nur zu gut. Es war Blut. *War es ihr Eigenes? Oder das eines anderen? Oder einer anderen?* Sie konnte sich nicht erinnern.

Weit zurückliegende Gefühle und Gedanken kamen ihr in den Sinn. Sie war ein Kind. Allein gelassen von ihrer Mama. Eingesperrt und verschüchtert in einem Keller. Nur *Sophie* durfte sie im Arm halten. Ihre geliebte Puppe. Sie musste ganz still sein, damit die Männer, die zu *Maman* kamen, sie nicht hörten. Dafür hörte sie die Männer umso mehr. Wie sie keuchten und stöhnten und manchmal sogar schrien, auch *Maman* machte so komische Laute. Dabei wurden ihre immer schriller. Bis irgendwann alles wieder still war. Danach dauerte es unendlich lang, bis sie wieder nach oben durfte. Die Süßigkeiten, die sie dann bekam, hatten immer den Beigeschmack der Tränen, die sie vergossen hatte.

Sie löste sich von diesen bösen Erinnerungen. Heute war sie eine erwachsene Frau. Sie sagte sich:

Aurélie, du kannst dich wehren. Sei stark. Weder ein Serge, noch ein Guy oder sonst jemand können dir etwas anhaben.

Vorsichtig versuchte sie, sich aufzurichten. Es gelang ihr. Doch ihr Körper schmerzte. Sie konnte sich seitlich an einer Steinplatte festhalten. Ihre Hände krallten sich fest. Sie schaute nach oben. Was sie sah, ließ ihren Atem stocken. Sie unterdrückte den Schrei, der sich in ihrer Kehle seinen Weg suchte.

Auf ihr lag ein mächtiges Kruzifix. Jesus schaute ihr direkt in die Augen. Sein Gesicht war blutverschmiert.

Panisch versuchte sie, den Querbalken, der vor ihrem Körper lag und über ihrem Kopf schwebte, wegzuschieben. Das gelang ihr zum Teil. Ein kleines Stück zu mindestens. Ein paar Zentimeter. Mit letzter Kraft schaffte sie dann noch ein paar Zentimeter ...

Endlich entstand eine Lücke, durch die ihr schmaler Körper passte. Sie war frei. Gerade als sie sich vollständig aufrichten wollte, hörte sie ein knarrendes Geräusch. Vor Schreck sank sie wieder zurück.

Wenige Meter vor ihr öffnete sich eine Tür. Sie erkannte eine Gestalt, die ihr bekannt vorkam.

»Aurélie?«

Es war Serge. Er ging auf sie zu.

Madame la Commissaire

Loulou wurde als Erste von dem Klingeln des Telefons wach. Aufgeregt bellte sie ihrer Herrin, Lucie Girard, ins Ohr. Eigentlich durfte die kleine Malteserin nicht im Bett zwischen ihr und Patric schlafen, aber sie schaffte es nachts immer wieder, sich zu dem frisch verliebten Paar zu mogeln.

Der Morgen kündigte sich bereits durch fahles Licht an, was die junge Commissaire mit einem verschlafenen Blinzeln durch den Vorhang wahrnahm, als sie nach dem alten, grünen Apparat suchte, der dummerweise am anderen Ende des Bettes auf dem Boden unter ihren Kleidern verborgen lag. *Wie war er da nur hingekommen?* Als sie mit halb offenen Augen nach dem Hörer griff, fühlte sie noch die Spuren der vergangenen Liebesnacht zwischen ihren Schenkeln.

»Commissaire Girard, am Apparat …«, sagte sie mit rauem Timbre und war froh, dass wenigstens ihre Stimme einigermaßen funktionierte.

Als sie sich ans Ende des Bettes kniete, um das Telefonat zu führen, begann Loulou, ihr sofort genüsslich die nackten Füße zu lecken.

Aber nicht nur ihre Füße waren nackt. Die seidige Haut ihres wohl geformten Körpers schimmerte von den Füssen bis zum Hals im dämmernden Morgenlicht. Sie liebte es, mit nur einem kühlen Laken zugedeckt zu schlafen. Für mehr war es

in Fréjus im Sommer einfach zu heiß. Nachts wehte zwar ab und zu eine sanfte Brise vom Meer durch das Schlafzimmerfenster im zweiten Stock ihres kleinen Stadthauses, unweit des *Place Février,* doch wirklich kühl wurde es nie. Aus diesem Grunde haben manche Leute sich diese neumodischen Klimaanlagen an die Außenwände ihrer Häuser geschraubt. Ein Vergehen an der natürlichen Form des Lebens, fand Lucie. Das war ihre Meinung. Und sie hatte immer eine.

»Was gibt es denn mitten in der Nacht?«, sagte sie mürrisch. »Hoffentlich ist es wichtig!«, empfing sie den Anrufer, bevor dieser zu Wort kam.

»Guten Morgen, Madame la Commissaire. Hier ist die Gendarmerie in *Saint-Tropez.* Es handelt sich möglicherweise um einen Mordfall. Um 04:10 Uhr heute Morgen erhielten wir einen Anruf ...«

Zu mehr kam der Gendarm am anderen Ende des Hörers nicht, denn Lucie unterbrach ihn abrupt.

»Wo? Und wer ist das Opfer?«, fragte sie ungeduldig.

»Ich wollte es ihnen gerade mitteilen, Madame la Commissaire, aber Sie ...«

»Jetzt reden Sie nicht lange herum, ich will Fakten hören.«

»Nun, viele haben wir noch nicht, dafür brauchen wir ja Sie«, erklärte der Anrufer, nicht ohne hörbaren Sarkasmus in der Stimme.

»Es gibt eine Tote. In *Ramatuelle.* Genauer gesagt, in einer Villa in der Nähe des Strandes von *Pampelonne.* Dort wird gerade ein Spielfilm gedreht. Es handelt sich höchstwahrscheinlich um die Maskenbildnerin. Soweit wir bis

jetzt wissen, heißt sie Hélène Moreau. Vor Ort sind eine Kollegin der Toten und weitere Freunde. Das Haus wird von einem Sicherheitsdienst bewacht. Es wäre gut, wenn Sie möglichst schnell herkommen könnten. Wir sind auch schon unterwegs.«

Lucie hatte sich auf ihrem Bett im Schneidersitz hingesetzt. Neben ihr schlief ihr Freund noch tief und fest.

Während des Gesprächs hatte sie die Schnur des Telefons um ihre schlanken Finger gewickelt. Mit zunehmender Unruhe fragte sie sich:

Wo waren eigentlich ihre Zigaretten?

»Ich bin in Fréjus und kann frühestens in einer Stunde am Tatort sein. Könnten Sie bitte die Spurensicherung in Toulon informieren? Falls die Probleme machen, beziehen Sie sich auf mich. Und halten Sie die Leute fest. Bitte nichts verändern! Und noch etwas, wie finde ich die Villa?«

»Am besten kommen Sie zu uns in die Gendarmerie. Sie ist gleich am Ortseingang. Fragen Sie nach Bruno Purenne. Ich erwarte sie. *À bientôt!*.«

»*Jusqu'alors*, bis dann. Ich beeile mich.«

Sollte sie schnell duschen? Die fünf Minuten hatte sie noch. Die Straßen waren in der Früh frei, da kam man gut durch.

Als Erstes gönnte sie sich jedoch ihre erste Zigarette des Tages und setzte einen *petit café* auf. Um Patric nicht aufzuwecken, holte sie leise ihre dreiviertellange, beige Hose und ihre eng taillierte, weiße Bluse aus dem Schlafzimmerschrank.

Patric arbeitete in einem Restaurant in Saint-Raphael. Sein Dienst fing erst um 11:00 Uhr an. Deshalb bestand er darauf,

morgens länger schlafen zu dürfen, was ihm Lucie gerne gewährte.

Frisch geduscht und einigermaßen wach, startete Lucie ihre *Dyane*, die sie vor einigen Wochen neu erstanden hatte. Es war die moderne Variante eines *2CV* von Citroën. Etwas praktischer als der beliebte Kleinwagen, denn die *Dyane* hatte eine richtige Heckklappe. Dafür war sie aber nicht unbedingt schneller. Patric belächelte sie wegen des etwas hässlichen Autos, was ihr aber egal war. Ihr gefiel die *Dyane* sehr. Ganz besonders die hellblaue Farbe und das Rolldach. Das war geradezu genial. Wenn man an der Küste entlangfuhr, kam eine wunderbare Brise hinein, ohne dass die Frisur darunter litt. Im Dienst trug sie ihre Haare zwar immer als Pferdeschwanz, aber sie nutzte ihre Auto auch liebend gern, wenn sie mit offenen Haaren an den Strand fuhr, um die Sonne zu genießen, die während der Fahrt von oben in den Wagen schien. Doch jetzt hatte sie das Rolldach zu. Es war noch empfindlich kühl.

Von *Fréjus* kommend fuhr sie über *Saint-Aygulf* nach *Saint-Maxime* und dann die komplette Bucht bei *Grimaud* entlang. Eigentlich wirkte die Strecke nicht besonders lang, doch durch die vielen Kurven und kleinen Buchten zog sie sich hin. Am Ortseingang von *Saint-Tropez* reduzierte sie das durchaus beachtliche Tempo von 70 km/h auf 40 km/h und kam mit quietschenden Bremsen vor jener Gendarmerie zu stehen, die in den letzten Jahren durch die Kinofilme mit Louis de Funes als: *Der Gendarm von Saint-Tropez*, über die Grenzen von Frankreich hinweg berühmt geworden war. Dort parkte sie den Wagen.

Am Eingang wartete schon ein kleiner, korpulenter Polizist, der ihr freundlich zuwinkte.

War das Purenne? Sie stieg aus und winkte zur Begrüßung.

»*Bonjour*, sie sind bestimmt der Gendarm Purenne?«

Der kleine Mann steckte in seiner Uniform wie ein Taucher in seinem Neoprenanzug. Purenne hatte einen Oberlippenbart und hellwache braune Knopfaugen.

Zur Begrüßung lupfte er seine Mütze und gab der jungen Commissaire seine mit Schwielen übersäte, harte Hand.

»Bruno Purenne, seit über zwanzig Jahren in der Gendarmerie aktiv. Es ist mir eine Ehre, Sie kennenzulernen, Madame la Commissaire Girard!«

Pflichtbewusst schlug er seine Hacken zusammen.

»Nur keine Vorschusslorbeeren. Der Fall ist noch nicht gelöst«, gab ihm die Commissaire trocken zu verstehen.

Sie überragte den Gendarmen um einen ganzen Kopf. Kein Wunder, bei ihrer Größe von knapp einem Meter achtzig – und das obwohl sie im Dienst nur flache Schuhe trug.

»Ihr Ruf eilt Ihnen voraus, Madame la Commissaire. Sie sind die jüngste Commissaire in ganz Frankreich und eine sehr hübsche noch dazu, wenn ich mir die Bemerkung erlauben darf.«

»Sie dürfen. Aber jetzt will die Commissaire zum Tatort! Kann ich meinen Wagen hier stehen lassen, und wir fahren mit ihrem Dienstfahrzeug?«

»Aber selbstverständlich. Ich chauffiere Sie mit größtem Vergnügen. Mein *R4* parkt gleich hier unter den Platanen.«

Gemeinsam gingen sie um den kleinen Platz vor der Gendarmerie herum. Nachdem sie eingestiegen waren, wollte die Commissaire gleich weitere Details zu dem Fall erfahren.

»Sind die Kollegen schon vor Ort? Haben Sie Toulon erreicht? Ist ein Arzt informiert? Die Spurensicherung?«

Während Purenne umständlich ausparkte und mit der Revolverschaltung mehrmals krachend die Gänge einlegte, versuchte er, die Fragen der Commissaire zu beantworten.

»Wir sind hier nur zu viert. Zwei der Kollegen sind vor einer halben Stunde losgefahren. Einer musste in der Station bleiben.«

Sie fuhren in Richtung der Strände, aus dem Ort heraus. Mit einer langen Armbewegung schaltete Purenne in den vierten Gang. Sie befanden sich nun auf der D 93 in Richtung *Ramatuelle* und *L'Oumède,* einem noblen Wohngebiet mit in den Hügeln verstreuten Villen. Bald schon konnte Purenne Gas geben und beschleunigte seinen *R4* auf atemberaubende 90 km/h. Die Straße lag noch im Dämmerlicht, deshalb hatte Purenne das Fernlicht des *R4* angeschaltet. Überall gab es kleine Seitenstraßen, die zu privaten Anwesen rechts und links der Straße führten. In den letzten Jahren waren es immer mehr geworden. Das Gebiet rund um *Saint-Tropez* entwickelte sich zusehends zu einem der beliebtesten Urlaubsorte in ganz Frankreich.

»Die Spurensicherung und ein Fotograf aus Toulon sind unterwegs. *Docteur* Lefabre müsste schon bei der Leiche sein. Er kommt aus *Gassin*, der kleine Ort liegt nur wenige Minuten vom Tatort entfernt.«

»Darf ich rauchen?«, fragte Girard, während sie in ihrer Handtasche nach einem Feuerzeug suchte.

»Weil Sie es sind. Aber bitte schieben Sie das Seitenfenster auf«, brummelte Purenne in seinen Bart.

»So, jetzt mal weiter im Programm«, leitete die Commissaire den nächsten Punkt auf ihrer imaginären Liste ein, die sie immer im Kopf hatte, wenn sie mit einem neuen Fall konfrontiert war.

Genüsslich sog sie an ihrer filterlosen *Gitanes* und blies den Rauch aus.

»*Oh pardon,* ich habe ganz vergessen, aus dem Fenster zu pusten ...«

»Räuchern Sie mich nur ein! Dann komme ich benebelt an und kann nicht mehr klar denken!«

»Na, so schlimm ist der Rauch nun auch wieder nicht«, entgegnete sie.

»Ich kann ja kaum noch durch die Scheibe sehen. Was ist denn das für ein Kraut, das Sie da rauchen?«

»Eine filterlose *Gitanes*, wie es sich für eine waschechte Französin gehört!«

»Das ist ja das Erste, was ich höre. Ich dachte immer ... ach egal. Wollten Sie mich nicht weiter löchern?«

»Doch, stimmt. Wissen Sie, wer die Tote gefunden hat?«

Als sie gerade wieder einmal eine kurvenreiche Strecke fuhren, rutschte die Commissaire auf der durchgehenden und durchgesessenen Sitzbank gefährlich nahe an den Gendarmen.

»Soweit ich informiert bin«, hob Purenne wieder an, »Statisten, die heute Nacht im Film mitgespielt haben. Aber warum gerade sie, das ist mir nicht bekannt.«

Lucie Girard war nicht unbedingt ein großer Filmfan. Sie ging ab und zu ins Kino. Vielleicht drei bis viermal im Jahr. Umso mehr war sie überrascht, als Purenne die Schauspieler erwähnte, die sich vor Ort aufhielten.

»Freuen Sie sich, Sie werden heute vielleicht Romy Schneider, Alain Delon, Maurice Ronet und Jane Birkin treffen!«

»*Pour de vrai?* Wirklich? Die sind alle hier? Wie heißt denn der Streifen, der gedreht wird?«

»Ich glaube, er hat den komischen Namen *La Piscine*. Was Besseres ist denen wohl nicht eingefallen. Na ja, es gibt mittlerweile genügend davon hier in der Gegend, nicht wahr?«, bemerkte Purenne lapidar.

»Der Film-Dreh ist sicher angemeldet? Ich hätte gerne eine Liste mit allen Beteiligten, auch denen hinter der Kamera. Wäre das möglich?«

»Bestimmt. Ich kümmere mich darum. Übrigens, wir sind gleich da. Vorne rechts, da kommt die Einfahrt auf das Anwesen. Es ist recht groß. An die 8.000 Quadratmeter, natürlich auch mit Blick aufs Meer.«

Der *R4* hatte seine Mühe, den steilen Kiesweg zur Villa hochzukommen. Unten am Tor stand schon einer von Purennes Kollegen und sicherte das Gelände ab.

»Da wären wir. Sieht so aus, als ob nicht viele Leute vom Filmteam da sind. Am besten machen wir uns erst einmal in Ruhe ein Bild«, bemerkte Purenne beflissen.

»Bevor wir hineingehen, habe ich noch eine persönliche Frage. Hatten Sie schon einmal mit einem Mordfall zu tun, Purenne?«

Der kleine Gendarm schaute ein wenig beleidigt und antwortete etwas zu laut.

»Madame la Commissaire Girard, wir sind in *Saint-Tropez!* Hier gab es schon einige Morde und Tote zu beklagen. Denken sie nur an den Millionär Girac vor zwei Jahren. Er wurde von der Schiffsschraube seiner eigenen Jacht zerstückelt. Oder die Sängerin Bibi, die von ihrem Geliebten erdrosselt wurde. Ich war bei beiden Fällen an der Aufklärung beteiligt. Ich bin sozusagen ein Experte auf diesem Gebiet.«

»*Pardon*, ich wollte Ihre Kompetenz nicht infrage stellen. Mir war nur wichtig, zu erfahren, mit wem ich ab jetzt eng zusammenarbeite. Und da wir schon dabei sind, uns genauer kennenzulernen, ein paar Worte zu mir: Ich habe meine Ausbildung an der *École nationale supérieure de la Police* vor zwei Jahren abgeschlossen. In *Fréjus* und *Saint-Raphaël* bin ich seit einem halben Jahr. Davor war ich in Toulon. Deshalb kenne ich dort auch einige Kollegen. Und wie Sie schon bemerkt haben, bin ich leidenschaftliche Raucherin. Ich liebe Rotwein, bevorzugt aus der Provence. Und ich stelle viele Fragen, auf die ich möglichst schnell eine Antwort hätte. Ansonsten bin ich, so denke ich, ganz verträglich. Falls Sie es akzeptieren, mit einer Frau als *Chef* zu arbeiten.«

Purenne schaute die Commissaire an und hielt ihr seine Hand entgegen.

»Wir werden bestimmt gut miteinander auskommen, Madame la Commissaire. Wenn Sie mich stets in ihre Überlegungen miteinbeziehen und mich nicht wie einen *dummen* Gendarmen behandeln, der nur Strafzettel verteilt.«

Die Commissaire schlug ein und lächelte Purenne freundlich an.

»Dann sind wir ab sofort ein Team?«

»Ja, das sind wir!«

Gemeinsam betraten sie den Eingangsbereich der Villa, wo sie sogleich auf den hypernervösen Aufnahmeleiter trafen.

»*Bonjour*, ich bin Robert. Wir duzen uns hier alle beim Set. Man hat mich aus meinem Hotel in *Ramatuelle* gerufen, damit ich Sie unterstütze. Was sind Ihre Pläne? Ich hoffe doch sehr, dass wir heute, wie vorgesehen, die Mordszene am Pool drehen können?«

Die Commissaire sah Purenne an und dann Robert.

»Wie meinen Sie das? Wir haben doch schon einen Mord und Sie wollen an der gleichen Stelle einen zweiten inszenieren? Ist das nicht etwas makaber?«, fragte Lucie Girard.

»Wer hätte denn damit rechnen können, dass hier ein *realer* Mord geschieht. Ich habe gehört, die Tote soll Hélène sein, unsere Maskenbildnerin?«

Dieses Mal antwortete Purenne.

»Jetzt mal langsam. Wir, also Madame la Commissaire Girard und meine Wenigkeit, Gendarm Purenne, müssen uns zuerst selbst ein Bild von der Situation machen. Auf jeden Fall

werden alle Spuren aufgenommen und die Leiche ordnungsgemäß zu einer Obduktion abtransportiert. Ich denke, gegen 8:30 Uhr können Sie wieder an ihren Drehort. Halten Sie sich in der Zwischenzeit aber bitte zur Verfügung. Wir würden Ihnen gerne noch ein paar Fragen stellen. Und eine Bitte noch, vielleicht könnten Sie uns, in ihrer Verantwortung als Aufnahmeleiter, alle Ihre Mitarbeiter auf einer Liste zusammenstellen. Perfekt wären Vor- und Nachname und die jeweilige Adresse. Wäre das möglich? Sie haben ja wahrscheinlich durch den Vorfall eine unerwartete Pause?«

Purenne lächelte den etwas verdutzt wirkenden Robert an.

»Haben Sie eine Ahnung. Von wegen Pause. Ich darf jetzt erst mal die Schauspieler anrufen. Sie sollten eigentlich in einer Stunde eintreffen. Am besten sie werden erst gar nicht mit der Situation hier belastet. Wie ist das mit der Crew? Wen davon wollen Sie sprechen? Dann kann ich diese Personen informieren. Soll ich Ihnen einen Raum zur Verfügung stellen, damit Sie ungestört reden können?«

Die Commissaire nickte anerkennend.

»Sie denken mit, bravo! Das wäre in der Tat perfekt. Bitte sorgen Sie dafür, dass alle Mitarbeiter, die gestern spät abends noch hier waren, in einer Stunde vor Ort sind. Wäre das möglich? Ein Raum für die Gespräche wäre tatsächlich auch von Vorteil. Es muss ja nicht jeder sehen, mit wem wir uns unterhalten, *n'est-ce pas?* Würden Sie uns jetzt bitte zum Pool begleiten?«

»Dann folgen Sie mir bitte, viel Zeit habe ich nicht.«

»Noch so ein Raucher. Er ist mir gleich sympathisch gewesen«, gestand die Commissaire.

Purenne runzelte die Stirn.

Mittlerweile war die Sonne über dem Horizont aufgegangen. Als sie auf dem Weg zum Pool waren, bot sich ein fantastisches Bild eines blutroten Balls, der über dem Meer schwebte.

Die Villa, die auf den ersten Blick überschaubar wirkte, zeigte auf der Rückseite ihre wahre Größe. Das Grundstück hatte einen vielfältigen Baumbestand mit Pinien, Korkeichen, Eukalyptus und vielen Zypressen. Es bot einen Fischteich und mehrere Terrassen. Ganz besonders beeindruckend aber war der über Eck gehende Swimmingpool, der mit Natursteinen eingefasst und an die zwanzig Meter lang war. Überall standen Liegen zum Sonnen und Entspannen bereit. Von einigen Stellen aus konnte man das Meer sehen. Nachdem sie das Areal überblickt hatten, zeigten sich die beiden Polizisten beeindruckt.

»Nicht schlecht, ein wirklich schönes Anwesen. Der Besitzer hat Geschmack und Geld«, urteilte Lucie Girard, nachdem sie am Rand des Schwimmbeckens angekommen waren.

»Ja, genau deswegen haben wir es auch für den Film ausgesucht. Es ist nicht zu protzig, wie so manche Villen hier. Es hat Flair. Ist eben typisch *provenzalisch*.«

Ein dünner, langer, schlaksig wirkender Gendarm kam herbeigeeilt und gestikulierte wild.

»Chef, Chef! Da sind Sie ja endlich! Monsieur *Docteur* Lefabre möchte Sie dringend sprechen.«

Purenne, der nur halb so groß wirkte wie sein Mitarbeiter, redete beruhigend auf ihn ein.

»Hugo, mal langsam. Der Docteur wird sich einen Moment gedulden müssen. Übrigens, das ist Madame la Commissaire Girard, unser aller Boss in diesem Fall.«

Hugo stand sofort stramm vor der fast gleichgroßen jungen Frau und legte seine Hand an seine Schirmmütze.

»Stets zu Diensten Madame la Commissaire!«

»*Merci,* Hugo. Ich darf Sie doch so nennen?«

»*Absolument!* Alle nennen mich beim Vornamen.«

»Dann lassen Sie uns gemeinsam zum *Docteur* gehen. Wie ich sehe, ist er noch mit der Leiche beschäftigt.«

Robert schaute erwartungsvoll und blies den Rauch seiner Zigarette in die Luft.

»*Pardon,* ich müsste … darf ich dann mal …?«

Die Commissaire wusste sofort, was der ihr sympathisch erscheinende Aufnahmeleiter wollte.

»Ja, aber natürlich … Sie können Ihrer Arbeit nachgehen. Aber denken Sie bitte an die Liste!«

»Ich werde Sie nicht enttäuschen. Bisher bin ich mit jedem Regisseur klargekommen, das gelingt mir bestimmt auch mit einer echten Commissaire!«

»Ich werde Sie auf die Probe stellen!«, erwiderte Girard mit einem schiefen Grinsen, und dachte dabei: *Lucie, auch wenn dir der Typ gut gefällt, du solltest im Job nicht flirten!*

Es war 06:20 Uhr, als ein weißes Tuch über die Frauenleiche gelegt wurde.

Docteur Lefabre zog seine Latex-Handschuhe aus und wischte sich den Schweiß von der Stirn. Er sah aus, als ob er gleich selbst einen Arzt gebrauchen könnte. Sein längeres, weißes Haar fiel ihm ins fahl und ausgemergelt wirkende Gesicht. Die Gläser seiner kleinen runden Nickelbrille waren verschmutzt. Überhaupt wirkte er nicht gerade gepflegt. Seine khakifarbene Hose hatte überall Flecken und sein Leinensakko war an der Tasche eingerissen.

Als er die Commissaire begrüßte, fiel ihr seine Alkoholfahne sofort auf. Der süßliche Rosé dünstete noch immer aus allen seinen Poren aus.

Und dieser Docteur wird uns gleich über die Todesursache aufklären?, fragte sie sich.

»*Bonjour.* Ah, Sie sind die neue Commissaire aus *Frejus?* Habe schon von Ihnen gehört. Willkommen bei den Schönen und Reichen!«

Während er das mit seiner rauchigen Stimme formulierte, verbeugte er sich tief.

Das sagt gerade der Richtige!, dachte sich die Commissaire.

»Nun, ich vermute, heute geht es eher um die weniger schönen Dinge, *Docteur.* Was können Sie uns über die Tote sagen? Darf ich mir die Leiche bitte auch einmal ansehen, bevor sie abtransportiert wird?«

Lefabre kniete sich hin und zog das Leichentuch zur Seite.

Lucie Girard und Purenne sahen eine wahrscheinlich bis vor Kurzem wunderschöne Frau von ungefähr zwanzig Jahren

mit einer wohl proportionierten Figur. Sie trug einen knappen Minirock und eine bunte Bluse mit weiten Ärmeln, die zerrissen und voller Flecken waren. Ihre Zöpfe waren zum Teil mit Blut verschmiert, das aus der großflächigen Wunde ihrer Stirn herzurühren schien. Ihr ganzer Körper war voller Schürfwunden und blauer Flecke. Ganz besonders fiel ihr Gesichtsausdruck auf. Er war merkwürdig verzerrt. So als ob sie kurz vor ihrem Tod etwas Schreckliches gesehen hätte.

»Nun, wie Sie sehen, ist die Wunde recht deutlich ausgeprägt und tief. Auffällig ist die Art der Verletzung. Ich kann momentan dazu nur Vermutungen äußern. Sie sollte umgehend nach Toulon in die Gerichtsmedizin zu einer ausführlichen Obduktion gebracht werden. Ich wage die Behauptung, dass sie von oben, während sie auf dem Rücken lag, von etwas sehr Schwerem getroffen wurde. Sehen sie, hier, die Wunde verläuft parallel zu ihren Augen. Und ich bin mir relativ sicher, sie war schon tot, als jemand sie hier zum Pool brachte und ihren Kopf ins Wasser legte.«

Sowohl Purenne als auch Girard beugten sich über ihr Gesicht und erkannten den geraden Verlauf der Verletzung.

»Stimmt, Sie haben Recht. Die Wunde hat nicht die typisch runde Form einer Verletzung am Schädel, wie sie durch einen hammerartigen Gegenstand entsteht«, analysierte Purenne mit ernstem Blick.

»Haben Sie überprüft, ob sie sexuell missbraucht wurde?«, wollte die Commissaire wissen.

»An ihrem Körper sind sehr viele unterschiedlich starke Verletzungen und Schürfwunden zu erkennen«, dozierte Lefabre. »Diese könnten von einem Sturz kommen. Vielleicht

ist sie einen Hügel oder eine Treppe heruntergefallen. Ihre kompletten Unterarme sind mit einem Messer geritzt worden. Man hat sie wohl, noch bevor sie starb, bei Bewusstsein gequält ... Aber, wie gesagt, ein abschließendes Urteil können wir erst nach der offiziellen Obduktion fällen. Momentan sollten wir uns alle Möglichkeiten offenhalten. Auch die einer Vergewaltigung.«

»Danke, *Docteur* Lefabre. Wir kümmern uns in der Zwischenzeit um die Vernehmung der Zeugen und der Leute vom Film.«

Lucie Girard sah hinter *Docteur* Lefabre verschiedene Personen stehen, die ihr Gespräch beobachtet hatten. Sie gab unverzüglich eine Anweisung an Purenne und Hugo:

»Könnten Sie die Schaulustigen bitten, sich oben auf der Terrasse aufzuhalten. Sie sollen dort auf uns warten. Und Hugo, besorgen Sie uns bitte einen Kaffee. Ich kann einen gebrauchen. Sie auch Purenne? Und noch etwas, Hugo: Wenn Sie schon mit den Leuten reden, dann fragen Sie gleich, wer die Tote gefunden hat. Mit denen möchte ich anschließend zuerst sprechen.«

»Wird erledigt, *Chef! Docteur*, möchten sie vielleicht auch einen Kaffee?«

»Nein danke, ich muss zurück nach *Gassin*. Mich erwartet dort eine Geburt. Zwillinge!«

»Na dann, worauf warten sie noch? Das ist doch im Vergleich zu diesem Ereignis hier eine schöne Angelegenheit«, ermuntert Purenne den Arzt.

»Wenn Sie das sagen ...«, bemerkte Lefabre süffisant.

Er packte seine kleine Arzttasche und machte sich auf den Weg.

»Die Kompetenz in Person ist er nicht gerade«, bemerkte die Commissaire, als der Arzt außerhalb der Hörweite war.

»Er war der nächste Arzt in der Gegend und konnte so am schnellsten am Tatort sein. Sie haben aber Recht, so wie er aussah, hat er bestimmt die Nacht durchgemacht.«

»Nach seinen Ausdünstungen zu urteilen, liegen Sie da richtig, mein Lieber«, erwiderte die Commissaire und beendete das Thema Lefabre.

Während die Spurensicherung noch weiter fortgesetzt wurde, gingen die beiden Polizisten zurück zur Villa. Oben angekommen, bat Girard den Gendarmen, sich um die Organisation der Vernehmungen zu kümmern.

»Ich brauche einen Moment, um mich zu sortieren. In spätestens zehn Minuten stoße ich dazu.«

Die Commissaire schaute sich um und entdeckte eine kleine Sitzgruppe, die gerade von den Strahlen der Morgensonne gestreift wurde. Ein Aschenbecher stand auf dem orangefarbenen Designertisch. Sie machte es sich bequem und zündete sich eine *Gitanes* an. Genüsslich nahm sie einen ersten Zug, blies den Rauch aus und sah ihm nach, wie er in den hellblauen Himmel zog. Dann nippte sie an ihrem mittlerweile fast schon kalten Kaffee. Wie immer hatte sie ihre kleine Ledertasche umhängen. Aus dieser zog sie ein neues Notizbuch, das in dem gleichen Beige gehalten war wie die Tasche selbst. Ein edler Bleistift mit Radiergummi, der in einem Silberhalter von Tiffany steckte, war griffbereit in einer

seitlichen Lasche. Nach einem weiteren Zug begann sie zu schreiben.

Es zählte zu ihrer Eigenart, sich einem Fall so anzunähern. Eine Zigarette, ein ruhiges Plätzchen und klare Gedanken, mehr brauchte sie nicht für das Rekapitulieren der Geschehnisse. Dieses Ritual wiederholte sie mehrmals täglich. Immer, wenn sie das Gefühl hatte, genügend Informationen erhalten zu haben, die sie weiterbrachten.

Die Struktur ihrer Notizen folgte einer streng festgelegten Ordnung. Zuerst notierte sie das Datum und die Uhrzeit, dann den Ort, am besten mit genauen Details. Es folgten die Personen, mit denen sie es zu tun hatte. Dazu notierte sie sowohl Fakten als auch Beobachtungen, die ihr aufgefallen waren. Zum Beispiel ungewöhnliche Reaktionen oder auffälliges Verhalten. Eine kurze Beschreibung des Opfers und dessen Verletzungen. Ganz wichtig: Sie ließ sowohl am rechten Rand und zwischen den Zeilen genügend Platz für spätere Ergänzungen. Zum Schluss kamen die offenen Fragen, die sie beschäftigten. Für jede Frage begann sie eine neue Seite in ihrem Buch. Und natürlich widmete sie jedem neuen Fall auch ein neues Buch. Am liebsten in einer anderen Farbe. Die Bücher besorgte sie sich in einem Laden für Künstlerbedarf am Hafen von Cannes. Sie waren nicht billig, aber in jedem Fall ihr Geld wert.

Und so begann sie, folgende Fragen fein säuberlich aufzuschreiben:

Mit wem arbeitete Hélène zusammen?
Mit wem war sie vor ihrem Tod zuletzt gesehen worden?
Hatte sie einen Freund? Wenn ja, wo war er gestern Abend?

War Hélène beliebt?

In welcher Beziehung stand sie zu denjenigen, die sie fanden?

Gibt es jemanden, der von ihrem Tod profitiert?

Das sollte fürs Erste reichen. Sie stand auf, steckte das Buch zurück in die Tasche und ging durch eine der Terrassentüren in die Villa. Gendarm Hugo empfing sie mit militärischem Gruß.

»Hugo, nicht doch«, winkte die Commissaire ab.

Für sie war der Mann ein echtes Unikum. Er hätte ohne Weiteres in einem der bekannten *Saint-Tropez*-Filme mitspielen können.

»Wo ist denn das Zimmer für die Befragung der Zeugen?«

»Ähm, Madame la Commissaire, das war anscheinend doch nicht so einfach. Fast alle Räume sind von der Filmcrew und den Schauspielern belegt. Wir sind deswegen in der Küche. Wenn Sie mir bitte folgen würden?«

Sie gingen erst durch das Wohnzimmer, dann in das Esszimmer und kamen in eine gut ausgestattete Küche. Darin stand ein ausladender Küchentisch, der noch mit allen möglichen Lebensmitteln, Weinflaschen und schmutzigem Geschirr vollgestellt war.

Entschuldigend zuckte Hugo mit den Schultern.

»Tja, gestern Abend wurde hier eine ausgelassene Party gefeiert. Wie mir berichtet wurde, anlässlich des Film-Drehs. Man hat sich amüsiert und dabei gefilmt. So einen Job möchte ich auch mal haben ...«

Während Hugo sprach, stand er an den mächtigen Herd gelehnt, der die Küche dominierte.

»Hier können wir nicht arbeiten, *impossible!*«, reagierte die Commissaire entsetzt.

»Aber ...«

»Nichts aber! Sorgen Sie bitte für einen Ort, der aufgeräumt ist und wo wir ungestört sind. Am besten mit einem Tisch und Stühlen. Ich warte solange hier.«

»Jawohl. Wird sofort erledigt.«

Hugo entfernte sich geräuschvoll schnaubend, gab aber kein Widerwort.

Die Commissaire schaute sich um. Es sah nach einem Gelage aus. Hier waren gestern Abend bestimmt dreißig Leute gewesen, vermutete sie. Sie ließ ihre Gedanken schweifen, während sie sich in der Küche weiter umsah.

Wenn ich die alle vernehmen muss, das wird was werden ... Bei aller Souveränität, die sie ausstrahlte, zweifelte sie immer mal wieder an ihren Entscheidungen und an der Art und Weise, wie sie auf andere wirkte. *Hatte sie den richtigen Beruf gewählt?*

Meistens war sie von Männern umgeben. Männer, die es nicht gewohnt waren, mit einer Frau zu arbeiten, geschweige denn, sie als Vorgesetzte zu akzeptieren. Während ihrer Ausbildung hatte es nur eine weitere Kollegin gegeben. Wie sie vor zwei Wochen erfahren hatte, konnte sie sich in ihrer Position nicht behaupten. Der Beruf einer Commissaire war im Frankreich der Sechzigerjahre so selten wie der einer männlichen Hebamme. Sie machte sich Mut: *Nur nicht kleinkriegen lassen und immer dagegenhalten. Irgendwann werden sie es lernen.*

In Gedanken versunken, hörte sie plötzlich das Geräusch einer sich öffnenden Tür.

»*Pardon*, sind Sie die neue Köchin?«

Ein junger Mann mit algerischem Aussehen war plötzlich im Raum aufgetaucht.

»Ich? Köchin? Nein, das bin ich nicht! Ich bin Commissaire Girard. Und wer sind Sie?«

»Guy. Guy Menad. Ich bin Assistent beim Film-Dreh hier am Set.«

Ein hübscher Bursche, dachte die Commissaire. *Vielleicht etwas derb. Insbesondere in dem nicht mehr ganz so weißen Unterhemd und den dreckigen Shorts. Was hatte er denn da für einen Gürtel um? Mit Messer, Zange, Hammer, Seilen und einer kleinen Ledertasche? Er scheint verletzt zu sein. An seinem Hals klebt ein großes Pflaster.*

»Und was macht ein Assistent so beim Film-Dreh hier am Set?«, hakte Girard nach.

Die Frage war ihr spontan eingefallen und sie ärgerte sich auch gleich darüber, dass sich ihre private Neugierde mit ihrer professionellen Ermittlung vermischt hatte.

»Ich bin für vieles zuständig. Zum Beispiel, für die Pflege der Autos. Ich unterstütze beim Bau des Sets oder auch beim Licht. Ich bin da, wo man mich braucht«, erklärte Guy in einem typisch algerischen Französisch.

Während er redete, knetete er eine Masse in seinen Händen, die wie weicher Ton aussah. Dabei ließ er bewusst seinen Bizeps spielen.

»Dann können Sie mir bestimmt sagen, wie viele Gäste gestern Abend hier waren? Und wie lange die Party gedauert hat?«

Die Commissaire schaltete schnell auf einen förmlicheren Ton um, obwohl sie ihren Blick nicht vom Oberkörper des Assistenten abwenden konnte.

»So genau kann ich das nicht sagen. Auf jeden Fall waren um die zwanzig Statisten da. Sie wurden extra für die Partyszene engagiert, die meisten direkt aus der Gegend hier. Dann noch die vier Hauptdarsteller, die Crew und die Sicherheitsleute. Ich würde schätzen, insgesamt so um die fünfzig. Also fünfundzwanzig vor der Kamera, der Rest dahinter.«

Die Commissaire nahm die Information zur Kenntnis. Dann interessierte sie sich wieder für die Knetmasse, die der Assistent ununterbrochen in seinen Händen hin und her bewegte.

»Was kneten Sie denn da in ihren Händen? Sind Sie nervös?«

Sichtlich überrascht, schaute Guy wie ein kleiner Junge, der bei etwas Verbotenem erwischt wurde.

»Wieso nervös? Ich sorge nur dafür, dass meine Reparaturknete weich bleibt. Die brauche ich später für alle möglichen Sachen.«

Dieser Guy ist ein schräger Typ, ging es der Commissaire durch den Kopf. Sie wusste zwar nicht genau, ob der Assistent nur so tat, oder ob er tatsächlich etwas simpel gestrickt war. So einfach wollte sie ihn aber nicht gehen lassen und hakte nach.

»Wenn Sie hier überall aushelfen, dann kennen Sie doch bestimmt jeden? Vielleicht auch die Maskenbildnerin Hélène?«

Guy hörte auf zu kneten. Seine Hände drückten sich kraftvoll in die weiche Masse. Die Commissaire sah, wie die Knöchel weiß wurden. Guys Gesicht zeigte keine Regung. Als er antwortete, schien es ihr so, als ob er es bewusst beiläufig formulieren wollte.

»Klar kenn' ich die. Wir waren sogar mal zusammen.«

Volltreffer!, freute sich die Commissaire insgeheim und machte einen Schritt auf den Assistenten zu. Dabei schaute sie ihn mit einem durchdringenden Blick an.

»Dann können Sie mir sicher sagen, wo sie jetzt ist?«

Guys Augen flackerten. Erneut begannen seine Hände die Masse zu kneten.

»Wo sie jetzt ist? Wo soll sie denn sein? In ihrem Hotel vermute ich mal. Oder auf dem Weg hierher. Wir drehen bald.«

»Das heißt, Sie wissen es nicht genau? Wann haben Sie Hélène das letzte Mal gesehen?«

Jetzt stand die Commissaire direkt vor ihm. Durch die Nähe konnte sie seinen Atem riechen. Er muss gerade Kaffee getrunken haben. Außerdem roch er stark nach Knoblauch.

»Ist das hier ein Verhör?«, fragte Guy leicht beunruhigt.

»Ist was mit Hélène? Ist ihr etwas zugestoßen? Sie würden doch sonst nicht solche Fragen stellen, oder?«

Die Commissaire gab nicht nach. Sie pochte mit ihrem Zeigefinger auf seine Brust.

»Beantworten Sie mir erst meine Frage! Wann haben Sie Hélène das letzte Mal gesehen?«

»Was soll das? Lassen sie mich doch erst einmal überlegen. Gestern war viel los ... ja, jetzt erinnere ich mich: Ich hatte am Ende des Drehs die Aufgabe übernommen, den Statisten ihre Verträge zu geben. Dabei bin ich ihr zum letzten Mal begegnet. Sie ist mit einer Statistin in ihre Garderobe gegangen. Wir sind aneinander vorbeigelaufen, doch sie hat mich keines Blickes gewürdigt. Ich habe sie natürlich auch nicht sonderlich beachtet, pah«, raunzte Guy und spuckte verächtlich auf den Boden.

Angeekelt wich die Commissaire einen Schritt zurück. Dieser Typ wurde ihr immer unsympathischer. Sie musste sich schwer zusammennehmen.

»So, jetzt werde ich Ihnen mal was sagen, junger Mann!«, begann sie.

»Hélène ist tot. Sie wurde mit eingeschlagenem Schädel heute früh am Swimmingpool gefunden. Und ich bin hier, um den Fall aufzuklären.«

Der dunkelhäutige Assistent wurde sichtlich blass. Er biss die Zähne zusammen. Seine Backenknochen traten hervor. Es dauerte eine Weile, bevor er zu einer verbalen Reaktion in der Lage war.

»Das musste ja früher oder später passieren!«, knurrte Guy sichtlich verstört, »Hélène hat mit jedem rumgemacht. Fragen sie doch mal die anderen!«

Guy war die Situation unangenehm, das war offensichtlich. Unruhig trat er von einem Fuß auf den anderen. Die

Commissaire schaute ihn jedoch weiterhin mit ihrem durchdringenden Blick an.

Guy versuchte, ihrem Blick auszuweichen.

»Finden Sie nicht, dass Ihre Reaktion sehr gefühllos ist? Gerade haben Sie mir noch gesagt, dass sie Ihre Freundin war.«

Provozierend erwiderte er ihren Blick und sagte verächtlich:

»Ich habe mit der Dame Schluss gemacht. Seitdem geht sie mir am Arsch vorbei.«

»Dafür wirken Sie aber ganz schön aufgebracht. So ganz egal scheint Ihnen Hélène doch nicht zu sein?«

»Ich ... ich werde jetzt gebraucht. Habe viel zu tun. Kann ich gehen?«

Guys Augen wanderten unruhig in der Küche umher.

Die Commissaire merkte, dass sie bei dem Assistenten momentan nicht weiterkam. Noch nicht! Außerdem musste sie viel mehr Informationen haben, um ihn in die Mangel zu nehmen. Deshalb antwortete sie:

»Sie können gehen. Aber halten Sie sich zu unserer Verfügung. Wir werden Sie bestimmt noch benötigen.«

Ohne ein weiteres Wort zu verlieren, drehte er sich um und ging zur Tür. Bevor er sie öffnete, rief ihm die Girard hinterher:

»Noch eine letzte Frage. Sie haben da eine Verletzung am Hals. Wo haben Sie sich diese zugezogen?«

Guy reagierte diesmal überraschend schnell und schlagfertig:

»Ach, so was passiert dauernd. Ein Spanngurt war nicht richtig befestigt. Er hat sich gelöst und ist mir am Hals entlang geschrammt. Nicht weiter schlimm.«

»Soso. Dann sollten Sie in Zukunft besser auf sich aufpassen. Das hätte auch ins Auge gehen können!«

Ohne ein weiteres Wort zu verlieren, verließ Guy die Küche.

Das fängt ja gut an. Dem glaube ich nicht, sagte sich die Commissaire und hielt nach Hugo Ausschau. Sie hatte lange genug in der Küche auf ihn gewartet, deshalb machte sie sich jetzt auf die Suche nach ihm.

Es dauerte nicht lange, da fand Lucie Girard ihren Kollegen Hugo in einem Disput mit Robert, dem Aufnahmeleiter. Robert gestikulierte wild.

Als sie näherkam, hörte sie ihn sagen:

»Denken Sie, ich kann Räume aus dem Hut zaubern? Hier sind Weltstars und jeder von ihnen hat das Anrecht auf ein eigenes Zimmer. Übrigens mit Klimaanlage! Außerdem muss ich Sie warnen, falls Sie den Betrieb aufhalten, gibt es eine saftige Vertragsstrafe. Wir haben einen engen Drehplan. Und wie bereits erwähnt, werden wir heute einen Mord drehen!«

Die Commissaire stand nun neben dem ungleichen Paar. Hugo schnappte gerade nach Luft, um etwas zu erwidern, doch Lucie Girard kam ihm zuvor.

»Ich kann ihren Film-Dreh durch eine richterliche Anordnung sofort lahmlegen. Da gibt es kein Pardon. Also, welches Zimmer können wir nun für unsere Arbeit bekommen? Und sagen Sie nicht: die Küche.«

Robert öffnete sein Haarband und lockerte seine lange Mähne. Tiefenentspannt schaute er die Commissaire an.

Er hatte es wirklich drauf, einen aus der Ruhe zu bringen, dachte sie. *Aber davon lasse ich mich nicht beeindrucken!*

Sie holte ihre Packung Gitanes aus ihrer Ledertasche hervor, nahm eine der filterlosen Zigaretten heraus und steckte sie zwischen ihre Lippen. Erwartungsvoll schaute sie den Aufnahmeleiter an. Es dauerte einen Moment, bis er verstand. Er griff in seine Hosentasche und holte ein klassisches, silbernes Benzinfeuerzeug hervor. Er drehte das geriffelte Reibrädchen. Die erzeugten Funken entzündeten sofort eine Flamme. Mit der einen Hand schützte er sie vor dem Wind, mit der anderen hielt er das Feuerzeug an die Spitze der Zigarette. Girard zog genüsslich an dem Glimmstängel. Ihre Augen wurden zu Schlitzen, die ihr Gegenüber fixierten. Mit ihren langen, eleganten Fingern nahm sie die Zigarette von ihren Lippen und blies den Rauch gelassen in das Gesicht des Aufnahmeleiters. Hugo beobachtete das Geschehen mit offenem Mund.

»*Alors*, Sie gehen voran, ich folge Ihnen!«, sagte die Commissaire mit gespielter Entspannung.

Ohne ein weiteres Wort zu verlieren, drehte sich Robert um und sie gingen einen Flur entlang. Er öffnete die letzte Tür am Ende des Gangs.

»Das ist *mein* Raum. Ich stelle ihn Ihnen zur Verfügung. Geben Sie mir bitte fünf Minuten, damit ich schnell den Schreibtisch leerräumen kann. Stühle sind genügend vorhanden, denke ich.«

Hugo stand im Türrahmen und applaudierte unauffällig.

»Geht doch!«, sagte die Commissaire begeistert.

»Und da Sie schon mal hier sind, würde ich gerne gleich mit Ihnen anfangen. Es dauert bestimmt nur ein paar Minuten.«

Der Widerstand war gebrochen. Robert brummte etwas Unverständliches in seinen Bart. In Windeseile war der Schreibtisch freigeräumt und vier Stühle um ihn herumgestellt.

»Bravo! Vielen Dank! Bitte nehmen Sie doch Platz«, forderte die Commissaire den Aufnahmeleiter auf.

Der Schönling setzte sich, rutschte leicht nach vorne und streckte seine Beine weit von sich. Den Kopf hielt er leicht schräg. Seine Augen zog er zu Schlitzen zusammen. Dann wartete er auf den Beginn der Befragung.

Die Commissaire ließ sich Zeit, öffnete ihr Notizbuch, nahm den edlen Bleistift in die Hand und wendete sich an Hugo, der immer noch im Türrahmen stand.

»Bitte setzen Sie sich. Sie sind Zeuge dieser Vernehmung.«

Lucie Girard nahm den Stift und spielte damit in ihrem Pferdeschwanz herum. Nach einer gefühlten Ewigkeit begann sie mit ihrer ersten Frage.

»Wie gut kannten Sie Hélène Moreau?«

»So gut wie alle anderen Mitarbeiter am Set«, sagte der Aufnahmeleiter. »Ich suche sie mir nicht aus, das macht die Produktionsfirma. Aber ich hatte schon öfter mit ihr zu tun. Sie ist professionell und eine sehr gute Maskenbildnerin. Und sie kann gut mit Stars umgehen. Das heißt, sie *konnte* gut mit Stars umgehen.«

Robert zeigte das erste Mal einen Anflug von Gefühlen. Er rieb sich seine Nase und schaute kurz nach unten auf die Tischplatte.

»War sie mit jemandem hier am Set befreundet?«, wollte die Commissaire wissen.

»Ja, mit Michèle, dem Skriptgirl. Sie hingen meistens zusammen herum und verbrachten die Pausen miteinander«, antwortete Robert spontan.

»Und gab es da nicht auch einen Freund?«

Er setzte sich aufrecht hin und knackte mit den Fingern.

»Nicht offiziell. Einer der Assistenten gab damit an, etwas mit ihr gehabt zu haben. Ein *Halbalgerier*. Guy. Aber eigentlich kann ich mir das nicht vorstellen. Hélène war sich zu fein für so einen.«

Die Commissaire machte sich ein paar Notizen. Es folgte eine längere Pause. Robert schaute auf seine Uhr.

»Ich muss los ...«, bemerkte er.

»Gleich, nur noch zwei Fragen. Hatte Hélène Moreau Ihres Wissens nach Feinde oder vielleicht Neider?«

»Nicht, dass ich wüsste. Sie war durchaus beliebt. Immer gut gelaunt. Jeder hat sie gemocht. Auch ich.«

Er lehnte sich bei seiner letzten Aussage nach vorne und fixierte die Commissaire mit seinen braunen Augen.

»Ist Ihnen gestern etwas Ungewöhnliches an ihr aufgefallen? War sie vielleicht nervös? Und wann haben Sie sie das letzte Mal gesehen?«

Robert hob seine rechte Hand und zeigte ihr drei Finger.

»Das sind drei Fragen, Madame la Commissaire. Eine zu viel. Aber ich will mal nicht kleinlich sein ... Ich hatte alle

Hände voll zu tun. Es war ein sehr aufwändiger Drehtag, mit vielen Statisten. Da konnte ich nicht auch noch auf eine einzelne Mitarbeiterin achten, die selbst durchgehend beschäftigt war. Kurz, nein, mir ist nichts an ihr aufgefallen. Und zuletzt gesehen? ... Ich habe sie gesehen, als sie Romy Schneider noch einmal die Haare gemacht hat. Das war am Ende der Tanzszenen. Danach wurde die letzte Szene am Pool gedreht. Moment! Doch, ja. Da war sie auch. Denn Jane, die *Penelope* spielt, war mit ihrem Make-up nicht zufrieden, was Hélène dann korrigiert hat. Aber danach? Nein. Keine Erinnerung. Da war auch Drehschluss. Es gab noch einen kleinen Umtrunk auf der Terrasse. Dort ist sie mir nicht aufgefallen. Zufrieden?«

Robert lehnte sich wieder lässig zurück und schaute die Commissaire mit einem arroganten Grinsen an.

»Fürs Erste, ja«, erwiderte sie. »Sie können Ihren Aufgaben weiter nachgehen.«

»Wurde aber auch Zeit. Und *Sie* darf ich bitten, sich heute nur im Haus aufzuhalten. Wir drehen am Pool, wahrscheinlich wieder bis tief in die Nacht. Deshalb auch der späte Start.«

»Wir werden uns bemühen, uns daran zu halten. Versprechen kann ich es aber nicht«, erwiderte die Commissaire mit einem provokanten Unterton.

Robert schob seinen Stuhl geräuschvoll zurück und ging zur Tür. Bevor er den Raum verließ, machte er noch eine Bemerkung:

»Wenn Sie mit weiteren Mitarbeitern sprechen möchten, dann bitte bis 12:00 Uhr. Danach werden sie gebraucht.«

Die Commissaire gab ihm darauf keine Antwort. Sie war mit ihren Notizen beschäftigt.

Viele Fragen

Sie konnten kaum noch ihre Augen offenhalten. Doch wenigstens hatten sie einen Platz gefunden, wo sie sich seit mehreren Stunden hatten aufhalten können. Valérie, Jacques und Serge saßen an genau dem gleichen Tisch in der Nähe des Cateringwagens wie am Abend und in der Nacht zuvor. Nur war jetzt alles anders. Was glamourös erschien, war heute bitterernste Realität. Eine Frau war tot. Eine Weitere vermisst.

Um 8:00 Uhr öffnete die sympathische Madame die Seitenklappe ihres Cateringwagens. Endlich bekamen sie Kaffee und frische Croissants.

Mittlerweile war wieder eine halbe Stunde vergangen, und sie hatten noch immer nichts von der Polizei erfahren. Vor längerer Zeit hatte ein Gendarm sie aufgefordert, sich nicht mehr am Pool aufzuhalten. Auf ihre Frage, was nun als Nächstes geschehen würde, antwortete er kurz angebunden, dass sie sich gedulden sollten. Eine Madame la Commissaire Girard würde zu ihnen kommen und sie befragen.

Seitdem sie Hélènes Leiche entdeckt hatten, war Michèle nicht mehr aufgetaucht. Wahrscheinlich hielt sie sich in der Villa auf. Das vermuteten die drei jedenfalls.

Valérie war am Verzweifeln. Sie konnte Aurélie nicht erreichen. Um kurz nach 7:00 Uhr hatte sie in der Villa ein

Telefon gefunden und auf dem Campingplatz angerufen. An der Rezeption sagte man ihr, dass momentan nur eine Person am Empfang sei und niemand sonst zur Verfügung stand, um nach ihr zu suchen. Sie solle es später noch einmal versuchen.

Auch Serge hatte gesagt, er hätte keine Ahnung, wo Aurélie sein könnte. Das Einzige, was er sich vorstellen könnte, wäre, dass Aurélie etwas emotional Unüberlegtes getan haben könnte. Er dachte dabei an Henri. Aurélie fand ihn bestimmt attraktiv. Und auch Henri wurde von ihr angezogen. Immer wieder hatte er das Bild vor Augen, als der attraktive junge Mann ihr mit engem Körperkontakt zeigte, wie man beim Volleyball richtig pritscht. Vielleicht hatten beide sich gestern Nacht gefunden und verbrachten die Nacht miteinander. Ein Auto hatte Henri ja. Beste Voraussetzungen für ein Abenteuer. So hatte er es jedenfalls gegenüber Valérie und Jacques formuliert.

»Also ich halte es hier nicht länger aus«, sagte Jacques. »Was denken die sich eigentlich? Wir haben doch nichts verbrochen. Ich gehe diese Madame la Commissaire suchen und werde sie fragen, ob sie uns noch benötigt.«

»Ja, mach das. Wir halten solange die Stellung hier«, sagte Serge zu seinem Freund.

Langsam stand Jacques auf, denn er spürte jeden seiner Knochen. Er streckte sich ausgiebig und lief in Richtung der Villa. Auf halben Weg kam ihm eine elegant aussehende Frau entgegen. Zuerst dachte er, es handele sich um eine weitere Schauspielerin. Sie wirkte irgendwie verwegen, nicht nur weil sie eine Zigarette im Mundwinkel hatte. Auch die Art, wie sie

ging, war ungewöhnlich. Sie machte recht große Schritte und ihre Hüften bewegten sich elegant im Rhythmus. Und riesig groß war sie! Die Frau erinnerte ihn an ein Model auf einem Laufsteg. Er grüßte sie im Vorbeigehen und konnte nicht anders, als ihr hinterherzuschauen. Anscheinend spürte sie seinen Blick, denn sie drehte sich um, blieb stehen und sprach ihn an.

»Sind sie vielleicht einer der Zeugen? Ich bin nämlich auf der Suche nach ihnen.«

Jacques war von der direkten Frage überrascht. Auch er wandte sich ihr ganz zu. Beide standen einige Meter voneinander entfernt. Er stemmte seine Hände in die Hüften und antwortete förmlich.

»Genau, das bin ich. Und da hinten sitzen noch zwei Weitere. Wir warten schon seit einiger Zeit auf eine Madame la Commissaire Girard.«

Die Commissaire ging auf den etwas derangiert wirkenden jungen Mann zu und begrüßte ihn förmlich.

»*Bonjour*, ja das bin ich, bitte entschuldigen Sie, aber ich musste mir erst ein Bild hier vor Ort machen, bevor ich mit Ihnen sprechen konnte. Wollen wir vielleicht hinüber zu ihren Freunden gehen?«

Jacques gab der Commissaire die Hand zur Begrüßung. Dann führte er sie zu dem kleinen Platz mit dem Cateringwagen, der provisorisch als Freiluftrestaurant hergerichtet war.

»Da bist du ja schon wieder«, begrüßte ihn seine Freundin. »Und Madame la Commissaire hast du auch gefunden?«

»*Mais oui,* ich bin Commissaire Lucie Girard. Verantwortlich für die Aufklärung des möglichen Mordes an Hélène Moreau. Wie mir berichtet wurde, haben sie drei die Maskenbildnerin heute in der Frühe gefunden. Könnten Sie mir bitte zuerst ihre Personalien geben?«

Die Freunde schauten sich an. Keiner wusste so recht, wer zuerst antworten sollte. Für Jacques und Serge überraschend, ergriff Valérie das Wort.

»Ich bin Valérie Perrin. Und das ist mein Freund Jacques Muller. Und der andere junge Mann ist Serge Rousseau.«

Commissaire Girard begrüßte Valérie und Serge mit Handschlag. Gerade wollte sie wieder ansetzen zu reden, da kam ihr Valérie zuvor:

»Bevor wir über die Tote sprechen, möchte ich eine Vermisstenmeldung aufgeben. Wir suchen nämlich auch noch unsere beste Freundin, die Partnerin von Serge. Sie heißt Aurélie Ballancourt. Wir sind mit ihr gestern gemeinsam zum Dreh gekommen und haben sie seit gestern Abend nicht mehr gesehen, obwohl wir bereits überall nach ihr geschaut haben.«

Mit erstaunten Blicken verfolgten Jacques und Serge Valéries Redefluss. Auch die Commissaire schien überrascht.

Bevor sie zu sprechen begann, nahm sie einen langen Zug von ihrer Zigarette und blies den Rauch nachdenklich in den wolkenlosen Morgenhimmel.

»Eine tote *und* eine verschwundene Frau. Das wird ja immer besser. Aber lassen Sie uns eines nach dem anderen besprechen. Kümmern wir uns zuerst um ihre Freundin. Ich schicke gleich Gendarm Purenne zu ihnen. Er wird mit Ihnen

eine Vermisstenanzeige aufgeben. Außerdem sollten wir im Anschluss an unser Gespräch das Gelände absuchen lassen. Wann und wo haben Sie Aurélie Ballancourt zum letzten Mal gesehen?«

Jetzt fühlte sich Serge angesprochen:

»Das war nach ihrem Dreh mit Alain Delon. Die genaue Uhrzeit kann ich Ihnen nicht sagen, aber ich denke, es war so gegen 23:00 Uhr. Wir haben uns über ihr schauspielerisches Talent unterhalten. Sie müssen wissen, ich studiere Schauspiel, meine Freundin aber nicht. Trotzdem hat sie ihre Rolle sehr gut gemeistert.«

Die Commissaire schlug ihr kleines Notizbuch auf und zog ihren Bleistift aus der Hülse.

»Das hört sich doch sehr erfreulich an. Wie mir gesagt wurde, ging der Dreh danach noch bis tief in die Nacht. Warum haben Sie Aurélie denn aus den Augen verloren?«

Serge blickte hilfesuchend um sich. Doch weder Valérie noch Jacques konnten helfen.

»Wir verstehen uns gerade nicht so gut. Es gab da vorgestern einen Vorfall. Wir alle wissen nicht so genau, was wirklich passiert ist.«

Er blinzelte und rieb seine Augen. War es die Müdigkeit oder kamen ihm die Tränen? Er wusste es selbst nicht so genau. Er war durcheinander und begann von sich aus zu erzählen, auch wenn die Commissaire nicht fragte.

»Ich habe sie nachts am Strand gefunden. Sie war nackt und nur in eine Decke gehüllt. Ihre Arme waren voller Schnittwunden. Ich habe mich um sie gekümmert. Doch am nächsten Morgen ...«

»Ja? Was passierte da? Sie können es uns sagen«, hakte die Commissaire nach, während sie sich Notizen machte.

»Sie war komplett verändert«, sagte Serge. »Sie fing an, mich zu verdächtigen, am Abend zuvor in ihr Zelt gekommen zu sein und sie mit einem Messer bedroht zu haben. Diese Anschuldigung war ein Schock für mich. Dabei habe ich ihr doch geholfen!«

»Wie lange kennen Sie Aurélie denn schon?«

»Wir sind seit gut einem Jahr zusammen. Wir lieben uns. Jedenfalls dachte ich das. Bis vor Kurzem.«

Serge verbarg sein Gesicht in seinen Händen.

»Mademoiselle Perrin? Valérie?«, sagte die Commissaire in einem freundlichen Ton. »Ich darf sie doch Valérie nennen?«

Valérie nickte.

»Sie machen sich bestimmt große Sorgen und haben das Verschwinden Ihrer Freundin deshalb gleich erwähnt. Wie sehen Sie das Ganze? Haben Sie eine Vermutung, wo ihre Freundin Aurélie sein könnte?«

Jetzt war es Valérie, die mit sich selbst haderte. Sollte sie der Commissaire von ihrem gestrigen Gespräch mit Aurélie erzählen? Sollte sie das Techtelmechtel zwischen Hélène und Serge erwähnen? Es war zum Verzweifeln.

Jacques bemerkte den Zwiespalt, in dem Valérie steckte. Er nahm ihre Hand und schaute sie aufmunternd an. Erst dann begann sie zu erzählen.

»Aurélie ist keine einfache Person. Sie hatte es schwer im Leben. Sie ist bei einer Pflegemutter aufgewachsen. Serge ist ihr erster wirklicher Freund. Sie hängt sehr an ihm.«

Sie machte eine Pause und schaute Serge Verständnis suchend an.

»Umso schlimmer war es für sie, als sie vorgestern Abend mit ansehen musste, wie Serge mit Hélène am Strand von *Pampelonne* rumgemacht hat. Sie ist deshalb alleine zurück zum Campingplatz gefahren. Dort passierte dann die Messerattacke.«

Serge saß mit offenem Mund da. Er konnte nicht glauben, was Valérie da gegenüber der Commissaire aussprach. Wollte sie ihn anschuldigen?

»Hat Aurélie ihnen gegenüber irgendeiner Vermutung geäußert, wer der Täter sein könnte?«

»Sie blieb vage in ihrer Aussage. Es sei ein Mann gewesen. Er hätte sie sexuell bedroht. Daraufhin setzte sie sich zur Wehr. Ein Messer sei im Spiel gewesen. Daher rühren die Verletzungen an ihren Armen. Sie hat Serge nicht direkt beschuldigt, aber sie hat nach dem Vorfall jeden Kontakt mit ihm gemieden. Sie hat sich sogar ein eigenes Zelt gekauft und ist in unsere Nähe gezogen.«

Lucie Girard steckte ihren Bleistift hinter ihr Ohr. Sie holte die Packung Gitanes aus ihrer Tasche und bot allen eine Zigarette an. Doch keiner nahm eine. Ungeachtet dessen zündete sie sich eine Zigarette an und zog genüsslich daran.

Dann formulierte Valérie ein ernüchterndes Resümee:

»Jetzt ist Aurélie verschwunden. Und Hélène ist tot.«

Wieder nahm die Commissaire einen Zug. Sie ließ sich Zeit. Viel Zeit. In den Köpfen der jungen Leute arbeitete es. In Serge brach die nackte Panik aus. Er fing an zu schwitzen. Valérie schwankte zwischen Erleichterung und

Schuldgefühlen. Jacques saß zwischen allen Stühlen. Serge war sein bester Freund. Gerne hätte er ihm geholfen. Er verstand aber auch Valéries Verhalten.

Endlich beendete die Commissaire die Stille.

»Ich denke, wir zwei müssen uns mal alleine unterhalten, Monsieur Rousseau. Aber zuvor sollten wir uns alle gemeinsam mit Hélènes Tod beschäftigen.«

Jacques ergriff nun das Wort.

»Serge ist ein aufrechter Kerl. Ich kenne ihn schon seit meiner frühesten Schulzeit. Er ist ein Frauenheld, das stimmt. Aber ich kann ihn mir nicht als Sexualverbrecher vorstellen.«

»Das mag sein«, warf die Commissaire ein. »Sexualdelikte entstehen oft aus der Situation heraus. Meistens ist auch Alkohol im Spiel. Lassen Sie mich bitte im Anschluss alleine mit Serge sprechen. Kommen wir stattdessen nun zu Hélène. Wann haben Sie die Leiche entdeckt?«

Sie drückte den letzten Rest ihrer Zigarette unter der Tischplatte aus und warf die Kippe in ein Beet.

Diesmal war es Jacques, der wieder zu reden begann:

»Es war gegen 04:00 Uhr morgens. Kurz vorher haben Valérie, Serge, Michèle, sie ist das Skriptgirl und ich uns aufgeteilt, um nach den verschwundenen Frauen zu suchen. Michèle wollte in Hélènes Hotel anrufen und fragen, ob sie vielleicht schon dort war. Serge hat oben an der Villa gesucht. Meine Freundin Valérie und ich sind zum Pool gegangen. Dort haben wir einen leblosen Körper am Rand des Beckens liegen gesehen. Wir waren geschockt und außerstande etwas zu unternehmen. Da wir laut um Hilfe riefen, kam kurz

darauf ein Sicherheitsmann zusammen mit Michèle zu uns. Wir alle waren wie paralysiert, als wir erkannten, dass die Tote Helene war. Der Sicherheitsmann verständigte dann gleich die Polizei.«

Während Jacques Beschreibung machte sich die Commissaire ununterbrochen Notizen. Sie wirkte sehr konzentriert. Kurz schaute sie auf und artikulierte eine weitere Frage:

»Gab es etwas, das Ihnen an ihr auffiel?«

»Ganz besonders ihr verzerrter Gesichtsausdruck. Eigentlich war sie eine sehr hübsche Frau. Aber als Tote hatte sie eine grauenhafte Fratze. Wir konnten uns nicht erklären, woher das kam?«, versuchte Valérie Hélènes unerklärliche Veränderung zu beschreiben.

Plötzlich stand Gendarm Purenne neben der Commissaire. Er wirkte abgehetzt.

»Madame la Commissaire, könnte ich sie einen Moment unter vier Augen sprechen, es ist wichtig.«

Die Commissaire stand auf und ging mit Purenne ein paar Meter vom Tisch weg, hinter eine der Pinien. »Was gibt es denn, was so wichtig ist, Purenne?«

»Wir haben diesen Zettel in der Hand der Toten gefunden. Er war zusammengeknüllt und sie hielt ihn in ihrer Faust fest.«

»Zeigen Sie mal ...«

Lucie Girard strich den Zettel glatt, damit sie die Schrift entziffern konnte. Es war ein ziemliches Gekritzel.

Erwarte dich nach der letzten Szene in der kleinen Kapelle am Pool. Serge.

Der Mund der Commissaire ging auf und wieder zu. Sie hatte vermutlich den ersten klaren Hinweis für einen möglichen Täter in Händen.

»Danke, Purenne. Gut, dass Sie da sind. Ich brauche Sie auch wegen einer anderen Sache: Wir haben eine Vermisste. Sie heißt Aurélie Ballancourt. Valérie Perrin, sie sitzt hinter uns am Tisch, und ihr Freund Serge Rousseau, suchen sie seit gestern Abend. Wir sind uns nicht sicher, ob sie das Gelände verlassen hat. Könnten Sie bitte eine systematische Suchaktion starten? Und eine Vermisstenanzeige aufnehmen?«

»*Tout de suite,* Madame la Commissaire«, sagte der kleine Gendarm in leisem Ton. »Wird erledigt. Übrigens, der Raum des Aufnahmeleiters ist weiterhin für ihre Gespräche frei. Und denken Sie daran, bis 12:00 Uhr sollten wir mit der Filmcrew gesprochen haben.«

»*Mais oui,* es gibt für mich Wichtigeres als die Ansagen dieses Typen. *Alors,* dann mal weiter im Programm.«

Als sie zum Tisch zurückkehrte, merkte sie, wie angespannt die Stimmung zwischen den drei Zeugen war. Serge wirkte weiterhin verstört. Valérie aufgebracht und Jacques schien sich seiner Gefühle nicht sicher zu sein. Doch darauf konnte sie keine Rücksicht nehmen. Ganz besonders, nachdem sie diesen Zettel erhalten hatte. Dementsprechend klar waren ihre Ansagen.

»Serge, sie kommen jetzt mit mir. Wir setzten unser Gespräch unter vier Augen fort. Valérie und Jacques, Sie gehen mit Gendarm Purenne, er wird die Suche nach Aurélie starten und mit Ihnen eine Personenbeschreibung aufnehmen

und eine Vermisstenanzeige aufsetzen. Kommen Sie Serge?«

Mit hängenden Schultern und geneigtem Kopf erhob sich Serge. Für einen Urlaub war er mit seiner Freundin nach Saint-Tropez gekommen. Seit heute waren seine Welt und sein Leben komplett infrage gestellt. Auf dem Weg zur Villa wurde ihm das mit jedem Schritt klarer.

Der Verdacht

Die Villa wurde langsam wieder belebter. Beleuchter trugen schwere Stative. Die Kamera wurde zerlegt und gesäubert. Robert gab seine Anweisungen an die Crew zur Vorbereitung des Drehtages. Von den Schauspielern war noch nichts zu sehen.

Mittendrin stand Michèle. Sie wirkte heute fehl am Platz. Blass und abgekämpft schaute sie, an einer der Terrassentüren stehend, dem Treiben zu. Serge und die Commissaire kamen an ihr vorbei. Serge nutze die Gelegenheit, Michèle vorzustellen.

»Madame la Commissaire, das ist Michèle. Sie ist Hélènes Freundin und arbeitet hier als Skriptgirl.«

Etwas verschreckt schaute die junge, attraktive Frau auf. Ein erzwungenes Lächeln huschte über ihr schmales Gesicht.

»*Bonjour,* entschuldigen Sie, mir geht es nicht besonders gut. Aber ich muss trotzdem meinen Job machen. Wahrscheinlich haben Serge und seine Freunde Ihnen schon von heute Nacht berichtet.«

»*Mais oui,* das haben sie. Trotzdem würde ich mich später gerne auch mit Ihnen unterhalten. Wo kann ich Sie finden? Ich bin übrigens Commissaire Lucie Girard. Und ihr Nachname ist ...?«

»Bonnet. Sie können mich aber Michèle nennen. Wir alle duzen uns hier. Ich habe sicher so bis 12:00 Uhr hinter der Villa zu tun. Wenn wir drehen, wird es schwierig. Da kann ich nicht weg.«

Die Commissaire legte ihre Hand auf Michèles Schulter.

»Machen Sie sich keine Gedanken, wir finden schon eine Möglichkeit. Falls Sie mich suchen, ich bin in dem Raum des Aufnahmeleiters Robert.«

»Ah, Sie haben ihn schon kennengelernt? Er weiß hier am besten Bescheid und hat alles und alle unter Kontrolle. Es gibt auch schon einen Ersatz für Hélène. Sie heißt Lilo. So schnell geht das beim Film. Jeder ist ersetzbar. Jedenfalls hinter der Kamera«, bemerkte Michèle mit einem Hauch von Zynismus.

»Michèle, kommst du mal, wir müssen die Szene durchgehen, bevor Jacques Deray kommt«, rief Robert, der gerade mit dem Kamera-Assistenten zugange war.

»Na, sehen Sie, Michèle. Sie werden noch gebraucht«, sagte die Commissaire beschwichtigend.

In diesem Moment kam Hugo, der schlaksige Gendarm, angelaufen. Er war wie immer beflissen, wirkte aber in seiner typischen Art etwas daneben.

»Madame la Commissaire, gut, dass ich sie treffe, wir haben mit der Suche nach Aurélie Ballancourt begonnen. Es sind zwei zusätzliche Hilfspolizisten eingetroffen, die helfen uns ebenfalls. Haben Sie besondere Anweisungen?«

Während er sprach, nahm er seine Schirmmütze ab und wischte sich den Schweiß mit einem Tuch von der Stirn.

»Seien Sie gründlich. Und informieren Sie mich, sobald Sie durch sind. Falls wir sie nicht finden, müssen wir die Suche

ausweiten. Und wenn Sie Purenne sehen, bitten Sie ihn, mir möglichst bald die Liste aller Statisten, Schauspieler und Mitarbeiter am Set zu bringen. Und noch etwas, vielleicht könnten Sie mir neue Zigaretten besorgen? Meine Packung ist gleich leer. *Merci beaucoup!*«

Natürlich war sich Lucie Girard bewusst, dass die letzte Bitte etwas dreist war, aber ohne ihre Gitanes konnte sie nicht wirklich klardenken.

»Monsieur Rousseau, kommen Sie. Dann haben wir es hinter uns.«

Serge wurde ganz anders. *Was kam da auf ihn zu?* Die Müdigkeit schlug voll zu. Seine Knie zitterten. Obwohl es schon sehr warm war, lief ein kalter Schauer über seinen Rücken.

Sie nahmen in dem kleinen Raum des Aufnahmeleiters Platz. Die Commissaire öffnete ihr Notizbuch. Wie immer, wenn sie sich für ein Verhör vorbereitete, schlug sie eine neue Seite auf. In ihrem silbernen Bleistifthalter war auch ein Spitzer. Langsam drehte sie den Bleistift darin. Serge beobachtet sie dabei. Er war völlig benebelt und starrte auf die fallenden Holzspäne.

»Nun, Serge, gibt es irgendetwas, was Sie mir sagen wollen?«, begann sie das Verhör.

Serge schwitzte wieder. *Es gab da einiges, was er ihr hätte erzählen können. Aber sollte er das tun? Es würde ihn mit Sicherheit belasten. Und Valérie hatte die kritischen Punkte schon erwähnt. Wie war das nochmal in den Kriminalfilmen? Man konnte die Aussage auch verweigern. Aber konnte das hier helfen?*

192

Serge fühlte sich wie in einer Sackgasse. Sah vor sich eine hohe Mauer, die nicht zu überwinden war. *Gab es einen Ausweg? Vielleicht die Wahrheit?* Er war sich nicht sicher, ob er die Wahrheit überhaupt kannte.

»Serge? Was ist los mit Ihnen? Soll ich die Situation für Sie zusammenfassen, damit Sie sich über den Ernst Ihrer Lage bewusst werden?«, sagte die Commissaire und versuchte, Serge aus der Reserve zu locken.

»Das brauchen Sie nicht. Ich bin mir dessen schon bewusst. Mir fällt es nur schwer, weil ich so müde bin. Und ich weiß nicht, wo ich anfangen soll?«

»Vielleicht bei Ihnen selbst? Bisher haben Sie die Äußerungen von Mademoiselle Perrin nicht bestätigt.«

Serge überlegte. Dann gab er sich einen Ruck.

»Gut. Ich hatte an dem Abend was mit Hélène angefangen. Wir kamen uns näher, weil sie beim Film ist und ich Schauspiel studiere. Sie bot mir an, am nächsten Tag hier beim Dreh dabei zu sein. Und ich offerierte ihr meine Unterstützung für eine Bewerbung an der Schauspielschule, denn sie hatte auch vor, Schauspielerin zu werden. Wir waren uns sympathisch. Mehr noch, ich bin voll auf sie abgefahren. Sie war so offen und bereitwillig. Anders als meine Freundin, die eher zurückhaltend ist, besonders was Sex angeht.«

Die Commissaire hatte sich ihre vorletzte Gitanes angesteckt. Sie legte ihren Kopf in den Nacken und blies kleine, runde Wolken an die Decke.

»Hatten Sie dann welchen? Ich meine, Sex mit Hélène?«

»Nicht so wirklich. Wir haben gefummelt und geknutscht. Richtig intim waren wir nicht.«

»Sie waren aber nicht alleine am Strand? Ihre Partnerin, Aurélie, war auch in der Nähe. Hat sie das nicht gestört?«

»Wir waren alle etwas betrunken. Es gab eine Menge Rosé, und wir hatten vorher beim Essen schon einiges getrunken. Ich war ... war ... in ihrem Bann.«

»So sehr, dass sie nicht mitbekommen haben, dass Aurélie den Strand von *Pampelonne* verlassen hat und alleine zum Campingplatz zurückgefahren ist?«

»Es tut mir leid, das muss wohl so gewesen sein, ja.«

Er raufte sich in seinen Haaren. Sein Blick war unstet.

»Es muss ihnen nicht leidtun. Bis zu diesem Zeitpunkt war noch nichts Schlimmes geschehen. Es war nicht die feine Art, aber ...«

»Ja, ich hatte auch ein schlechtes Gewissen. Deshalb bin ich dann auch schon bald mit der *Vélosolex* zurück.«

»In ihrem Zustand? Gratulation! ... Was passierte dann? Haben Sie Aurélie gesucht?«

Der Rauch hatte sich im Raum verteilt. Serge merkte, wie ihm leicht übel wurde.

»Können wir mal das Fenster aufmachen? Ich vertrage den Rauch nicht.«

»Selbstverständlich. Aber lenken Sie nicht ab. Wie war das auf dem Campingplatz? In welchem Zustand fanden Sie Aurélie?«

Serge fing an, mit seinem Stuhl zu kippeln. Er war sichtlich nervös.

»Zuerst habe ich im Zelt nachgesehen. Da war sie aber nicht.«

Die Commissaire beugte sich über den Tisch und fokussierte Serge mit ihren braunen Augen.

»Stop! Ist Ihnen dort nichts aufgefallen? Es hätten dort doch Spuren eines Kampfes zu sehen sein müssen?«

»Es war dunkel. Mir ist nichts aufgefallen. Ich habe nur nach ihr gesehen. Und dann bin ich irgendwie auf die Idee gekommen, sie könnte noch am Strand sein. Warum weiß ich auch nicht. Jedenfalls bin ich zuerst nach links am Meer entlanggelaufen. Als ich nach einer Weile niemanden gesehen habe, bin ich wieder zurück und den Strand nach rechts weiter. Dort sah ich nach mehreren hundert Metern etwas auf dem Sand liegen. Als ich näher kam, entdeckte ich, dass es Aurélie war. Sie war nackt und lag dort in eine Decke gewickelt. Sie war wohl eingeschlafen und bemerkte mein Kommen nicht.«

»Wie war das mit den Verletzungen? Hatte sie keine Schmerzen?«

»Aurélie hat sie gar nicht erwähnt. Sie wirkte verwirrt. Erzählte mir, sie hätte einen Albtraum gehabt, in dem ein Mann sie bedroht hätte. Er wollte, dass sie sich auszog, um sie zu vergewaltigen. Das sagte sie nicht direkt, doch ihre Beschreibungen ließen es vermuten. Denn sie meinte, sie hätte sich zur Wehr gesetzt. Ich nahm sie in meine Arme und spürte etwas Feuchtes. Erst dann sahen wir beide die Verletzungen an ihren Armen. Geschockt war sie aufgesprungen und konnte es nicht glauben.«

»Sie sagen mir also, ihre Freundin war der Überzeugung, die Tat nur geträumt, zu haben?«, warf die Commissaire ein.

»Ja, genau. Keine Ahnung, warum. Vielleicht hat sie es verdrängt.«

»Warum haben sie eigentlich keine Anzeige erstattet?«

»Wir waren erst einmal damit beschäftigt, jemanden zu finden, der die Wunden versorgt. Gott sei Dank fanden wir an der Rezeption eine Nachtwache, die sich auskannte. Dann waren wir beide einfach zu fertig. Wir haben vor dem Zelt geschlafen, weil Aurélie nicht mehr hineinwollte.«

»Und am nächsten Morgen?«

»Passierte etwas völlig Unerwartetes für mich. Sie wandte sich von mir ab. Tat so, als ob ich für den Überfall verantwortlich wäre. Sie beschuldigte mich nicht direkt, aber sie wollte von da an nichts mehr mit mir zu tun haben.«

»Wie reagierten Sie?«

»Ich war mit der Situation überfordert. Und hatte ein schlechtes Gewissen. Zum einen wegen der Sache mit Hélène, zum anderen, weil ich sie allein gelassen hatte.«

Die Commissaire schüttelte ihren Kopf. Sie reflektierte Serges Aussage:

Da wurde die Freundin überfallen und der Partner unternahm nichts. Die beiden führten anscheinend eine distanzierte Beziehung. Hier stimmt etwas nicht.

Sie zündete sich die letzte Zigarette aus ihrer Packung an.

Ihr Gegenüber sah noch blasser aus. Jedoch hatte sie das Gefühl, an einem wichtigen Punkt angekommen zu sein. Deshalb bohrte sie weiter.

»Sie hatten das Zelt dann für sich allein. Haben Sie dort nicht einmal nachgesehen und sich vergewissert, ob wirklich

ein Überfall stattgefunden hat? Das wären sie ihrer Freundin doch schuldig gewesen? Oder?«

Serge schluckte merklich. Die Commissaire setzte ihn mehr und mehr unter Druck.

»Ich habe nachgesehen. Auf ihrem Schlafsack und auf der Folie darunter war tatsächlich Blut. Und der Schlafbereich war auch durcheinander. Unsere Sachen lagen überall verstreut«, versuchte Serge klarzustellen.

»Und das Messer? Haben Sie es nicht gefunden?«

Serge antworte etwas zu schnell: »Da war kein Messer! Der Angreifer hat es bestimmt mitgenommen.«

Die Commissaire war sich sicher, dass dies eine Lüge war. Sie sagte aber nichts. Stattdessen zog sie ihren nächsten Trumpf:

»Sie hatten also ein schlechtes Gewissen ihrer verletzten und verunsicherten Freundin gegenüber?«

Serge nickte kaum merklich.

»Und trotzdem lassen Sie sie am selben Tag allein und gehen zum Film-Dreh nach *Ramatuelle?* Und am folgenden Tag wieder?«

Serge reagierte aufgebracht. Trotz seiner Müdigkeit aktivierte er jetzt seine letzten Kräfte.

»Das war nicht so! Sie verdrehen die Tatsachen! Aurélie wollte nichts mehr mit mir zu tun haben. Sie war mit Valérie unterwegs in *Saint-Tropez.* Fragen sie Valérie. Und ich war mit Jacques am Set. Währenddessen hatte ich so gut wie keinen Kontakt zu Hélène. Am nächsten Tag wurden wir *alle* als Statisten angeheuert. Eine der Schauspielerinnen hatte uns dazu eingeladen. Das hatte rein gar nichts mit Hélène zu

tun. Aurélie war aus freien Stücken mit dabei. Hélène und Aurélie haben sich sogar kennengelernt, da Aurélie von Hélène eingekleidet und geschminkt wurde. Ich selbst habe mich *nicht* mit Hélène getroffen.«

Bedächtig zog die Commissaire einen kleinen Zettel aus ihrer Hosentasche. Strich ihn auf dem Tisch glatt und hielt ihn vor Serges Gesicht.

»Und was ist das?«

Serge las:

Erwarte dich nach der letzten Szene in der kleinen Kapelle am Pool. Serge.

Nun sank er völlig in sich zusammen. Mit kaum wahrnehmbarer Stimme erklärte er:

»Das habe ich nicht geschrieben. Es ist nicht meine Schrift.«

»Das lässt sich leicht überprüfen. Hier ist ein leerer Zettel. Bitte schreiben Sie den gleichen Satz auf. Ich werde beide Schriftproben einem Grafologen zur Prüfung schicken. Danach werden wir mehr wissen.«

Serge raffte sich auf und schrieb den Satz. Er sah tatsächlich völlig anders aus als der, der bei Hélène gefunden wurde. Er gab ihn der Commissaire.

»Kann ich jetzt gehen? Mir geht es wirklich nicht gut.«

Lucie Girard stand auf und schaute auf Serge herunter. Er sah wirklich aus wie ein Häufchen Elend.

»Einverstanden. Geben Sie mir bitte Bescheid, falls Sie die Villa verlassen und zum Campingplatz aufbrechen. Wenn sich etwas Neues bezüglich Aurélie ergibt, werden wir uns bei Ihnen melden.«

Serge erhob sich. Ihm wurde beim Aufstehen schwindelig. Sich am Tisch festhaltend, brachte er nur noch ein leises »*Merci*«, heraus.

Jacques sah seinen Freund aus der Villa kommen. Er merkte sofort, wie mitgenommen er aussah, deshalb ging er gleich auf ihn zu und sprach ihn an.

»Du siehst völlig fertig aus. Was hat sie mit dir angestellt?«

Serge zeigte auf den kleinen Pavillon, der in der Nähe der Terrasse war.

»Lass uns dort in den Schatten gehen, hier ist es mir zu heiß.«

Die beiden zogen sich in die Kühle des Pavillons zurück, durch den eine leichte Brise wehte. Serge fühlte sich gleich etwas besser.

»Komm, rück schon raus! Was wollte die Commissaire von dir?«

Serge lehnte sich an die Wand des Pavillons und schaute seinen Freund hilfesuchend an.

»Sie hat herausfinden wollen, wie meine Beziehung zu Hélène war. Auch im Zusammenhang mit dem Verschwinden von Aurélie. Ganz am Ende des Verhörs hat sie mir einen Zettel gezeigt. Er sollte von mir stammen. Darauf stand, dass ich Hélène am Pool treffen wollte. Es war aber nicht meine Schrift. Das habe ich sofort erkannt und der Commissaire auch gesagt.«

»Das ist ja ein Ding. Da muss sich jemand also für dich ausgegeben haben. Wer könnte das denn sein?«

So langsam konnte Serge wieder klar denken. Das Gespräch mit seinem Freund tat ihm gut. Ganz besonders, weil er merkte, wie Jacques es ehrlich mit ihm meinte.

»Mir fällt da nur eine Person ein. Dieser Guy, der Ex von Hélène.«

Jacques klopfte sich mit der flachen Hand an die Stirn.

»Mensch! Erinnerst du dich, wie sie vorgestern von ihm bedrängt wurde? Er hat sie sogar geschubst und sie ist hingefallen.«

»Ja, stimmt! Das hatte ich völlig verdrängt. Es hatte ja wirklich eine heftige Auseinandersetzung gegeben! Sollte die Commissaire das nicht wissen?!«

Jacques machte Serge einen Vorschlag.

»Am besten, *ich* erzähle ihr das, so als Zeuge. Sonst kommt sie noch auf falsche Gedanken.«

Serge ging auf seinen Freund zu und umarmte ihn. Er hatte das Gefühl, dass eine schwere Last von ihm abfiel.

»Wenn du das machen könntest, wäre ich dir sehr dankbar, mein Lieber!«

Er klopfte seinem Freund auf den Rücken.

»Bei der nächsten Gelegenheit werde ich mit der Commissaire sprechen, versprochen«, sagte Jacques.

Neue Erkenntnisse

Vier Gendarmen durchkämmten den Garten der Villa. Sie suchten in den Büschen neben der langen Auffahrt. Gingen am Rand des Grundstücks entlang bis zu den Nachbarn. Schauten im Poolhaus nach, dort wo die Pumpe arbeitete, und öffneten die schwere Tür der kleinen Kapelle, die auf einer Anhöhe neben dem Swimmingpool stand.

Dort endlich wurden sie fündig.

»Bruno, Bruno, kommst du mal!«, rief Hugo.

»Hier oben in der kleinen Kapelle hat anscheinend ein Kampf stattgefunden.«

Bruno Purenne stieg keuchend die Steintreppe hoch, an dessen unterem Ende sie heute in der Frühe Hélènes Leiche gefunden hatten.

Oben angekommen schnaufte Bruno heftig. Seine Uniformjacke hatte er schon vor einiger Zeit abgelegt, denn er schwitze aus allen Poren. Er trocknete sich sein Gesicht und seinen Hals mit einem Tuch ab. Japsend stand er vor der Pforte der kleinen Kapelle.

»Wo bleiben Sie denn, Bruno? Ich bin hier drinnen!«

Der kleine, runde Gendarm trat in das Halbdunkel des sakralen Raumes. Es gab nur zwei Bänke, eine Art Altar, der aber mehr einem steinernen Sarkophag ähnelte, und ein

mächtiges Kruzifix. Dieses hing jedoch nicht mehr an seinem ursprünglichen Platz, sondern lag am Boden vor dem Altar.

Bruno stand nun neben Hugo und beide starrten auf das Altarkreuz mit der Jesusfigur. Es wirkte irgendwie traurig. Jesus lag mit dem Gesicht nach unten. Eine der Bänke war von der Wucht des umgestürzten Kreuzes beschädigt.

»Wir sollten hier nichts anfassen. Es sieht so aus, als ob hier einige Personen aktiv waren«, analysierte Purenne kurz, nachdem er sich in der kleinen Kapelle umgeschaut hatte.

»Meine Rede! Und sehen Sie mal hier. Auf der Steinplatte des Altars. Blut. Es ist sogar seitlich heruntergelaufen«, ergänzte Hugo.

Bruno Purenne drehte sich um und sein Blick ging ins Freie, hinunter in Richtung Pool.

»Ich vermute, die Tote wurde hier umgebracht. Natürlich hätte es auch ein Unfall gewesen sein können. Das umgestürzte Kreuz ... vielleicht ist es auf sie ... draufgefallen.«

»Aber dann hätte sie doch eine Verletzung am Hinterkopf gehabt? Ihr Schädel hatte aber ein Loch an der Stirn«, analysierte Hugo.

»Das ist richtig. So wie es aussieht, lag sie auf dieser Platte hier. Das Kruzifix fiel ... direkt auf sie drauf!«

Hugo war ganz aufgeregt. Er unterbrach Purenne ein weiteres Mal.

»Und dann, dann hat man sie nach unten zum Pool geschafft. Und wollte sie dort versenken.«

Purenne nickte zustimmend.

»So könnte es gewesen sein, Hugo. Jetzt lassen sie uns aber mal die Profis holen. Kümmern Sie sich bitte um die Spurensicherung. Ich informiere die Commissaire.«

»*Oui Chef.* Ich eile!«

In seiner unnachahmlichen Art machte Hugo kehrt und tippelte in kleinen Schritten die Steintreppe hinunter.

Purenne stand noch eine Weile am Eingang der Kapelle und ging die mögliche Abfolge der Tat in seinem Kopf durch.

Er war sich nicht sicher. *War es eine Tat im Affekt oder war sie geplant?* Der Zettel, den er der Commissaire gebracht hatte, deutete eher auf eine bewusste Herbeiführung der Tat hin. *Wir werden sehen*, dachte er und verließ, schon ein wenig stolz, den Tatort.

Unterdessen hatte die Commissaire mit Michèle, dem Skriptgirl, gesprochen. Leider erfuhr sie nicht viel Neues von ihr. Michèle bestätigte die Aussagen von Valérie und Jacques, in jener Nacht sowohl Hélène als auch Aurélie gesucht zu haben. Über Hélène erfuhr sie nur, dass diese zu gerne mit den Männern am Set flirtete und vielen dabei auch den Kopf verdreht hatte. Ganz besonders dem Assistenten Guy. Der erschien Michèle nicht geheuer. Weshalb auch sie sich meistens von ihm fernhielt, denn er wirkte auf sie unberechenbar und hatte, ihrer Meinung nach, etwas Brutales an sich. Sie meinte, Hélène wäre anfangs sehr an ihm interessiert gewesen, doch als Hélène dann merkte, was für ein Macho er war und dass er gerne auch mal austickte, mied sie ihn mehr und mehr. Zu einer erneuten Eskalation mit Guy sei es gekommen, weil Hélène auf Serge geflogen war, den sie

am Strand kennengelernt hatte. Michèle wollte Hélène eine Affäre mit dem jungen Mann aus Paris ausreden, doch sie hätte damit keinen Erfolg gehabt.

Nach dem Gespräch schaute sich Lucie Girard nach einem ruhigen Platz um. Sie fand ihn in dem kleinen mauretanischen Pavillon. Dort setzte sie sich auf die innen umlaufende Steinbank und zündete sich eine Gitanes an. Dann öffnete sie ihr Notizbuch und zückte den spitzen Bleistift. Sie notierte:

Guy Menad
Motiv: Eifersucht und Dominanz
Eigenschaften: aufbrausend, aggressiv, provoziert gerne.
Verhalten: Nicht besonders geschickt; will sich und anderen beweisen, dass er ein toller Typ ist.
Täter: Könnte infrage kommen.
Nächster Schritt: Analyse der Handschrift auf dem Zettel, Obduktionsergebnisse, weiteres Verhör
Offene Fragen: Alibi? Wo war er in der in Frage kommenden Nacht?

Serge Rousseau
Motiv: Affekt?
Eigenschaften: charmant, eloquent, aber auch leicht zu beeinflussen, unstetig.
Täter: eher unwahrscheinlich
Nächster Schritt: Analyse der Handschrift auf dem Zettel, Obduktionsergebnisse
Offene Fragen: Wo ist das Messer, mit dem seine Freundin Aurélie angegriffen wurde?

Aurélie Ballancourt

Motiv: Eifersucht

Eigenschaften: (laut Aussagen von ihren Freunden) labil, ängstlich oder besser, verängstigt, unerfahren.

Täterin: möglich

Nächster Schritt: Wir müssen sie finden und verhören.

Offene Fragen: viele

Zufrieden schaute Lucie Girard von ihrem Notizbuch hoch und ließ ihren Blick in Richtung Villa schweifen. Dort kam gerade eine junge und zerbrechlich wirkende, dunkelhaarige Frau aus einer der Terrassentüren. Sie trug eine weiße Bluse mit langen Ärmeln und einen sehr knappen schwarzen Minirock. Auch von Weitem konnte Lucie Girard sehen, dass sie sehr schön war. Kokett bewegte sie ihren Kopf. Die Pagenfrisur umrahmte ihr zartes Gesicht und ihr schwarzes Haar glänzte in der Morgensonne. Ein Auftritt wie ein Filmstar, fand sie. Neugierig stand sie auf und lief der Frau entgegen.

»*Bonjour,* ich bin Commissaire Lucie Girard. Ich leite die Ermittlungen hier. Darf ich fragen, wer sind sie?«

Die mandelbraunen Augen, die auf die Commissaire gerichtet waren, weiteten sich. Ihr Gesichtsausdruck zeigte eine Mischung aus Überraschung und Unwissenheit.

»Ich bin Aurélie Ballancourt. Aber, ich verstehe nicht ganz? Was meinen Sie mit Ermittlungen? Welche Ermittlungen?«

Der Mund der Commissaire öffnete sich und ging wieder zu. Mit Aurélie hatte sie nicht im Geringsten gerechnet. *Da taucht sie plötzlich wie aus dem Nichts auf! Sieht nicht nur lebendig, sondern sogar blendend aus! Und wir suchen sie*

205

die ganze Zeit! Ganz zu schweigen von ihren Freunden, die sich große Sorgen gemacht haben.

Lucie Girard suchte nach den passenden Worten. Dann fragte sie:

»Haben Sie denn nichts mitbekommen? Heute Nacht wurde Hélène Moreau, die Maskenbildnerin, tot am Swimmingpool gefunden. *Ihre* Freunde Valérie und Jacques haben sie entdeckt. Ganz davon abgesehen, dass Ihr Freund Serge und mehrere Gendarmen *Sie* schon den ganzen Morgen suchen. Wir sind hier, um einen möglichen Mord aufzuklären.«

Das war zu viel für die zierliche Aurélie. Sie sank in sich zusammen und landete fast auf dem Boden, hätte die Commissaire sie nicht geistesgegenwärtig aufgefangen.

Sie legte die kreidebleiche Aurélie auf die Steinplatten der Terrasse.

»Mademoiselle Ballancourt? Hallo ... ich hole Ihnen etwas Wasser.«

So schnell sie konnte, lief Lucie Girard zu der kleinen Sitzgruppe und nahm ein Glas mit Wasser, das dort in einer Karaffe bereitstand.

Inzwischen war auch Gendarm Hugo dazu gestoßen und Valérie und Jacques kamen aus der Villa herbeigeeilt. Sie knieten sich zu ihrer Freundin auf den Boden.

Valérie ergriff zuerst die Initiative, fasste Aurélie von hinten unter die Arme und richtete sie auf. Dabei stützte sie Aurélies Rücken mit ihrem Körper. Die Commissaire gab ihr das Wasserglas. Dankbar trank Aurélie.

»Wo hast du gesteckt, Aurélie? Wir haben uns solche Sorgen gemacht?«, fragte Valérie aufgeregt.

»Ich weiß überhaupt nicht, was hier los ist? Ich habe die halbe Nacht in dem *R4* auf dem Parkplatz unten an der Einfahrt verbracht. Die Rückbank war recht bequem und eine Wolldecke gab es auch. Später habe ich mich ins Haus geschlichen, denn ich sah furchtbar aus. In einem der Zimmer, wahrscheinlich das eines der Schauspieler, habe ich mich dann geduscht. Da meine Kleider noch in der Garderobe waren, habe ich mir diese vorher noch schnell geholt.«

»So, so ... komm, wir gehen zu der Sitzgruppe auf der Terrasse da drüben. Dort können wir uns in Ruhe unterhalten. Jacques, schaust du bitte mal nach Serge? Ich glaube, er wollte duschen gehen. Er wird sicher froh sein, Aurélie wiederzusehen«, sagte Valérie in einem pragmatischen Tonfall.

»Madame la Commissaire, sie haben doch nichts dagegen?«, fragte Valérie, nachdem sie den Blick der Commissaire bemerkt hatte.

»Ist schon okay. Ich spreche gleich mit Mademoiselle Ballancourt. Hugo, können wir uns mal kurz unterhalten? Vielleicht in dem kleinen Pavillon da drüben?«

Im Pavillon angekommen, sprudelte es gleichsam aus Hugo heraus:

»Madame la Commissaire, wir haben *den* Tatort gefunden! Oberhalb des Swimmingpools ist eine kleine Kapelle. Dort drinnen sieht es aus, als ob ein Kampf stattgefunden hätte. Auf dem Altarstein ist Blut und das Kruzifix liegt am Boden.

Das könnte sogar die Tatwaffe sein. Ich habe die Spurensicherung schon angefragt.«

Von seinem Bericht und der vorherigen Entdeckung sichtlich angestrengt, griff Hugo zur Karaffe und schenkte sich ein Glas Wasser ein. Er trank es in einem Zug aus.

»*Très bien!* Ich schaue mir die Kapelle gleich an. Aber momentan beschäftigt mich das plötzliche Erscheinen einer *unwissenden* Aurélie. Haben wir nicht in den umstehenden, parkenden Autos nachgeschaut?«

»Wir waren oben an der Villa. Dort ist der eigentliche Parkplatz. Weiter unten an der Einfahrt muss ich zu meiner Schande gestehen, haben wir nicht in die Autos gesehen. Sie hätte also dort schlafen können. Oder sich verstecken ...«

»Sie haben also auch das Gefühl, dass an ihrer Geschichte etwas nicht stimmt? Sie wirkt so unbeteiligt, irgendwie ferngesteuert«, kommentierte die Commissaire ihre Beobachtungen.

»Am besten reden Sie gleich mit ihr. Ich gehe indessen zurück zur Kapelle. Wir haben nicht mehr viel Zeit. Der Aufnahmeleiter nervt schon«, sagte Hugo, wie immer voll engagiert.

»Davon sollten wir uns nicht abhängig machen, Hugo. Machen Sie das Robert klar!«

»Jawohl, Madame la Commissaire Girard! Ach, übrigens, hier sind zwei Packungen Gitanes für Sie.«

»*Merci beaucoup!* Sie sind wirklich sehr aufmerksam, Hugo!«

Lucie Girard nahm die Zigarettenpackungen, zündete sich gleich eine Zigarette an und beobachtete aus sicherer

Entfernung das Gespräch der vier jungen Leute, die sich an der Sitzgruppe versammelt hatten. Wieder machte sie sich Notizen, was sie Aurélie Ballancourt gleich fragen wollte. Sie war sich sicher, es würde von entscheidender Bedeutung sein.

Aus der Ferne wirkte der Dialog der vier harmonisch. Serge hatte seinen Arm um Aurélies Schulter gelegt und Valérie hatte sich vor ihr hingekniet. Anscheinend versuchten sie, ihr etwas klarzumachen.

Na, dann wollen wir besser mal. Zu lange sollten sie sich nicht austauschen, sagte sich Lucie Girard, erhob sich und ging hinüber zur Gruppe.

Bevor sie diese erreichte, kam Jacques auf sie zu.

»Entschuldigen Sie Madame la Commissaire, ich wollte Ihnen noch etwas Wichtiges sagen.«

»Dann legen Sie mal los. Eigentlich hatte ich vor, mich jetzt mit Mademoiselle Ballancourt zu unterhalten.«

»Ja, es dauert auch nicht lange. Es geht um Guy und Hélène. Sie erinnern sich bestimmt, Serge und ich waren vorgestern Zuschauer beim Film-Dreh. Als wir in der Nähe der Villa auf unseren Stühlen saßen, beobachteten wir, wie dieser Guy einen Streit mit Hélène anfing. Er wurde handgreiflich und schubste sie. Hélène fiel die Stufen am Eingang der Villa hinunter. Doch er blieb oben an der Tür stehen und kam ihr nicht zu Hilfe. Serge kümmerte sich dann um sie. Sie hatte eine Verletzung am Knie, die stark blutete. Später berichtete sie uns, dass Guy ihr eifersüchtiger Ex-Freund sei. Er hatte es nicht ertragen können, Hélène mit uns zu sehen.«

Die Commissaire hatte ihm in Ruhe zugehört. Dann wandte sie sich in bewusst sachlichem Ton an ihn.

»Monsieur Muller, ich danke Ihnen für diese Information. Doch, wie schon gesagt ...«

Sie ließ ihn stehen und ging schnell zu den anderen drei Zeugen.

»So, Mademoiselle Ballancourt. Dann wollen wir mal. Lassen Sie uns am besten an einen ruhigen Ort gehen. Für uns ist ein Zimmer in der Villa reserviert. Dort gibt es auch Getränke.«

Ohne eine Reaktion abzuwarten, verließ die Commissaire die Gruppe.

Mit einem Schulterzucken stand Aurélie auf und folgte dann mit einigem Abstand der Aufforderung von Lucie Girard.

Auf der Suche nach der Wahrheit

Die zwei Frauen, die sich in dem kleinen Raum des Aufnahmeleiters gegenübersaßen, hätten nicht unterschiedlicher sein können: Madame Lucie Girard, die taffe, herbe und analytische Commissaire auf der einen Seite, und Mademoiselle Aurélie Ballancourt, die sanfte, sehr feminine und hochemotionale Schönheit auf der anderen.

Lucie Girard hatte, wie meistens, eine glimmende Gitanes zwischen den Lippen. Vor Aurélie stand ein Glas Wasser. Unsicher und unschuldig schaute sich die junge Frau um, während die Commissaire in ihrem Notizbuch blätterte.

»Sie wollen also die halbe Nacht in dem Renault 4 am unteren Ende des Grundstücks verbracht haben? Warum sind Sie nicht mit den anderen nach dem Dreh zum Campingplatz zurückgefahren?«

Aurélie strich sich eine schwarze Strähne ihres vollen Haares aus dem Gesicht. Leise und mit zerbrechlich wirkender Stimme antwortete sie:

»Mir war nicht danach. Ich war noch sehr aufgedreht. Immerhin hatte ich eine Szene mit Alain Delon hinter mir. Deshalb suchte ich Ruhe, um mich zu entspannen.«

Aurélie hatte ein sanftes, verständnisvolles Lächeln im Gesicht.

Sie hat das wirklich gut drauf, dachte die Commissaire. *Diese junge Frau ist eine geborene Schauspielerin und Selbstdarstellerin. Aber ich werde sie aus der Reserve locken ...*

»Und wo genau haben sie diese gefunden?«

»Zuerst bin ich in dem großen Garten spazieren gegangen. Am Ende fand ich einen Platz in dem kleinen Pavillon. Genau dort, wo sie eben auch saßen. Nur, dass ich mich hingelegt hatte. Dort schlief ich dann ein. Später in der Nacht, als ich aufgewacht bin, waren die meisten Statisten schon weg. Einmal habe ich von weitem Serge gesehen, doch ich hatte keine Lust mit ihm zu reden. Dann bin ich, wie schon gesagt, zum *R4*. Ich wusste, dass in den Autos Decken sind. Henri hatte sie vom Campingplatz mitgenommen.«

Die Commissaire schaute verwundert, denn ganz so verständlich war Aurélies Verhalten für sie nicht.

»Sie hätten doch zurückfahren können? Warum haben sie sich eine kühle und obendrein ungemütliche Nacht auf der Rückbank im Auto angetan?«, hakte Lucie Girard nach, während sie ihre Zigarette im Aschenbecher ausdrückte und den Rauch in die Luft blies.

»Ich habe keinen Führerschein. Außerdem wollte ich hierbleiben, weil ...«

Sie machte eine Pause. Tränen traten in ihre Augen.

»Weil ...?«, sagte die Commissaire, ohne Rücksicht auf Aurélies Emotion zu nehmen.

Aurélie schluckte ihre Tränen herunter. Sie hatte sich wieder einigermaßen unter Kontrolle.

»Weil ich in Serges Nähe bleiben wollte. Ich ... ich ... wollte sehen, ob er die Nacht mit Hélène verbringen würde und wenn ja, dann hätte ich ihn zur Rede gestellt.«

Die Commissaire reagierte sofort:

»Sie wussten also von dem *Interesse* ihres Freundes an der Maskenbildnerin?«

Aurélie nickte und unterdrückte die wiederaufkommenden Tränen.

»Ja, ich habe die beiden am Strand von Pampelonne beobachtet, wie sie sich näherkamen. Meine Freundin Valérie hat mir später erzählt, dass sie miteinander geknutscht haben und sogar intim geworden sind.«

»Ach ja? Aber an jenem Abend ist noch etwas passiert. Serge hat es mir erzählt«, ergänzte die Commissaire.

»Dann wissen Sie also von dem Überfall? Ich dachte zuerst ...«

»Was?«

»Es sei Serge gewesen.«

»So haben Sie sich ihm gegenüber auch verhalten, wie er mir sagte.«

»Ja, ich habe ihn links liegengelassen. Ich wusste ja nicht ...«

Die Tränen kamen zurück. Sie liefen ihre Wangen herunter. Aurélie schaute in ihre kleine Umhängetasche, fand aber kein sauberes Taschentuch. Daraufhin streckte ihr die Commissaire ein Papiertaschentuch entgegen, das in der Kleenex-Box auf dem Tisch stand. Dankend nahm Aurélie es an.

Dann forderte Lucie Girard Aurélie in ernstem Ton auf, noch mehr zu erzählen.

»Es nutzt nichts, hier irgendjemanden zu schützen. Wir werden die Wahrheit herausfinden. Früher oder später. Darauf können Sie sich verlassen.«

»Ich schütze niemanden. Ich bin nur so erschüttert. So enttäuscht. Von den Männern«, schluchzte Aurélie.

»Den Männern? Wen meinen Sie denn noch, außer Serge?«

Aurélie putzte sich lautstark die Nase. Sie schaute die Commissaire mit großen, glänzend-feuchten Augen an.

»Guy. Er hat mir heute Nacht aufgelauert. Als ich vom Pavillon zum Auto gegangen bin.«

Lucie Girard stand auf. Sie hielt es nicht mehr aus. Sie konnte diesem Mäuschen nicht länger zuhören. Allein schon die Stimme, die immer nach *Unschuld* klang, machte sie aggressiv.

»Warum haben Sie das nicht gleich gesagt?«, blaffte die Commissaire los.

»Weiß ich nicht. Ich habe mich nicht getraut.«

Lucie Girard stand nun direkt vor Aurélie und fixierte sie mit ihrem durchdringenden Blick.

»Was genau ist passiert? Wurde er aufdringlich?«

»Ja, er umfasste mich von hinten. Griff mir an die Brüste. Dabei sagte er, ich hätte ja auch gerade mit Alain Delon rumgemacht. Und seine Freundin Hélène würde es mit *meinem* Freund treiben. Dann würde es ja gut passen, wenn er ...«

Aurélie legte ihren Kopf auf die Tischplatte und schluchzte erneut.

Der Anblick der niedergeschlagenen Aurélie weckte in Lucie Girard doch noch einen Funken Mitleid. Schließlich war sie ein junges Mädchen, das von einem Mann sexuell bedrängt worden war.

Lucie Girard legte ihre Hand auf den Rücken von Aurélie.

»Wie ging es weiter? Konnten Sie sich zur Wehr setzen und sich aus der Situation befreien?«

»Er griff mir zwischen die Beine und schob meinen Rock hoch. Diesen Moment nutze ich, denn meine Arme waren wieder frei. Ich griff in meine kleine Umhängetasche und holte ein Messer hervor, drehte mich ruckartig um und streifte ihn damit am Hals. Er schrie auf und lies mich los. Dann fluchte er laut. Ich rannte, so schnell ich konnte los ... irrte zuerst in der Villa herum. Dann lief ich die Einfahrt runter zum Parkplatz. Und Gott sei Dank entdeckte ich den *R4*, mit dem wir gekommen waren und versteckte mich darin. Ich schlug eine Wolldecke über mich und traute mich nicht mehr, mich zu bewegen. Nach einiger Zeit merkte ich, dass er mich nicht verfolgt hatte.«

Lucie Girard war dem Gesicht von Aurélie jetzt ganz nah und sprach bewusst langsam.

»Sie wissen schon, was sie da sagen. Nämlich dass Guy Menad versucht hat, Sie zu vergewaltigen.«

Aurélie hielt dem Blick der Commissaire stand. Sie überraschte sie sogar ein zweites Mal.

»Nicht nur das!«, sagte Aurélie mit gefasster Stimme. »Er war es auch, der mich vor zwei Tagen in unserem Zelt überfallen und mich ebenfalls sexuell bedroht hat.«

Commissaire Girard senkte ihren Kopf. Sammelte sich einen Moment und setzte dann wieder ihr professionelles Verhörgesicht auf.

»Sind sie sich dessen sicher? Es war dunkel im Zelt. Zuerst haben sie gedacht, es sei ihr Freund gewesen.«

Die zierliche Person hatte nun ihre Arme verschränkt und wirkte sich ihrer Sache sicher.

»Das stimmt. Sie sind sich in Größe und Statur recht ähnlich. Aber es gibt doch etwas Eindeutiges, das Serge als den Angreifer mit Sicherheit ausschließt.«

Die Commissaire legte ihren Kopf leicht schief und lauschte neugierig auf das, was sie jetzt zu hören bekommen würde.

»Na, da bin ich aber auf das eindeutige Ausschlusskriterium gespannt, Mademoiselle Ballancourt!«

»Knoblauch. Der penetrante Geruch dieser Knolle. Er dünstete es aus seinem ganzen Körper aus. Das habe ich wahrgenommen, als ich mich im Zelt wehrte und er mich mit dem Messer an den Armen verletzte. Serge konnte es nicht sein. Er hasst Knoblauch. Er riecht nie danach. Und wie Guy mich dann heute Nacht wieder angegriffen hat, war dieser Geruch erneut da. Außerdem merkt eine Frau, wenn ein Mann sie ein zweites Mal so bedrängt.«

Nun brauchte die Commissaire auch einen Schluck Wasser. Sie schenkte Aurélie nach und füllte ihr eigenes Glas.

Dann lehnte sie sich auf ihrem Stuhl zurück, überlegte einen Moment lang und wollte dann wissen:

»Haben Sie mit Serge schon darüber gesprochen?«

»Nur kurz, eben auf der Terrasse. Ich habe ihm gesagt, dass ich ihm nicht mehr böse bin und ihn nicht mehr verdächtige. Er war sehr erleichtert!«

Lucie Girard musste die neuen Erkenntnisse erst einmal verdauen und sortieren. Deshalb beendete sie vorläufig das Gespräch. In ihr keimte aber der Verdacht, dass Aurélie ihr doch noch etwas verschwieg.

»Mademoiselle Ballancourt, ich danke Ihnen für Ihre Aussage. Bitte halten Sie sich zu unserer Verfügung. Falls Sie zum Campingplatz zurückfahren, geben Sie bitte einem der Gendarmen Bescheid.«

Auch Lucie Girard verließ den Raum des Aufnahmeleiters und hielt auf der Terrasse nach Gendarm Purenne Ausschau. Sie fand ihn an einem der Tische in der Nähe des Cateringwagens. Vor sich hatte er einen Teller mit frisch aufgeschnittenen Tomaten, die mit Zwiebeln belegt waren. Sie schwammen nur so in Olivenöl. Dazu aß er ein Baguette und trank gerade einen Schluck Rosé. Er begrüßte seine Chefin überschwänglich.

»Ah, Madame la Commissaire Girard!, wie wäre es mit einem Happen zu essen? Es schmeckt vorzüglich. Auch der Rosé ist nicht verkehrt.«

Die Commissaire musste nicht lange überlegen. Sie hatte kein richtiges Frühstück gehabt und ihr Magen knurrte schon

lange. Purenne lotste sie zum Cateringwagen. Die Köchin begrüßte sie, wie alle anderen unerwarteten Gäste, herzlich.

Lucie Girard bestellte sich einen *Salade Niçoise* mit frisch duftendem Baguette. Der gekühlte Rosé stand bereits in einem *brique à vin* auf den Tischen bereit.

»Und, wie ist es Ihnen ergangen?«, fragte Purenne neugierig. »Ich habe sie mit einer jungen Frau in die Villa gehen sehen.«

Lucie Girard war gerade damit beschäftigt, den ersten Bissen ihres Salats zu kauen, deshalb musste Purenne eine Weile auf die Antwort warten. Er überbrückte die Zeit mit zwei größeren Schlucken Rosé.

Während Lucie Girard den Salat kaute, bemerkte sie, dass sie völlig vergessen hatte, den Gendarmen über das Auftauchen von Aurélie Ballancourt zu informieren. Das holte sie jetzt schnell nach.

»Übrigens, mein lieber Purenne, Sie werden es nicht glauben, aber die junge Frau, mit der ich in die Villa gegangen war, ist niemand Geringeres als Mademoiselle Aurélie Ballancourt! Und ich habe völlig vergessen, Sie zu informieren. Ich bitte um Nachsicht. Hoffentlich suchen die Kollegen nicht noch immer nach ihr?«

»Wie sie sehen, suche ich sie selbst nicht. Aber die anderen wahrscheinlich schon noch. Wir sollten sie gleich nach dem Essen informieren. Wo kam die junge Frau denn so unvermittelt her?«

Die Commissaire klärte den Gendarmen über die nächtlichen Eskapaden von Mademoiselle Aurélie Ballancourts auf.

Er war mehr als nur überrascht über die Anschuldigungen gegen den Film-Assistenten Guy Menad.

Nachdem sie das letzte Salatblatt gegessen und ihren Teller mit einem Stück Baguette gesäubert hatte, kam Lucie Girard auf das für sie momentan wichtigste Beweismittel zu sprechen.

»Purenne, was ist mit diesem Zettel? Haben wir schon eine Antwort vom Grafologen?«

Der Gendarm wischte sich seinen Mund mit einer Papierserviette ab, faltete sie fein säuberlich zusammen und formulierte seine Antwort mit einem ernsten Gesichtsausdruck.

»Ja, haben wir. Es ist eindeutig *nicht* Serge Rousseaus Handschrift. Ich habe vor einer halben Stunde mit dem Grafologen telefoniert.«

Lucie Girard hatte diese Antwort erwartet. Der Freund von Aurélie war allein schon durch deren eben gemachte Aussage deutlich entlastet. Diese neue Information passte somit ins Bild. Aber wer hatte Hélène in Serges Namen zum Swimmingpool gelockt? Natürlich hatte sie einen Verdacht, der sich zudem auch leicht bestätigen ließ.

»Purenne, wir brauchen eine Schriftprobe von diesem Guy. Ich will ihn aber nicht direkt darum bitten. Er soll erst einmal nichts von unseren Ermittlungen in seine Richtung mitbekommen. Könnten Sie mit Robert sprechen, ob er ein Schriftstück von ihm besitzt?«

Der Gendarm stand ruckartig auf. Sein Schwung war so vehement, dass der leichte Klappstuhl hinter ihm umfiel.

»Madame la Commissaire. *Tout de suite!* Es ist kurz vor 12:00 Uhr. Ich denke, er wird uns behilflich sein. Danach gebe ich den Kollegen Bescheid, mit der Suche aufzuhören. Wären Sie damit einverstanden, dass sie auch ...«

»... eine Mittagspause machen und sich hier einen Snack besorgen? Aber natürlich!«

»Sie hören von mir. *À toute a l'heure!*«

Breit grinsend verabschiedete sich der kleine Mann von seiner Chefin und machte sich auf den Weg.

Wenige Minuten später kam ein aufgebrachter Aufnahmeleiter zur Commissaire an den Tisch. Aus seiner Sicht hatte er allen Grund dazu, sich über das Vorgehen der Polizei zu echauffieren.

»Madame la Commissaire, ich hatte sie darum gebeten, bis spätestens 12:00 Uhr mit ihren Ermittlungen fertig zu sein. Wir brauchen diese Location *vollumfänglich*. Unten am Pool sind noch immer Absperrungen. Die Terrasse ist von ihren Leuten besetzt und auch einige Statisten lungern hier weiter herum und warten auf Sie. Die sollten schon längst hier weg sein. Der Dreh ist geheim! Was sagen Sie dazu?«

»Die Polizei hat keinen festgelegten Drehplan wie Sie«, erwiderte die Commissaire kühl. »Wir gewinnen ständig neue Erkenntnisse, denen wir nachgehen *müssen*. Aber ich mache Ihnen einen Vorschlag. Geben Sie uns bitte noch bis 14:00 Uhr. Dann verlassen wir ihre Location. Für heute. Ich kann Ihnen aber schon jetzt sagen, dass wir mit dem einen oder anderen Ihrer Mitarbeiter noch weitere Gespräche werden führen müssen. Was ist Ihnen lieber, sie hier zu verhören oder sie in die Gendarmerie nach *Saint-Tropez* vorzuladen?«

Roberts sonnengebräuntes Gesicht wurde krebsrot. Er ballte seine Fäuste. Lucie Girard sah, wie er sich beherrschen musste. Langsam ließ er Luft ab und seine Adern, die am Kopf zu sehen waren, verschwanden wieder.

»*Soit!* Meinetwegen! Machen Sie, was Sie nicht lassen können. Sie dürfen vor dem Haus arbeiten und fragen, wen Sie wollen. Und meinen Raum dürfen Sie auch weiter benutzen. Der Bereich hinter dem Haus ist aber ab 14:00 Uhr tabu. Für Sie persönlich und Ihre Leute. Als Beweis meiner Kooperationsbereitschaft gebe ich Ihnen hier die geforderte Liste aller Mitarbeiter am Set. Sie erfahren sogar, wo sie untergebracht sind. Die meisten wohnen in einem kleinen Hotel in *Ramatuelle*. Einige wenige, die sehr früh morgens am Set sein müssen, wohnen hier unter dem Dach der Villa. Zu ihnen gehört auch Guy Menad. Sie hatten ja schon mit ihm gesprochen. Er hat mir davon berichtet.«

Robert gab der Commissaire zwei DIN A4 Seiten, auf denen mindestens dreißig Namen gelistet waren. Sie überflog die Liste. Spontan ergriff sie die Gelegenheit, mit dem Aufnahmeleiter über Guy zu sprechen.

»Danke für die Liste. Apropos Guy. Was halten sie von ihm?«

Er kraulte seinen Vollbart und schien bewusst einen Moment zu überlegen, was er antworten sollte.

»Schwierig. Am Set ist er zuverlässig und sehr ehrgeizig. Er ist sich für nichts zu schade. Eigentlich der perfekte Assistent. Wäre da nicht seine aufbrausende Art. Ich glaube, es gibt keinen, mit dem er sich noch nicht angelegt hat. Selbst unserem Regisseur ist er schon negativ aufgefallen, weil er

mit einer der Statistinnen geflirtet hat. Als der Regisseur ihn zurechtwies, warf Guy ein Seil, das er in seiner Hand hatte, lautstark auf eine Kiste, die neben ihm stand. Kurzum, ich würde ihn nicht wieder engagieren. Er macht zu oft Ärger.«

Die Stirn der Commissaire lag in Falten. Anscheinend hatte nicht nur Aurélie ein Problem mit dem jungen Mann gehabt. Sie fragte noch konkreter nach.

»Wissen Sie zufällig, mit welcher Statistin er geflirtet hat?«

Roberts Gesicht hellte sich auf. Er lächelte verzückt.

»Na klar, weiß ich das. Er hat mit dem schönsten Mädchen am Set geliebäugelt. Ihren richtigen Namen weiß ich nicht, aber sie spielte die Rolle der *Coco,* Alain Delons Tanzpartnerin in der Partyszene. Alle hatten an diesem Abend nur Augen für sie.«

»Sie sprechen von Aurélie Ballancourt? Sie war die ganze Nacht verschwunden, ist aber gerade wieder aufgetaucht. Sie hat in einem Auto vor der Villa geschlafen. Wegen ihr sind auch die Statisten noch am Set, über die Sie sich gerade so aufgeregt haben.«

Der Aufnahmeleiter schüttelte seinen Kopf. Dabei fielen ihm seine langen Haare ins Gesicht.

»Haben Sie gefragt, ob sie alleine dort war? Ich könnte mir gut vorstellen, dass sie einen der Verehrer mitgenommen hat …«

Die Falten auf der Stirn der Commissaire wurden noch stärker.

»Lassen Sie das mal meine Sorge sein. Aber danke für ihre Einschätzung!««Ich muss los«, sagte Robert und stand auf. »Im Moment herrscht das reinste Chaos. Alle sind heute

komplett durch den Wind und reden nur noch über den Mord, wie Sie sich vorstellen können.«

In Gedanken war Lucie Girard schon bei ihrem nächsten Verhör, als sie Robert noch einmal zurief: »*Oh pardon,* hat Sie Gendarm Purenne auf ein Schriftstück von Guy Menad angesprochen?«

Robert drehte sich im Gehen um.

»*Bien sûr,* das hat er. Ich habe ihm den Aufnahmefragebogen gegeben, den jeder Mitarbeiter vor Drehbeginn ausfüllen muss.«

Lucie Girard musste anerkennend feststellen, dass ihr dieser Robert immer sympathischer wurde. Er nahm seinen Job sehr ernst und die kleinen Auseinandersetzungen mit ihm waren ihr nicht unangenehm. Vielleicht sogar anregend. Natürlich nur im professionellen Sinne. Bei diesen Gedanken musste sie ein wenig lächeln.

Spontan hob sie ihren Arm und winkte Robert zu, bevor er in der Villa verschwand. Zu ihrer Überraschung winkte er lächelnd zurück. Ihr leicht errötetes Gesicht sah er zum Glück nicht mehr.

Zu ihrer Ernüchterung stellte die Commissaire dann fest, dass ihre Arbeit vor Ort erstmal erledigt war. Das Verhör mit Guy Menad wollte sie erst durchführen, wenn sie das Ergebnis des Grafologen vorliegen hatte. Und das war frühestens am späteren Nachmittag der Fall. Dann müssten auch die Autopsie-Ergebnisse aus Toulon telefonisch eingetroffen sein.

Von einem Moment auf den anderen nahm sie die Hitze draußen wahr. Die Sonne stand bereits hoch am Himmel. Sie

war seit heute Morgen um kurz nach 4:00 Uhr auf den Beinen. *Eine Pause wäre jetzt nicht schlecht,* dachte sie.

Ich bin hier in einer der schönsten Regionen Europas. Nicht weit entfernt vom berühmten Strand von Pampelonne. Worauf warte ich also noch?, fragte sich Lucie Girard und hielt Ausschau nach Purenne.

Als sie Purenne fand, fragte sie ihn, ob er sie nicht zum Strand fahren könne. Zu ihrer Überraschung fand er ihre Bitte nicht verwunderlich, sondern lächelte verschmitzt und bot ihr sogar ein Handtuch aus der Villa an, dass sie dankend annahm. Dann fuhr er sie an einen Strandabschnitt, an dem kaum Leute waren. Dort angekommen bat Lucie Girard Purenne, sie in zwei Stunden wieder abzuholen.

Mit einem Gruß an seiner Schirmmütze verabschiedete er sich. Als er den Wagen vom Strand fuhr, drehten die Reifen durch und wirbelten den Sand auf.

Auch Valérie, Jacques, Serge und Aurélie konnten endlich mit dem *R4* zurück zum Campingplatz fahren. Sicherheitshalber hatten sie Gendarm Purenne vorher gefragt, ob das in Ordnung wäre. Er hatte sein Einverständnis gegeben, notierte sich aber zuvor noch ihre Zeltplatznummern. Ihre Personalien hatte Hugo bereits schon vor Stunden aufgenommen.

Jacques fuhr den Wagen, Serge saß neben ihm. Die Freundinnen hatten hinten Platz genommen. Nun hatten Sie Zeit, in Ruhe und ohne Zuhörer über die nächtlichen Ereignisse zu sprechen. Jacques und Valérie brannten förmlich darauf, von Aurélie zu erfahren, wo sie die ganze Zeit

über gesteckt hatte. Doch sie zögerte, ihren Freunden alle Details von ihrem Martyrium zu beschreiben. Erst als Jacques intensiv nachfragte, kam sie auf Guys Angriff zu sprechen. Als sie darstellte, wie sie sich mit ihrem Messer verteidigen musste, kam natürlich sofort die Rede von der Nacht im Zelt auf.

Hier hakte Jacques ein: »Aurélie, du musst wissen, wir haben gegenüber der Commissaire die Vermutung geäußert, dass Serge derjenige gewesen sein könnte, der dich bedrängt hat. Somit ist Serge insgesamt, so vermuten wir, in den Verdacht geraten, sich gegenüber Frauen aggressiv zu verhalten. Könntest du noch einmal versuchen, dich an die Vorkommnisse zu erinnern? Vielleicht kann deine Aussage ihn entlasten?«

Während sie sich unterhielten, fuhr Jacques mit dem permanent wankenden *R4* in eine scharfe Kurve. Die vier taumelten von links nach rechts. Valérie und Aurélie war schon leicht übel.

»Jacques!«, ermahnte ihn Valérie. »Könntest du etwas weniger rasant in die Kurven gehen? Aurélie sieht im Gesicht schon ganz fahl aus.«

Jacques verlangsamte das Tempo. Dann nahm er den Faden wieder auf.

»Sag, was meinst du Aurélie?«

»Ihr braucht euch deshalb keine Sorgen mehr zu machen. Ich habe schon mit der Commissaire gesprochen. Es war nicht Serge, da bin ich mir ganz sicher.«

Jacques schaute zu ihr nach hinten, dabei kam der *R4* fast von der schmalen Straße ab.

»Pass doch auf, wir wollen lebend ankommen!«, ermahnte ihn Valérie erneut.

»Aurélie, woher kommt denn dein plötzlicher Sinneswandel?«, fragte Jacques und konnte es kaum glauben.

»Vom Knoblauch!«

Valérie verstand jetzt nur Bahnhof.

»Welcher Knoblauch?«

»Als ich gestern Nacht von Guy bedrängt wurde, kam er mir unangenehm nahe. Als ich später im *R4* verängstigt unter der Decke lag, hatte ich immer noch diesen Geruch an meinem Körper. In diesem Moment verknüpfte ich die beiden Überfälle miteinander. Ich realisierte, dass ich auch im Zelt Knoblauch gerochen hatte. Danach war ich mir dann sicher, dass Guy beide Male der Angreifer war.«

Für einen Moment sagte keiner etwas. Alle dachten über Aurélies Theorie und die Anschuldigung nach.

Valérie brach zuerst das Schweigen.

»Er hatte es also gezielt auf dich abgesehen, der Lustmolch. Aber wie hatte er dich an dem Abend am Strand überhaupt ausgemacht? Er musste dir später gefolgt sein?«

»Keine Ahnung. Ich habe ihm bestimmt keine schönen Augen gemacht. Eigentlich habe ich ihn noch nicht einmal wahrgenommen. Ihr vielleicht?«

Jacques hatte darauf eine Antwort: »Zusammen mit der Schauspielerin Jane Birkin kamen auch zwei junge Typen. Ich glaube, sie haben sie zum Strand gefahren. Da habe ich noch nicht so auf sie geachtet. Später saßen sie zusammen mit allen anderen am Lagerfeuer. Zuerst dachte ich, die beiden gehören zu der Clique aus *Saint-Tropez*. Dann habe ich aber François

gefragt und er kannte sie nicht. Er gab mir zu verstehen, dass es sich um Mitarbeiter des Filmteams handele und dass der eine schon seine Freundin Chloe dumm angequatscht hätte. Woraufhin er ihn zurechtgewiesen hätte. Vielleicht hat er sich danach auf dich fixiert?«

Valérie bestätigte Serges Beobachtung: »Ja, so muss es gewesen sein. Und dann ist er dir zum Parkplatz gefolgt und dir hinterhergefahren. Die Gelegenheit für ihn war günstig, denn Aurélie ist mit ihrer *Vélosolex* alleine zum Campingplatz zurück.«

»Das erklärt vieles. Er ist dir gefolgt! Dadurch kannte er auch dein Zelt ... und hat dann die Gelegenheit genutzt«, kombinierte Serge folgerichtig.

»Ich war gerade am Einschlafen, da hörte ich das Geräusch vom Reißverschluss, der heruntergezogen wurde.«

»Aber warum bist du nach dem Angriff an den Strand?«, wollte Jacques wissen.

»Ich war in Panik. Ich bin einfach nur aus dem Zelt gerannt und wollte weg von diesem Ort. Wo sollte ich denn hin? Ihr wart nicht da. Ich habe einfach die Kontrolle über mich verloren. Bin irgendwann zusammengebrochen und habe mich unter der Decke versteckt ... das habe ich schon als kleines Mädchen so gemacht.«

Mit den letzten Worten kamen Aurélie die Tränen.

»Es ist einfach zu viel für mich. Zwei Angriffe in drei Tagen. Und die ganzen Fragen der Commissaire und jetzt auch noch von euch!«

Valérie legte den Arm um ihre Freundin. Sie versuchte sie zu trösten.

»Es tut uns leid. Jetzt ruhe dich erst einmal aus. Wir gehen gemeinsam an den Strand, da kannst du eine Runde schlafen. Was meinst du?«, schlug Jacques vor.

Aurélie antwortete mit einem Schluchzen:

»Wenn ihr mitkommt. Ich kann jetzt nicht allein sein.«

»Klar kommen wir mit. Wir sind für dich da«, beruhigte sie Valérie.

Am Campingplatz angekommen, fuhr Jacques den *R4* auf den Parkplatz. Valérie und Aurélie gingen gleich zum Zelt.

Serge und Jacques wurden indessen sofort von einem aufgebrachten Henri abgefangen.

»Sagt mal, was fällt euch denn ein? Das Auto war nur geliehen! Der Besitzer konnte heute Morgen nicht zur Arbeit fahren!«

Jacques entschuldigte sich bei Henri und erklärte ihm, was vorgefallen war. Dieser wollte es zunächst nicht glauben, doch als sie den jungen Mann aus *Saint-Tropez* über weitere Details aufklärten, begann auch Henri die Geschehnisse langsam ernst zu nehmen. Am Ende entschuldigte er sich sogar.

»Es tut mir leid. Ich habe den ganzen Morgen hier auf dem Campingplatz gewartet. Denn die Security vor der Villa in *l'Oumède* hat mich nicht in das Haus reingelassen. Auf meine Fragen haben sie nur unfreundlich reagiert und mich weggeschickt. Die Situation war für mich völlig unverständlich.«

Serge verstand die Aufregung von Henri.

»Ich wäre genauso verärgert. Aber jetzt fahre bitte schnell das Auto zurück. Hier sind dreißig Franc, mehr habe ich leider nicht dabei. Aber das sollte für das Benzin langen und etwas Entschädigung ist auch dabei.«

Henri nahm das Geld gerne an und fuhr sofort in Richtung *Saint-Tropez* davon.

»Ob der Besitzer sein Auto nochmal verleiht, wage ich, zu bezweifeln«, räsonierte Jacques und schlug dann spontan vor: »Komm, lass uns unten am Strand einen Café trinken gehen. Ich würde gerne noch etwas mit dir besprechen.«

Die Sonne stand weit oben am Himmel. Der Sand war zu heiß, um mit nackten Füßen darauf zu laufen. Serge und Jacques behielten ihre Flip-Flops an und suchten sich einen Platz unter einem der vielen Sonnenschirme. Das Meer glitzerte in einem fantastischen Türkis. Heute fand eine Segelregatta statt, unzählige kleine Jollen schaukelten auf dem Wasser. Von der Ferne waren die Befehle eines Segellehrers zu hören.

Als sie sich setzten, bemerkte Jacques:

»Ah, die Segelschule ist wieder aktiv. Leider habe ich es nie gelernt. Vielleicht nehme ich noch Unterricht. Wir haben ja noch eine weitere Woche hier in *Pampelonne*. Apropos, in nächster Zeit ...«, versuchte er einen Übergang zu finden.

Serge schaute interessiert, wartete aber ab, was sein Freund ihm zu sagen hatte.

»In nächster Zeit solltest du mit Aurélie vorsichtig umgehen ... ich meine ... erst einmal keinen Sex und so.«

Serge war schon etwas vor den Kopf gestoßen. *Was dachte sein Freund von ihm?* Doch nach einer kurzen Pause und einem Abwägen der möglichen Antworten, sagte er:

»Mach' dir mal keine Sorgen. Ich halte mich schon zurück. Meinetwegen kann sie auch weiter neben euch in ihrem Zelt schlafen, und wir sehen uns nur tagsüber.«

Jacques nippte an seinem Café und nickte bestätigend:

»Valérie wird sich um sie kümmern. Einverstanden?«

Serge nickte bestätigend. Das Gespräch stockte. Beide schauten etwas betreten den kleinen Jollen zu, die weiterhin ihre Kreise auf dem Meer zogen. Es war ideales Segelwetter. Eine leichte Brise kam von Westen und sorgte für ein sicheres Fortkommen der Boote.

Nach einer Weile begann Jacques mit einem anderen Thema.

»Es gibt noch etwas, das mich beschäftigt. Woher und warum hatte Aurélie ein Messer. Ich finde es etwas ungewöhnlich, dass eine Frau mit einer Waffe in ihrer Handtasche herumläuft.«

Serge rührte mit seinem Löffel in der fast leeren Kaffeetasse. Es war noch etwas Schaum am Boden, diesen schob er zusammen, um den letzten Rest vom Löffel abzulecken. Dann grummelte er:

»Das Messer ist von mir. Es ist ein Klappmesser. Ich hatte es in meiner Sporttasche in einem Seitenfach aufbewahrt. An dem Morgen nach dem Überfall habe ich in unserem Zelt nachgesehen und es am Boden unter meinem Radio entdeckt. Es war voller Blut. Ich wusste mir nicht anders zu helfen, als es wieder zurück in meine Sporttasche zu tun. Später am Tag

habe ich nochmals nachgesehen, doch dann war es verschwunden.«

Der Blick von Jacques sprach Bände. Seine Stirn lag in Falten.

»Du hast es nicht mehr gefunden?«

»Nein, ich habe in meinen Sachen und im Zelt gesucht. Es blieb verschwunden.«

»Hm, dann muss wohl Aurélie es sich geholt haben und so kam es gestern Abend erneut zum Einsatz. Findest du nicht auch, wir sollten sie danach fragen. Es ist ein wichtiges Beweismittel.«

Serge wurde sichtlich nervös. Die Hitze stieg in ihm auf und er fing zu schwitzen an.

»Beweismittel für was?«

»Na für alles! Dafür, dass Guy Menad sie damit bedroht und verletzt hat, dafür, dass sie sich gegen ihn gewehrt hat. Es müsste doch Blut von ihr und von Guy daran zu finden sein.«

»Und wenn sie es abgewaschen oder weggeworfen hat?«, versuchte Serge eine alternative Theorie aufzuzeigen.

»Egal, wir sollten sie darauf ansprechen. Früher oder später wird die Commissaire sie dazu befragen.«

Serge gab sich geschlagen.

Jacques bemerkte die anhaltende Nervosität und Unruhe an seinem Freund. Dann schien der aber einzulenken.

»Ich werde mit Aurélie reden und versuche, das Messer von ihr zu bekommen.«

»*Bon,* da bin ich beruhigt. Und jetzt lass uns zu unseren Frauen an den Strand gehen.«

231

Genau das taten sie dann auch. Für den Rest des Nachmittags gab es keine weiteren Unterredungen. Abhängen am Strand war auf der Tagesordnung.

Etwa drei Kilometer weiter südlich, am gleichen Strandabschnitt, lag Lucie Girard. Sie hatte ihr Notizbuch auf dem Handtuch vor sich.

Wie immer, wenn sie sich Klarheit verschaffen wollte, formulierte sie Fragen, denen sie direkt oder indirekt nachgehen wollte.

Sie schrieb:

Wann und wie wurde Guy Menad auf Aurélie aufmerksam?

War der Überfall auf sie ein Racheakt, weil der Freund von Aurélie mit seiner Ex etwas anfing?

Warum hat er sie ein zweites Mal angegriffen?

Was geschah in der Kapelle? Mord oder Unfall?

Hélène hatte die gleichen Verletzungen an ihren Armen wie Aurélie. Stammten diese von einem Kampf?

Oder handelt es sich hierbei um eine Art Ritual, dass der Täter bei Frauen anwendet?

Wo ist das Messer? Oder wo sind die Messer?

Viele Fragen, die sicher nicht alle auf einmal beantwortet werden konnten. Aber Lucie Girard nahm sich vor, die meisten davon Guy Menad zu stellen.

Erholt und voller Tatendrang sprang sie ein letztes Mal ins Meer. In wenigen Minuten würde Purenne sie abholen. Und dann würde sie der Lösung des Falles bestimmt ein gutes Stück näherkommen.

Guy

Als die Commissaire wieder an der Villa eintraf, wartete Gendarm Hugo schon auf sie. Er kam die Eingangsstufen heruntergerannt und wedelte mit einem Zettel.

»Madame la Commissaire! Wir haben gleich zwei Neuigkeiten: eine aus Toulon und die andere aus *Saint-Tropez*. Welche wollen Sie zuerst hören?«

An Hugo musste sie sich noch gewöhnen. Seine unbekümmerte, fast naive Art passte nicht so ganz zu einem Gesetzeshüter. In schnellen Schritten lief sie ihm entgegen, und versuchte ihm auf diplomatische Weise klarzumachen, dass es immer auch andere Zuhörer gab und er deshalb etwas dezenter auftreten sollte.

»Lassen Sie uns zu Ihrem Einsatzfahrzeug gehen. Dort können wir ungestört und ohne fremde Ohren reden.«

Hugo nickte und legte seinen Zeigefinger an seinen Mund.

»Habe verstanden, geheime Sache. Man weiß ja nie. Vielleicht ist der Mörder ja in der Nähe.«

Lucie Girard konnte sich ein Lächeln nicht verkneifen. Irgendwie war er schon knuffig. Jetzt wollte sie aber erfahren, welche Neuigkeiten er hatte.

»Also, was gibt es zu berichten, Hugo? Hat der Grafologe die Schrift von Guy Menad mit der auf dem Zettel verglichen?«

Hugo strahlte und nickte mehrmals.

»Ja, das hat er. Und sie sind identisch. Ich habe zweimal nachgefragt. Er ist sich zu 100 % sicher. Die geraden *ls* und die geschwungenen *Ks* sind charakteristisch. Der Mann scheint selten zu schreiben. Das Schriftbild ist recht kindlich.«

Lucie Girard kringelte etwas in ihrem Notizbuch ein. Sie schaute zufrieden.

»Und was gibt es aus Toulon? Haben wir ein Autopsie-Ergebnis?«

Hugo schob seine Schirmmütze aus der Stirn. Er schwitzte, denn im Auto war es unerträglich warm.

»Und was für eins! Die junge Frau wurde vom Jesus erschlagen. Sozusagen eine *göttliche* Tat. Laut dem Arzt in Toulon fand das Ereignis zwischen 2:00 Uhr nachts und 4:00 Uhr morgens statt.«

Hugo hatte sichtlich Freude an seiner plakativen Beschreibung. Doch die Commissaire ging nicht weiter darauf ein.

»Das Blut am Kruzifix stammt also von der Toten?«

Wieder ein beflissenes Nicken des Gendarmen.

»Auch die Form der Verletzung an ihrem Kopf passt. Jesus hatte den härteren Dickschädel von beiden ...«, sagte Hugo und konnte ein Kichern nicht unterdrücken.

Lucie Girard ermahnte Hugo mit ernstem Blick: »Hugo, jetzt bleiben sie mal sachlich. Auch wenn die Todesursache schon recht skurril ist. Kommen wir zur nächsten Frage: Woher rühren die weiteren Verletzungen am Körper und an den Armen von Hélène?«

Hugo schaute auf seinen Notizzettel. Er las langsam Wort für Wort vor.

»Das Opfer weist am ganzen Körper Hämatome auf, die höchstwahrscheinlich von einem Sturz kommen, der nach ihrem Tod erfolgte. Da sie sowohl an der Vorder- als auch an der Hinterseite des Körpers gleichermaßen entstanden sind, geht der Gerichtsmediziner davon aus, dass sie eine Treppe heruntergerollt ist. Die Schnittwunden an den Armen sind vor ihrem Tod entstanden. Sie sind nicht besonders tief. Man wollte sie wohl nur quälen, ihr absichtlich wehtun, sie aber nicht lebensgefährlich verletzen. Das vermuten jedenfalls die Mediziner. Ach ja, noch eine wichtige Information: Die Tote wurde nicht vergewaltigt und hatte auch in den Stunden vor ihrem Tod keinen Geschlechtsverkehr. Das wäre alles, Madame la Commissaire. Können wir vielleicht wieder aus dem Auto aussteigen? Es ist doch recht heiß hier drinnen ...«

»Danke für Ihren Bericht, Hugo. Jetzt kann es endlich weitergehen. Könnten sie mal nachfragen, wo sich Guy Menad, der Film-Assistent, momentan aufhält? Falls er nicht beim Dreh involviert ist, würde ich ihn gerne gleich in dem Raum des Aufnahmeleiters verhören.«

Hugo machte sich sofort auf. Wie immer eilte er in kleinen Schritten und mit geradem Rücken davon. Lucie Girard war nun entspannter. Sie liebte diese Momente, in denen die Dinge wie Perlen an einer Schnur, zueinanderfanden.

Jetzt hieß es, die richtigen Fragen stellen und nicht lockerlassen. Sie würde diesen Guy so richtig in die Mangel nehmen. Aber vorher gönnte sie sich noch eine *Gitanes*.

Als sie in den kleinen Raum kam, saß Guy Menad bereits dort. Purenne war bei ihm. Wie immer, hing der Algerier mehr auf dem Stuhl, als dass er saß. Seine Arme baumelten seitlich am Stuhl. Er kaute einen Kaugummi, den er mit halb offenem Mund von rechts nach links schob. Insgesamt wirkte er noch dreckiger als am Morgen. Schweiß klebte auf seiner Stirn und der ganze Raum stank unangenehm nach einer Mischung aus Knoblauch und körperlichen Ausdünstungen.

Hatte sie sich ernsthaft auf dieses Verhör gefreut? Sie musste sich wohl geirrt haben. Denn jetzt graute ihr davor. Der Typ war ein widerliches Ekel. Trotzdem sagte sie sich, was sie bestimmt hunderte Male in ihrer Ausbildung gehört hatte:

Alle Menschen sind gleich zu behandeln, unabhängig von Geschlecht, Alter, Herkunft und der persönlichen Meinung über sie.

Sie drückte ihren Rücken durch. Atmete trotz der unangenehmen Luft tief ein und begrüßte den jungen Mann förmlich.

»Bonjour Monsieur Menad. So schnell sieht man sich wieder. Danke, dass Sie die Zeit gefunden haben.«

Dann wandte sich die Commissaire an Purenne:

»Gendarm Purenne, bitte bleiben Sie hier. Ich hätte gerne einen Zeugen für das Gespräch.«

Purenne nahm Platz, und Menad beugte sich über den Tisch und raunzte den beiden zu:

»Glauben Sie ja nicht, ich wäre hier, um die Polizei zu unterstützen. Ich mache das nur, damit ich meinen Job nicht

verliere. Robert hat mich darum gebeten und mich für die Zeit freigestellt.«

»Dann geht mein Dank an ihn«, kommentierte Lucie Girard mit einem aufgesetzten Lächeln.

Guy schaute gelangweilt aus dem Fenster. Ihm schien das alles völlig egal zu sein. Doch sein Verhalten war umso mehr Ansporn für die Commissaire. Sie ging sofort *in medias res*, faltete den Zettel mit der Einladung an Hélène auseinander und legte ihn vor Guy Menad auf den Tisch. Der schaute kurz auf den Zettel und dann wieder weg.

»Können Sie lesen?«

»Was soll die blöde Frage? Klar kann ich lesen. Und schreiben kann ich auch.«

»Dann lesen Sie mal vor.«

»Ja, Frau Lehrerin. Hier steht:

Erwarte dich nach der letzten Szene in der kleinen Kapelle am Pool. Serge.«

Lucie Girard zündete sich erneut eine Gitanes an. Sie zog genüsslich an dem Glimmstängel und blies den Rauch in Menads Richtung. Ihre Augen funkelten ihn an.

»Was meinen Sie, für wen hat Serge diesen Zettel geschrieben?«

»Für diese kleine Hure, Hélène!«

Als er das sagte, drückte sein Gesichtsausdruck vollkommene Verachtung aus.

»Ich dachte, Sie waren bis vor Kurzem mit ihr zusammen? Wieso ist sie dann eine Hure?«

Eine weitere Rauchwolke schwebte in Richtung des Algeriers.

»Es ist vorbei. *Ich* habe es beendet. Nachdem sie jeden Tag einen anderen hatte.«

Er griff unter den Tisch, holte ein Taschenmesser aus seiner Gürteltasche hervor und begann den Dreck unter seinen Fingernägeln herauszukratzen.

Die Commissaire ignorierte die Provokation und fragte konsequent weiter.

»Lassen wir das mal so stehen ...«

Pause.

Die Commissaire schaute ganz in Ruhe zu, wie Guy seine Fingernägel einen nach dem anderen säuberte. Nachdem er alle zehn Nägel der Reihe nach durchhatte und fragend aufschaute, beendete Girard die Stille.

»Wir haben die Schrift auf dem Zettel mit der von Serge Rousseau verglichen. Es ist nicht seine. Aber ... es ist Ihre. Ein Grafologe hat dies analysiert und bestätigt.«

Ganz langsam drückte die Commissaire ihre Zigarette am Aschenbecher aus. Dann betätigte sie einen Hebel und der Kippenstummel verschwand unter der sich öffnenden Metallscheibe in das bauchige Innere des Gefäßes. Das rasselnde Geräusch, das dabei entstand, ließ Menad kurz aufhorchen. Er reagierte gereizt:

»Und wenn, ist das verboten?«

»Nicht direkt. Aber es ist ein Beweis dafür, dass *Sie* – und nicht Serge – Hélène vor ihrem Tod getroffen haben. Wo waren Sie nach Drehschluss? Robert meinte, die letzte Szene wäre gegen 02:30 Uhr heute Nacht im Kasten gewesen.«

Menad zog die Nase hoch und wischte sich mit seinem Ärmel über sein verschwitztes Gesicht.

»Ich habe meinen Job gemacht und den Beleuchtern beim Abbau am Pool geholfen.«

»Und danach sind Sie in die kleine Kapelle ...«

»Ich habe eine andere Religion. Da zieht es mich nicht hin.«

»Vielleicht aus einem anderen Grund? Sie wollten es ihrer Ex mal so richtig zeigen. Und sich bei der kleinen Hure für ihre Männergeschichten bedanken?!«

Das hatte gesessen. Guy wurde sichtlich unruhig. Seine Backenknochen bewegten sich. Seine Adern an der Stirn traten hervor. Blinde Wut stieg in ihm auf. Dann platzte es aus ihm heraus:

»Nennen Sie sie nicht so! Ich habe sie geliebt! Und jetzt ist sie tot. Für immer! Ich werde dieses Schwein finden, das sie abgemurkst hat. So wahr ich Guy Menad heiße!«

Stille.

Die Commissaire hakte weiter nach.

»Was ist heute Nacht passiert? Was glauben Sie, wer hat ihre Ex auf dem Gewissen?«

Lucie Girard warf Purenne einen verstohlenen Blick zu. Dieser erwiderte ihn kaum merklich. Sie war auf einem guten Weg.

»Wenn ich das wüsste, würde ich nicht hier sitzen. Ich hätte ihn mir schon längst vorgeknöpft.«

»Noch einmal, was ist heute Nacht passiert? Wenn *Sie* ihn nicht schnappen, dann schnappen *wir* ihn vielleicht. Mit ihrer Unterstützung!«

Guy holte wieder seine Reparaturknete hervor. Er begann, sie mit deutlicher Kraftanstrengung zu formen. Die Commissaire merkte, wie es in ihm arbeitete, während seine Hände die Masse immer schneller kneteten und die Bewegungen intensiver wurden. *Dieser Mann ist schon irgendwie gestört,* dachte sie in diesem Moment. *Aber ist er ein Mörder?*

Plötzlich hörte Guy mit dem Kneten auf. Er schaute der Commissaire zum ersten Mal direkt in die Augen. Seine Gesichtszüge wurden weicher.

»Ich habe sie getroffen. In der Kapelle. Ich wollte mit ihr reden. Sie zurückgewinnen. Aber sie wollte nicht zuhören. Sie wollte weg von mir. Sie hat sich gegen meine Annäherung gewehrt. Dann habe ich sie mit einem meiner Seile an Händen und Füßen gefesselt und auf die Steinplatte vor den Altar gelegt. Nun *musste* sie mir zuhören. Ich habe ihr meine Liebe beteuert. Und sie gebeten, darüber nachzudenken, ob wir nicht doch zusammengehören. Dann bin ich gegangen.«

Girard konnte nicht anders. Sie zündete sich noch eine Gitanes an. Während sie an der Zigarette zog, schaute sie auf ihr silbernes Benzinfeuerzeug.

»Einfach so? Sie haben sie liegen gelassen? Nachts um 03:00 Uhr? Was wollten Sie damit erreichen?«

Das Kneten begann von Neuem. Erneut brauchte er eine Weile, bis er antwortete.

»Hélène war immer unter Strom. Man konnte nie mal in Ruhe mit ihr reden. Man bekam auch nie eine wirkliche Antwort auf Fragen. Ich wollte einfach, dass sie einmal in sich geht und über uns nachdenkt. Ohne diese ganze Ablenkung. Ihr Job, die Stars, die anderen Männer. Sie sollte nur an *mich* denken. Sonst nichts.«

In diesem Moment entschied die Commissaire, ihre Strategie zu ändern. Sie hatte ihn soweit. Er hatte sich geöffnet. War weich geworden. War bereit, über sich zu reden. Genau das hatte sie auf der Polizeischule immer wieder geübt. Sie war stolz, dass es bei ihm funktionierte. Und zwar durch ihre eigenen Fähigkeiten.

»Sie hatten vor, Hélène später wieder zu befreien und zu hören, ob sie sich für Sie entschieden hatte?«

»Das hatte ich. Aber da war es schon zu spät. Als ich gegen halb fünf Uhr morgens wieder zur Kapelle gegangen bin, sah ich sie dort am Swimmingpool liegen. Einer der Wachmänner stand neben ihrem Körper. Sie war tot. Irgendein Schwein hatte sie ermordet. Ich habe kehrtgemacht und bin zurück auf mein Zimmer in der Villa.«

Guy zeigte keine Emotionen. Er starrte mit leerem Blick auf seine Knete.

Wieder wartete Lucie Girard eine längere Zeit, bevor sie den Algerier erneut ansprach.

»Und warum haben Sie Aurélie Ballancourt nach ihrem Dreh in der Villa bedroht?«

»Ich habe sie nicht bedroht! Ich habe sie nur erschreckt. Die feine Dame aus Paris. Aber sie rastete gleich aus und zückte ein Messer. Sie hat mich sogar verletzt. Hier am Hals.«

Die Commissaire schlug ihr kleines Notizbuch auf und las vor.

»Er umfasste mich von hinten. Griff mir an die Brüste. Dabei sagte er, ich hätte ja auch gerade mit Alain Delon rumgemacht. Und seine Freundin Hélène würde es mit meinem Freund treiben ... Er griff mir zwischen die Beine und schob meinen Rock hoch. Diesen Moment nutze ich, denn meine Arme waren wieder frei. Ich griff in meine kleine Umhängetasche und holte ein Messer hervor, drehte mich ruckartig um und streifte ihn damit am Hals ...

Das hat Aurélie heute Morgen ausgesagt.«

Unvermittelt sprang Guy auf und hob seine Hände gestikulierend in die Luft.

»Une sale menteuse! Eine dreckige Lügnerin! All das habe ich nicht getan. Ich habe sie nur erschreckt. Sonst nichts. Und sie ist mit einem Klappmesser auf mich losgegangen. Ich wollte sie sogar noch beruhigen.«

»Dann sind Sie ihr auch nicht an dem Abend am Strand gefolgt und haben sie auf dem Campingplatz in ihrem Zelt mit einem Messer angegriffen und verletzt?«

Guy stützte sich mit beiden Händen am Tisch ab und durchbohrte die Commissaire mit einem stechenden Blick. Ganz langsam und jedes Wort betonend, zischte er:

»Holen Sie diese *Dame* hier her und lassen Sie sie die Anschuldigungen vor mir wiederholen. Sie wird es nicht können, denn sie sind alle frei erfunden!«

Lucie Girard schlug ihr Notizbuch zu. Sie hatte genug erfahren. Ruhig und bedächtig stand sie auf. Sie reichte dem überrascht blickenden Guy die Hand und sagte:

»Monsieur Menad, ich danke Ihnen für Ihre Aussagen und ihre Unterstützung. Bitte halten Sie sich weiterhin zu unserer Verfügung bereit.«

Das ließ sich Guy nicht zweimal sagen. Ruckartig stand er auf und verließ sofort den Raum. Die nachdenkliche Lucie Girard und ein beeindruckter Purenne blieben im Raum zurück.

»Was halten Sie von diesem Guy?«, fragte Girard Purenne, nachdem sie sich ein Glas Wasser eingeschenkt hatte.

Purenne strich sich mit beiden Händen über seinen sichtlich gewölbten Bauch. Er kniff seine kleinen Augen zusammen.

»Also, ich neige dazu, ihm zu glauben«, sagte Purenne in ruhigem Ton. »Obwohl es mir tatsächlich innerlich widerstrebt. Er ist schon ein unangenehmer Geselle, *n'est-ce pas?*«

»Das ist er in der Tat, Purenne. Seine Liebe zu Hélène wirkt in meinen Augen aber nicht gespielt.«

»Das mit Mademoiselle Ballancourt will mir nicht in den Kopf. Warum sollte sie seine Angriffe erfunden haben?«

Die Commissaire stand auf und postierte sich direkt vor den sitzenden Gendarmen, so dass dieser mit dem Kopf im Nacken zu ihr aufblicken musste. Dann legte sie ihm beide Hände auf seine Schultern.

»Mein lieber Purenne, genau das müssen wir herausfinden! Mein Bauchgefühl sagt mir, dass *sie* der Schlüssel ist und wir über sie ans Ziel kommen. Aber vorher will ich mir einen Durchsuchungsbeschluss für die Villa besorgen. Ich möchte einfach sicher sein und nichts

übersehen haben. Vielleicht ist es ganz gut, wenn wir alle etwas Abstand gewinnen. Wir treffen uns morgen früh um 9:00 Uhr wieder hier vor der Villa. Ich fahre zurück nach Fréjus und hole mir die Unterschrift von der Staatsanwaltschaft. Wenn ich mich beeile, klappt das gerade noch so. Sicherheitshalber rufe ich vorher von hier aus an. Sagen Sie bitte Robert Bescheid, dass er für den Rest des Tages Ruhe von uns hat. Dafür muss er uns aber morgen früh freie Hand lassen. So eine Hausdurchsuchung ist eine längere Angelegenheit. Aber das wissen Sie ja bestimmt, *n'est-ce pas* mein lieber Purenne?«

Der gedrungene Gendarm war indessen auch aufgestanden. Er richtete sich zu seiner vollen Größe auf. Trotzdem reichte er nur bis zur Schulterhöhe der Commissaire. Erneut blickte er zu ihr auf und nickte. Sein Doppelkinn quoll dabei über das Revers seiner Uniform.

»Reine Routine Madame la Commissaire. Reine Routine.«

»Na dann, genießen Sie den Abend, mein Lieber!«

»Schön wär's Madame Girard! Der Tag fängt für mich jetzt erst an! In der Gendarmerie wartet jede Menge Arbeit. Tagesgeschäft. Aber das muss auch erledigt werden«, erklärte er und setzte seine Schirmmütze auf.

Girard klopfte ihm auf die Schulter.

»Na dann mal los, worauf warten Sie noch ... Moment, jetzt hätte ich es fast vergessen, ich komme ja ohne Sie nicht von hier weg! Mein Auto steht noch vor ihrer Gendarmerie. Geben Sie mir fünf Minuten. Wir treffen uns vor dem Eingang der Villa. Ich fahre mit Ihnen!«

Purenne griff bestätigend an den Rand seiner Schirmmütze und lächelte verschmitzt.

Das nahm Lucie Girard aber nicht mehr wahr, denn sie hatte sich schon in Bewegung gesetzt und dachte bereits an das Telefonat, das sie mit der Staatsanwaltschaft noch schnell führen wollte.

Und es würde alles andere als leicht sein, einen Durchsuchungsbeschluss für die Villa zu erhalten. Dafür waren zu viele prominente Stars vor Ort. Und möglicherweise lief ein Mörder noch frei herum.

Annäherung

Sie wollten alle gemeinsam kochen. Valérie und Serge wurden losgeschickt, um in dem kleinen Supermarkt am Campingplatz Zutaten für eine Tomatensauce zu kaufen. Nudel hatten sie noch da. Für den Fall, dass ein frischer grüner Salat angeboten wurde, sollten sie auf jeden Fall einen großen mitbringen. Jacques und Aurélie blieben an Jacques Zelt, denn dort waren ein zweiflammiger Gasherd und ein ordentlicher Tisch, an dem sie später alle zu Abend essen würden.

Der Partnertausch war Valéries Idee. Als sie vom Strand kamen, meinte sie zu Jacques, dass sie vielleicht so die zerstrittenen Parteien individuell bearbeiten könnten. Dieses Mal mit getauschten Partnern.

Valérie, zweifelsfrei die Eloquentere von beiden, begann bereits auf dem Weg zum Supermarkt mit Serge zu reden.

»Ich möchte mich bei dir entschuldigen, Serge. Ich habe dich vor der Commissaire ganz schön in Schwierigkeiten gebracht. Fast hätte sie geglaubt, du wärst der Angreifer im Zelt gewesen. Dabei war es doch Guy. Wie konnte Aurélie euch beide nur verwechseln? Ich kann es einfach nicht verstehen.«

Sie gingen bewusst langsam und blieben zwischendurch immer wieder mal stehen. So entwickelte sich ein intensives

Gespräch. Serge war froh, mit Valérie über seine Freundin reden zu können. Auch wenn er ein ganz klein wenig Skrupel hatte, intime Details über ihre Beziehung anzusprechen.

»Du musst wissen, Aurélie ist keine *normale* Frau. Sie verhält sich immer wieder mal unberechenbar. Im Alltäglichen merkt man nicht so viel davon. Insbesondere, weil alle erst einmal von ihrer Schönheit geblendet sind. Nach und nach kommt ihr *wahrer* Charakter dann zum Vorschein.«

Valérie blieb stehen, lehnte sich an eine Kiefer und schaute Serge ernst an.

»Wie meinst du das genau mit dem wahren Charakter? Hast du ein Beispiel?«

»Es hat etwas mit ihren Kindheitserlebnissen zu tun. Ein banales Beispiel: Sie kann kein Bier riechen. Ihr Vater stank nach Bier, wenn er abends von der Arbeit nachhause kam danach. Durch diesen Geruch wird sie an die schlimme Zeit erinnert, in der er ihre Mutter schlug und sie sogar vergewaltigte. Wusstest du, dass ihre Mutter ihren Vater in Notwehr erschlagen hat? Sie wurde trotzdem verurteilt und für viele Jahre ins Gefängnis gesperrt. Aurélie lebte dann als Kind und Jugendliche bei Pflegeeltern.«

Valérie war geschockt und stand mit offenem Mund da.

»Das ist ja furchtbar! Und du glaubst, sie hat das nie so richtig verarbeiten können? Ist sie deshalb so unberechenbar launisch?«

»Ja und nein. Sie hat ein Trauma entwickelt. In bestimmten Situationen ist sie wie gefühlstaub. In anderen wieder reagiert sie gereizt, teilweise aggressiv. Dann gibt es

aber auch Phasen, da bemerkt man nichts an ihr. Und dann ist sie plötzlich wie weggetreten. Als ob sie wach träumt.«

In Valérie arbeitete es. Sie kannte Aurélie nun auch seit über drei Jahren. Sie hatte sich schon immer gefragt, warum sie mit ihr nicht wirklich offen über Männer sprechen konnte, so wie sie es mit anderen Freundinnen tat. Sobald das Gespräch auf Sex kam, zog sich Aurélie zurück. Eine Frage lag ihr auf der Zunge, doch sie wusste nicht, ob sie Serge direkt damit konfrontieren sollte. Sie fasste allen Mut zusammen und fragte:

»Habt ihr denn normal Sex miteinander, oder ist sie durch ihre Erlebnisse nicht dazu bereit?«

Valérie errötete, während sie die Frage formulierte, und war von sich selbst überrascht.

»Du willst es aber ganz genau wissen. Nun, wir haben Sex miteinander. Aber ich darf sie nicht dort anfassen, wo es für die meisten Frauen besonders schön und aufregend ist. Und sie schaut mich nie dabei an, wenn wir miteinander schlafen. Und damit es überhaupt dazu kommt, braucht sie viel Zeit, und sie muss einen wirklich guten Tag hinter sich gehabt haben. Wie du siehst, ist es also gar nicht so einfach mit ihr.«

Valérie und Serge gingen weiter. Im kleinen Supermarkt bekamen sie alle Zutaten für das Abendessen. Serge kaufte auch noch eine Flasche Rotwein, einen *Cuvée Saint-Tropez*. Er trug die Korbtasche und Valérie ein Baguette.

Als sie wieder an der Pinie ankamen, pausierten sie dort erneut. Dieses Mal begann Serge das Gespräch.

»Was soll ich denn deiner Meinung nach tun, damit wir wieder normal miteinander umgehen können, und sie Vertrauen in mich fassen kann?«

Valérie schien auf die Frage vorbereitet zu sein, denn ihre Antwort kam prompt.

»Geduldig sein. Die Zeit heilt viele Wunden. Ihr zeigen, dass du sie wirklich liebst. Der beste Beweis dafür ist, dass du die Finger von anderen Frauen lässt. Sie also nicht eifersüchtig machst.«

»Und Hélènes Tod? Soll ich mit ihr darüber sprechen?«, fragte Serge zögerlich und kaum vernehmbar.

»Das hört sich so an, als ob du denkst, sie hätte etwas damit zu tun?«

Das war Valéries Art, spontan auf andere Menschen zu reagieren. Manchmal hasste sie sich dafür. Jetzt war wieder einmal ein solcher Moment.

»So war das nicht gemeint. Es geht mir eher darum, ihr klar zu machen, dass da nichts Ernstes war. Zwischen Hélène mir«, stellte Serge klar.

»Ist das so?«

»Ja, das ist so«, betonte Serge nachdrücklich.

»Dann hast du auch nichts zu befürchten. Ich rate dir, sprich mit ihr darüber. Und am besten auch noch einmal über den Vorfall im Zelt. Ihr geht es sicher ähnlich wie dir, sie sucht einen Menschen, mit dem sie reden kann.«

Sie waren fast wieder am Zeltplatz angekommen. Serge verlangsamte seinen Gang und schaute Valérie noch einmal an.

»Du hast doch noch etwas auf deinem Herzen, nun sag schon«, sagte Valérie ermutigend.

»Ja, das habe ich tatsächlich: Habt ihr das Klappmesser aus meiner Tasche in unserem Zelt genommen? Es ist nämlich seit dem Überfall verschwunden.«

Valérie blieb wie erstarrt stehen. Mit dieser Frage hatte sie nicht gerechnet.

»Meinst du mit *ihr* Jacques und mich? Wie kommst du drauf? Wir wussten nicht einmal, dass du ein Klappmesser bei dir hattest. Nein. Wir haben es nicht entwendet.«

»Dann kann es eigentlich nur Aurélie gewesen sein. Denn ich habe es nach dem Überfall auf sie im Zelt gefunden und zu ihrem Schutz in meine Tasche gepackt.«

Valérie stand mit dem Baguette in der Hand wie eine versteinerte Statue da.

Hält er mich für blöd? Oder macht er das bewusst?, dachte sie und ließ sich auf ein Spiel ein.

»Serge, du sagst gerade, *du* hast das Messer, das Guy benutzt hat, im Zelt gefunden und in *deine* Tasche gepackt? Das ist doch ein wichtiges Beweismittel? Zum einen für die Tat und zum anderen, um den Täter zu ermitteln.«

Serge schaute Valérie traurig an. Den nächsten Satz brachte er nur mit gebrochener, kehliger Stimme heraus.

»Das Messer ist mein Messer. Es war am Abend vor der Tat in *meiner* Tasche. Falls es Guy war, der Aurélie verletzt hat, dann muss er es vorher aus der Tasche genommen haben. Oder vielleicht ...«

»Hallo ihr beiden, da seid ihr ja endlich!«, platzte Jacques unvermittelt und gut gelaunt ins Gespräch der beiden

Ankömmlinge hinein. »Das Wasser für die Nudeln kocht schon! Wo sind denn die anderen Zutaten? Ich will loslegen!«

Das Gespräch zwischen Valérie und Serge hatte abrupt geendet.

Ähnlich wie Valérie und Serge, hatten auch Aurélie und Jacques die Zeit ohne den jeweiligen Partner für einen Austausch genutzt.

Jacques war immer noch nicht ganz klar, warum Aurélie gestern Nacht einfach verschwunden war. Seine erste Frage setzte deshalb dort an.

»Du hattest doch einen sehr gelungenen Dreh mit Alain Delon. Warum wolltest du danach allein sein? Ich begreife das irgendwie nicht.«

Aurélie war gerade dabei, den Campingtisch vor dem Zelt der Freunde abzuwischen, dabei Schaute sie irritiert auf.

»Ich bin nun mal so. Nach einer Phase mit vielen Menschen und einer für mich besonderen Herausforderung, suchte ich Ruhe. Ich brauchte das, weil ich wieder zu mir selbst finden wollte. Immerhin war das meine erste Rolle und ich musste mich mit einem Star vor der Kamera beweisen. Natürlich war ich stolz, gleichzeitig aber auch verwirrt. Die vielen Eindrücke und Emotionen arbeiteten in mir. Deshalb zog ich mich zurück.«

Jacques nahm ein Handtuch, um den feuchten Tisch trocken zu wischen. Während er das tat, schaute er Aurélie verständnisvoll an.

»Ja, das leuchtet mir ein. Aber merkst du nicht, dass du dich kurz hintereinander in zwei für dich gefährliche

Situationen begeben hast? Du warst allein, als du den Strand verlassen hast, und dann warst du allein auf einem fremden, dunklen Grundstück unterwegs. Beide Male bist du Opfer eines gefährlichen Angriffs geworden. Wäre es nicht besser, du würdest die Nähe zu uns suchen?«

Jacques war klar, dass er ihr damit einen Vorwurf machte, aber er wollte herausfinden, ob sich Aurélie über ihr Handeln bewusst war.

Die zierliche junge Frau, die sich eine alte, bequeme Baumwollhose angezogen hatte und ein weites T-Shirt darüber trug, stemmte beide Arme in ihre schmalen Hüften. Dabei schaute sie Jacques mit funkelnden Augen an.

»Du gibst also mir die Schuld, überfallen worden zu sein? Das ist schon etwas anmaßend, findest du nicht? Was kann ich dafür, wenn dieser Guy ein rachsüchtiges Arschloch ist? Dass er sich an hilflosen Frauen vergeht und dazu jede sich bietende Gelegenheit ausnutzt? Am besten ich verkrieche mich den ganzen Tag im Zelt oder ziehe mir einen Sack über den Kopf!«, fauchte Aurélie zornig erregt.

Sie hatte sich in Rage geredet. Jacques wich einen Schritt zurück. Er war wieder einmal überrascht, welche Energie diese Frau entwickeln konnte.

Sie war aber noch längst nicht fertig mit ihm. Der Schritt zurück langte nicht, denn jetzt kam sie auf ihn zu und schubste ihn an seinen Schultern von sich fort.

»Ihr Männer seid doch alle gleich!«, keifte sie, »ihr denkt, wir Frauen müssen zu euch aufschauen und sind nur da, um eure Bedürfnisse befriedigen. Wehe, wenn wir dazu mal keine Lust haben. Dann geht ihr auf uns los. Dabei unterscheidet

ihr euch nur in der Art und Weise, wie ihr das tut. Genau wie Serge. Der ist dann nämlich tagelang beleidigt. Und Guy wird handgreiflich. Und du?! Was ist mit dir?!«

Jacques musste schlucken. Diese Art von Disput war er von seiner Freundin nicht gewohnt. Klar, sie hatten auch mal Streit. Aber der blieb meistens sachlich. Das hier war ein Angriff, der es in sich hatte. Eine Art Rundumschlag. Jacques versuchte, sich zu verteidigen.

»Ist ja gut! Klar habe auch ich Bedürfnisse und Gefühle. Und meistens zeige ich sie auch. Das ist für mich in Ordnung in einer funktionierenden Partnerschaft. Beide dürfen – und müssen sogar – aus sich mal herausgehen, sich öffnen. Das dann ab und zu auch Grenzen überschritten werden, ist doch normal. Die Kunst ist, den anderen nicht abzuweisen, sondern ihm verständlich zu machen, was für einen selbst okay und ist und was zu weit geht. Ich denke, das ist bei jedem Paar anders. Valérie mag zum Beispiel nicht, wenn ich sie im Bad beobachte. Ich finde das wiederum sehr anregend. Man sollte auf jeden Fall über solche Grenzen sprechen. Denn, wenn sie immer wieder bewusst oder unbewusst überschritten werden, dann kann es schon zu heftigeren Reaktionen kommen.«

Aurélie hatte sich in der Zwischenzeit wieder etwas beruhigt und stand innerlich aufgewühlt am Tisch.

Während Jacques redete, schaute sie regungslos auf den Teller, den sie zwischen Messer und Gabel ausgerichtet hatte. So verharrte sie eine Weile. Jacques bemerkte ihre plötzliche Verhaltensänderung und hielt inne. Er rührte sich nicht und

sagte erst einmal nichts. Aurélies Blick wurde starr und ihre Bewegungen stellten sich ein.

Beide verharrten einige Minuten schweigend. Jacques bemerkte, wie Aurélie sich mehr und mehr aus dem *Hier* zu entfernen schien. Nicht physisch, sondern *psychisch*. Ihre Augen blinzelten nicht mehr. Ihr Blick war nur noch starr auf den Teller gerichtet. Jacques hatte das Gefühl, sie war jetzt ganz woanders.

Plötzlich weiteten sich Aurélies Augen. Ihre Pupillen wurden immer größer. Sie begann zu zittern. Schweiß trat auf ihre Stirn. Jacques spürte die Panik, die in ihr aufstieg jetzt auch am eigenen Körper. Sein erster Gedanke war: *Wie kann ich ihr helfen?*

Er ging auf Aurélie zu. Wollte sie anfassen. In dem Moment, als er sie berührte, begann sie hysterisch zu schreien und auf ihn einzuschlagen. Er hörte sie in einer anderen, kindlicheren Stimme sprechen:

»Lass *Papa!* Lass sie in Ruhe! Tu ihr nicht weiter weh! Du darfst das nicht!«

Was soll ich nur machen?, dachte Jacques verzweifelt.

Zuerst wollte er sie mit beiden Händen an ihren Schultern packen und sie einmal kurz schütteln. Aber er überlegte es sich anders. Stattdessen nahm Jacques Aurélie sanft in seine Arme und streichelte ihr den Rücken.

»Ganz ruhig, Aurélie«, flüsterte er mit besänftigender Stimme. »Du brauchst keine Angst haben. Wir sind für dich da. Keiner tut dir was.«

Aurélie fing an zu schluchzen. Und Jacques spürte, wie sein T-Shirt nass wurde. Er streichelte ihr sanft über ihre

Haare. Er wollte einfach nur für sie da sein. Sie festhalten. Trösten.

Wenige Augenblicke später löste sie sich von ihm. Sie war anscheinend wieder zurück. Zurück im Hier und Jetzt. »Es tut mir leid«, hauchte sie mit schwacher Stimme. »Ich kann es nicht kontrollieren. Es kommt immer wieder. Ich fühle mich so hilflos.«

Jacques gab ihr ein Taschentuch.

»Was meinst du? Was kommt immer wieder? Diese *Attacke*? Oder was immer das war?«

»Die Erinnerung, die Panik. Wegen dem, was in meiner Kindheit mit meiner Mutter passiert ist. Ich durchlebe das immer wieder. So, als ob es gerade jetzt und hier passiert.«

»Wie lange geht das schon? Und wie lange hält das an? Es ist ja nicht immer jemand da, der dich *zurückholt* und in die Arme nimmt?«

»Nein, meistens bin ich allein. Es dauert in der Regel auch nur wenige Minuten. Aber es kann auch sein, dass ich länger wegtrete und dann an einem anderen Ort wieder zu mir komme.«

Jacques wurde ganz anders. Er stellte sich vor, wie es wäre, mit ihr in einer Partnerschaft zusammen zu sein. *Wie konnte man damit umgehen?* Er hatte so einen Anfall zum ersten Mal mitbekommen und war daher extrem aufgewühlt. Sein Herz raste immer noch. Er verspürte den Drang, zu helfen, aber er hatte keine Ahnung wie.

»Das ist ja furchtbar. Warst du deswegen schon bei einem Arzt?«

»Ich war in Behandlung. Gesprächstherapie. Und Medikamente habe ich auch erhalten. Davon wurde mir aber meistens ganz komisch. Ich habe dann nichts mehr empfunden. War völlig apathisch. Deshalb habe ich sie nicht mehr genommen. Jetzt versuche ich, ohne all das klarzukommen.«

»Weiß Serge davon? Wie geht er damit um?«

Aurélie stellte eine Karaffe mit Wasser auf den Tisch. Sie schaute Jacques Verständnis suchend an. Er war gerade dabei, das Wasser für die Nudeln in einen Topf zu gießen.

»Ich habe ihm davon erzählt. Ich glaube aber, er versucht, es zu verdrängen, und will es nicht wahrhaben. Ich habe manchmal das Gefühl, dass es ihm lästig ist. Dass *ich* ihm lästig bin. Er will die hübsche Aurélie, die ihm keine Sorgen macht. Irgendwie kann ich das auch verstehen.«

Jacques fühlte sich überfordert und unendlich hilflos. Das Einzige, was ihm dazu einfiel, war, nochmals an Aurélies Verstand und Vernunft zu appellieren:

»Liebe Aurélie, ich glaube wirklich, du brauchst professionelle Unterstützung. Weder ich noch Serge oder Valérie haben das Wissen oder die Erfahrung, dir die richtigen Ratschläge zu geben. Alles, was wir für dich tun können, ist für dich da sein. Und ich kann mir gut vorstellen, dass jeder von uns dabei an seine Grenzen stoßen könnte. Der eine früher, der andere später.«

Als Jacques das aussprach, kam ihm ein Gedanke in den Kopf, für den er sich schämte, der aber gleichzeitig logisch erschien. Der Gedanke erschien ihm vertraut, als ob er ihn vor Kurzem schon einmal formuliert hätte:

Was, wenn Aurélie in diesen Tagträumen etwas tat, an das sie sich später nicht mehr erinnern konnte? Was, wenn sie sich selbst verletzt hätte? Und nicht Guy oder Serge? Was, wenn ...

Weiter war Jacques mit seinen Überlegungen nicht gekommen, denn Valérie und Serge waren gerade zusammen vom Einkaufen zurückgekommen.

Jacques nahm sich zusammen und versuchte locker und natürlich zu wirken.

»Hallo ihr beiden, da seid ihr ja endlich«, begrüßte er die Ankömmlinge.

»Das Wasser für die Nudeln kocht schon. Wo sind denn die anderen Zutaten? Ich will loslegen!«

Beim gemeinsamen Abendessen war die Stimmung entspannt. Die vier Freunde tranken von dem Rotwein und selbst Aurélie schien die Episode von vorhin vergessen zu haben. Jacques gab zwischendrin seine Tanzkünste zum Besten. Dabei imitierte er eine der Frauen, die beim Partydreh ganz besonders wilde Bewegungen machten. Sie drehten das kleine Transistorradio auf volle Lautstärke und sangen zu den Hits von *Johnny Hallyday* und den *Beatles*, die momentan überall zu hören waren.

Nachdem die Sonne untergangen war, merkten sie, dass sie müde waren. Gemeinsam räumten sie noch das Nötigste zusammen. Als sie damit fertig waren, stand Serge etwas unschlüssig herum. Es schien, als ob er etwas auf dem Herzen hatte. Valérie war wie immer die Erste, die ihn darauf ansprach.

»Hey, Serge, dich bedrückt doch etwas, nicht wahr? Komm, sag schon. Du kannst mit uns über alles reden.«

Serge starrte weiter vor sich auf den Boden. Erst als Aurélie auf ihn zukam und ihn zur Überraschung aller in den Arm nahm, entspannte er sich etwas.

»Ich weiß, wir sind alle todmüde«, sagte Serge, »aber ich kann nicht einfach so Schlafen gehen. Ich muss noch mit euch reden. Können wir uns zu euch ins Vorzelt setzen?«, fragte er Valérie und Jacques.

Die beiden signalisierten sofort ihre Bereitschaft und räumten ihre Sachen in den hinteren Schlafbereich, die überall verstreut herumlagen.

Auch Aurélie war seinem Vorschlag gegenüber aufgeschlossen. Gemeinsam trugen sie Tisch und Stühle ins Vorzelt. Serge zog den Reißverschluss von innen zu. Nachdem sie sich hingesetzt hatten, begann er mit leiser Stimme und sehr konzentriert zu erzählen.

Nach einer guten Viertelstunde endete er mit den Worten:

»Und deshalb möchte ich euch bitten, Aurélie und mir zur Seite zu stehen. Seid ihr dazu bereit?«

Serges Blick ging zu den Freunden. Diese schauten sich gegenseitig an. Valérie nahm Jacques Hand, worauf er ihr zunickte. Daraufhin gab sie ihm einen Kuss. Dann fassten sich alle vier bei den Händen und drückten sie ganz fest. Damit war die Sache klar.

Aurélie begleitete Serge in ihr gemeinsames Zelt.

Alle schliefen bis in die späten Stunden des nächsten Morgens hinein.

Indizien

Sie hatte eine unruhige Nacht in Fréjus verbracht. Noch von *Ramatuelle* aus hatte Lucie Girard den Staatsanwalt am Telefon erwischt und schilderte ihm den Fall. Nach gutem Zureden hatte sie ihn so weit, dass er ihr einen Durchsuchungsbeschluss für die Villa ausstellte. Da sie erst nach Dienstschluss in *Saint-Raphael* eintreffen würde, bekam sie das Dokument von dem diensthabenden Polizisten in der Station von Fréjus ausgehändigt.

Auf dem Rückweg von dort ging sie direkt zur *Auberge*, dem Restaurant in dem ihr Freund Patric als Kellner arbeitete.

Patric sah Lucie sofort hereinkommen und lotste sie zu einem kleinen Zweiertisch am Rande der Terrasse, von dem aus man direkt auf das Meer blicken konnte. Sie begrüßten sich mit den üblichen drei Küsschen auf die Wangen. Lucie musste nichts bestellen, denn Patric hatte sofort, ein Glas Rosé und eine Karaffe Wasser an den Tisch gebracht.

Kurze Zeit später erschien Constance, die Besitzerin der *Auberge*. Sie trug Loulou direkt vor ihrem ausladenden Busen auf ihrem Arm. Die kleine Malteserin fing gleich freudig zu Bellen an, als sie ihr Frauchen sah.

Constance und Lucie küssten sich flüchtig. Dann setzte sich Constance unaufgefordert zu Lucie an den kleinen Tisch.

Loulou nutzte die Gelegenheit und hüpfte zu ihrem Frauchen auf den Schoß.

»Du siehst müde aus«, bemerkte die wie immer grell geschminkte Restaurant-Besitzerin zur Begrüßung. »Warst wohl wieder auf Mörderjagd?«

»Es war ein sehr anstrengender Tag, meine Liebe. Ich musste schon in der Früh zu einer Villa nach *Ramatuelle*. Stell dir vor, dort wird gerade ein Film gedreht, mit Alain Delon und Romy Schneider! Und dann wurde auf einmal eine Mitarbeiterin des Filmteams tot aufgefunden. Erschlagen. Eine undurchsichtige Sache, sage ich dir. Mal sehen, wohin uns das noch führen wird.«

Zur Verwunderung der Commissaire schien Constance nicht sonderlich von dem neuen Fall überrascht zu sein.

»*Mais oui*, wir haben schon davon gehört. Du weißt ja, hier sprechen sich solche Dinge schnell herum. Nur wusste ich nicht, dass *du* damit zu tun hast. Wie kommst du denn zu der Ehre, meine Liebe? Ich dachte, dein Gebiet sei Fréjus und das Hinterland?«

Loulou hatte sich noch immer nicht beruhigt. Sie versuchte, Lucie ständig am Ohrläppchen zu lecken. Der Commissaire wurde es zu bunt und sie setzte das kleine Energiebündel sanft auf den Boden. Danach kramte sie in ihrer Tasche und holte einen kleinen Gummiknochen und ihre Packung *Gitanes* heraus. Sie gab der quirligen Malteserin den Gummiknochen, und bot Constance eine Zigarette an. Constance nahm gerne an und die beiden Frauen rauchten ihre Zigaretten und schauten aufs Meer hinaus.

»Wenn sich Überfälle oder mögliche Schwerverbrechen auf der Halbinsel ereignen«, begann Lucie zu antworten, »dann wendet sich die Gendarmerie in *Saint-Tropez* an uns hier in *Frejus*. Wir arbeiten wiederum eng mit Toulon zusammen. Dort sitzt auch mein Chef, dem ich gleich morgen früh berichten darf.«

Patric kam mit einem großen Teller zu ihnen an den Tisch. Er beugte sich nach vorne und spielte den aufmerksamen Oberkellner.

»Ma chèrie, le menu du jour: d'agneau aux sauce poivre avec pommes gratin et haricot vertes. Bon appétit!«

Er deutete eine Verbeugung an.

»Merci, mon cher! Und danke, dass du Loulou heute Morgen ausgeführt hast. Es war einfach noch zu früh für mich. Morgen nehme ich sie mit. Dann kannst du länger ausschlafen.«

Patric hatte nicht viel Zeit, denn die *Auberge* war bis zum letzten Tisch mit Gästen besetzt. Er antwortete nur kurz:

»Kein Problem, sie war heute Morgen ganz brav. Dank der Hilfe von Constance konnte ich meine Aufgaben ungestört erledigen ... wir sehen uns später, *ma chèrie!*«

Als Patric gegangen war, stand Constance auf und legte die Hand auf Lucies Schulter.

»Bon appétit. Ich muss mich um die Bar kümmern. Daniel ist heute alleine hinter der Theke.«

Nachdem Constance zur Bar gegangen war, konnte Lucie in Ruhe essen. Sie genoss die leichte Brise, die vom Meer herüberwehte. Mit jedem Bissen des zarten Lammfleischs

und jedem Schluck des kühlen Rosés, entspannte sie sich ein Stück mehr.

Gegen 22:00 Uhr verließ sie dann das Restaurant und fuhr das kurze Stück an der Promenade am Meer entlang. Am kleinen Kreisel bog sie nach rechts in Richtung *vieille ville* von Fréjus ab. Sie parkte ihre Dyane in der Nähe der *Mairie* und lief zusammen mit Loulou, die noch ihr abendliches Geschäft erledigen musste, die wenigen Meter zu ihrem kleinen Haus unweit des *Place Fevrier* zu Fuß.

Patric kam erst kurz nach Mitternacht nachhause. Lucie schlief bereits tief und fest. Er bewegte sich geräuschlos in der Wohnung und setzte sich auf die kleine Dachterrasse, wo er seinen Arbeitstag mit einem Glas *Pastis* ausklingen ließ. Über ihm funkelten die Sterne am nachtblauen Himmel. Er war froh, seine Freundin bei sich in Sicherheit zu wissen.

Am nächsten Morgen war Patric extra früh für Lucie aufgestanden. Er hatte schon in der *Boulangerie* um die Ecke eingekauft. Jetzt, um 7:30 Uhr, saß er mit Lucie gemeinsam auf der Dachterrasse bei einem *Café au lait* und frischen *Croissants*. Die Morgenluft war schon angenehm warm.

Beide tauschten sich über den kommenden Tag aus, wobei hauptsächlich Lucie redete, denn sie hatte außergewöhnliche Dinge vor. Patric lauschte interessiert.

»Um kurz nach neun soll ich meinen Chef Rousseau anrufen. Er scheint schon ganz unruhig zu sein. Einen Mord während eines Film-Drehs hat es in der Gegend bisher noch nicht gegeben.«

»Und du wirst ihn, wie immer, um den Finger wickeln. Da bin ich mir sicher. Hast du denn schon einen Verdacht?«

Patric tauchte sein Croissant in seine *bol*. Wie immer saß er in einem weißen Unterhemd, das er auch nachts trug, und knappen Shorts am Frühstückstisch. Sonntags führte das nicht selten direkt nach der ersten Stärkung zu einer gemütlichen *Nummer* zu zweit im Bett. Doch heute legte Lucie nur kurz ihre Hand auf seinen Oberschenkel und streichelte sein bestes Teil sanft durch die dünne Hose.

»Du weißt doch, der Täter ist immer ...«

»... der, an den man am wenigsten denkt?«, ergänzte er sofort.

»Dieses Mal eher nicht. Im Moment kann ich nicht wirklich an etwas anderes denken. Kannst du das verstehen? Es könnte sogar zwei Täter geben. Alle zwei hätten ein hinreichendes Motiv: Eifersucht. Und das ist bekanntlich eines der verbreitetsten Beweggründe für Mord. Insbesondere bei jenen Menschen, die ihre Emotionen nur schwer kontrollieren können. In meinem Fall, gibt es möglicherweise zwei Kandidaten. Das heißt, besser gesagt, eine Verdächtige und einen Verdächtigen.«

Patric lauschte zwar aufmerksam, aber streichelte seine Freundin mit unverkennbarer Begierde. Zu seinem Leidwesen war Lucie aber bereits angezogen. Er küsste Lucie im tiefen Dekolleté zwischen ihren Brüsten und nuckelte kurz an ihrem Ohrläppchen.

»*À propos* Emotionen kontrollieren ...«, säuselte er voller Wehmut, »... wir haben heute schon Donnerstag! Seit Sonntag werde ich nicht wirklich *beachtet*, Madame ...«

Lucie verstand seine Situation. Sanft schob sie Patric zur Seite, stand auf und setzte sich kurzerhand rittlings auf seinen Schoß.

»Du Armer«, sagte sie mit weicher, betörender Stimme, »soll ich jemanden vorbeischicken? Oder hältst du es bis heute Abend noch aus? Vielleicht arbeitest du nicht so lange im *l'Auberge,* und wir können uns ausnahmsweise einmal schon um 22:00 Uhr Zuhause treffen, was meinst du?«

»Klingt verlockend! Ich werde Constance fragen, ob sie mir für ein *Rendezvous* mit dir früher freigibt. Aber nur, wenn du dein neues rotes *Dessous* anziehst!«

Lucie sah auf ihre Armbanduhr. Es war schon kurz vor acht.

»*Mon dieu!* Ich muss los. Um neun bin ich mit Gendarm Purenne in *Ramatuelle* verabredet. ... Und das mit dem Dessous klären wir später!«

Lucie sprang von seinem Schoß auf und gab ihm einen schnellen Kuss.

»Vergiss Loulou nicht! Du wolltest sie heute mitnehmen«, sagte Patric. »Ich habe dir eine Dose mit Futter hingestellt, damit sie was zu essen hat.«

Lucie stolperte die steile Treppe zur Küche hinunter. Patric hörte noch, wie sie fluchte. Sie hatte sich wieder mal den Kopf an einem der vielen Balken in ihrem Haus gestoßen.

»Melde dich bei mir. Damit ich weiß, ob du es bis zehn heute Abend schaffst«, rief er ihr noch nach.

Ob sie das noch gehört hat? Er war sich nicht sicher.

In diesen Momenten war Patric froh, einen nicht so stressigen Job wie Lucie zu haben. Obwohl er ab und zu schon

etwas eifersüchtig auf seine erfolgreiche Freundin war. Aber der Stolz darüber, sie als Partnerin zu haben, überwog. *Wer hatte schon eine Madame la Commissaire als Geliebte?*

Irgendwo hatte er mal gelesen, dass es in ganz Frankreich nur eine Hand voll weibliche Commissaire gab. Zufrieden machte er sich noch einen frischen Kaffee und genoss die ersten Sonnenstrahlen, die nun die kleine Terrasse erreichten.

Vor der Villa herrschte schon geschäftiges Treiben, als Lucie Girard eintraf. Sie hatte sich natürlich verspätet, weil wieder mal viel Verkehr auf der Küstenstraße war. Außerdem hatte sie vorher in der Gendarmerie in *Saint-Tropez* Halt gemacht, um in Ruhe mit ihrem Chef zu telefonieren. Das war auch gut so, denn ein solches Gespräch wollte sie nicht in der Villa vor aller Augen und Ohren führen.

Directeur de Police Municipal, Rousseau war ein erfahrener Polizist, der in seinem Berufsleben schon so manchen kniffligen Fall gelöst hatte. Heute ließ er es ruhiger angehen und beschränkte sich auf die Arbeit am Schreibtisch. Es wurde gemunkelt, dass er durch einen Schusswechsel mit einem Täter vor einigen Jahren *Bammel* vor gefährlichen Situationen hätte. Commissaire Girard konnte das allzu gut verstehen. In der letzten Zeit hatten die Bandendelikte in Toulon immer mehr zugenommen. Schießereien am Hafen kamen mehrmals die Woche vor. Immerhin war Rousseau zweiundsechzig und nicht mehr der Schnellste. Warum sollte er sich kurz vor der Rente auf irgendwelche riskanten Abenteuer einlassen? Er bevorzugte es, sich die Fakten eines

Falles lieber von der Ferne anzuschauen und seinen Mitarbeitern dann fachkundige Ratschläge zu geben.

Genau aus diesem Grunde schätzte auch die Commissaire ihren Vorgesetzten sehr. Denn sie hatte keine Lust auf einen Chef, der sich in alles einmischte und vielleicht unerwartet am Tatort auftauchte. *Sie* war *hier* Chefin und *er* Chef in Toulon. Diese Konstellation gefiel ihr perfekt. So konnte sie bei Bedarf väterlichen Rat einholen. Und genau den hatte sie vor einer halben Stunde erhalten.

»Warte ab und sei geduldig«, hatte Rousseau geraten. »Es ergeben sich bestimmt von selbst noch Dinge, die dir helfen werden, den oder die Täter zu überführen. Und beachte jedes auch noch so kleine Detail. Bedenke: Oft ergibt eins und eins drei. Wenn du die richtigen Schlüsse ziehst.«

Durch die weisen Worte ihres Chefs gestärkt, ging Lucy Girard die Stufen zur Villa hinauf. Loulou folgte ihr dabei an der Leine. Oben an der Villa wartete Robert, der Aufnahmeleiter, schon auf sie.

Als sie ihm gegenübertrat, bemerkte sie seine dunklen Augenringe. Sein Blick war sorgenvoll, seine Stimme erregt.

»Bonjour Madame la Commissaire! Haben Sie Verstärkung mitgebracht?«

Ein müdes Lächeln huschte über sein Gesicht, als er die kleine Malteserin sah.

»Als ob ich nicht schon genug am Hals hätte! Jetzt durchwühlen Ihre Leute auch noch das ganze Haus. Was soll ich denn meinen Schauspielern sagen? Sie dringen in deren Privatsphäre ein. Gott sei Dank kommen die Stars heute erst

um 11:00 Uhr, da wir wieder einen Nachtdreh hinter uns haben.«

Lucie Girard kannte den attraktiven Mann nun schon etwas und sie wusste, dass er einfach etwas Zuspruch benötigte, um sich wieder zu beruhigen.

Lucie Girard hakte sich bei Robert ein und führte ihn in das Wohnzimmer der Villa. Dabei bemerkte sie seinen männlich markanten Duft. Wieder fühlte sie sich von ihm angezogen. Sogleich nahm sie sich zusammen und beruhigte ihn mit ihren Erklärungen.

»Robert, unsere Leute machen das nicht zum ersten Mal. Seien Sie versichert, alles bleibt an seinem Platz. Nur dort, wo wir etwas Verdächtiges finden, wird die Spurensicherung den jeweiligen Ort etwas länger blockieren müssen. Aber ich gehe davon aus, dass wir bis um 11:00 Uhr damit durch sind.«

Robert fuhr sich mit seinen schlanken, braun gebrannten Händen durch seine langen Haare. Heute hatte er ein Batikhemd an, das ihn noch verwegener aussehen ließ. Der weite Ausschnitt gab den Blick auf ein großes Medaillon frei, das an einem Lederband um seinen Hals hing. Dazu passend trug er an jedem Arm ein breites Lederarmband mit orientalischen Mustern. Sein Blick schweifte durch den Raum. Die Commissaire hatte das Gefühl, er plane schon die nächste Szene.

»Und ich kenne meine Leute. Es sind alle Sensibelchen. Man darf sie nicht in ihrer künstlerischen Inspiration stören. Es wäre fatal, wenn wir heute wieder Verzögerungen im Drehplan hätten. Es gibt nämlich einige Szenen, die hier im Inneren des Hauses spielen.«

Mehr als beruhigen konnte sie den Mann nicht. Sie versuchte erneut, ihm gut zuzureden.

Glücklicherweise kam Purenne und erlöste sie von dem anstrengenden Gespräch.

Der Gendarm hatte vor Aufregung lauter rote Flecken im Gesicht. Er keuchte laut und schwitzte schon wieder, obwohl es noch nicht so heiß war.

»Madame la Commissaire, wir ... wir sind fündig geworden! Schauen Sie mal.«

Der kleine, runde Mann hielt einen Plastikbeutel mit einem Klappmesser darin in der Hand.

»Wo haben Sie es gefunden?«, fragte die Commissaire überrascht.

»Es war an der Rückwand eines Kleiderschranks festgeklebt. Die Art der Befestigung war recht ungewöhnlich. Man hat Montageknete benutzt. Diese klebte an der Schrankwand und hielt das hineingedrückte Messer fest.«

Girard war einigermaßen erstaunt. Für so einfältig hätte sie diesen Guy Menad nicht gehalten. Wobei, jeder beim Film hätte an diese Art Montagemasse kommen können. Einfache Schlussfolgerungen konnten irreführend sein. Deshalb wollte sie es genauer wissen.

»Wo stand denn der Schrank?«

»Tja, da werden sie staunen«, sagte Purenne stolz, »In der Garderobe. Da, wo Hélène Moreaus Platz war.«

Nun arbeitete es in Lucie Girards Kopf auf Hochtouren. Die Theorien überschlugen sich. Doch es war noch zu früh, sie gegenüber dem Gendarmen zu äußern. Stattdessen gab sie die nun logisch folgenden Anweisungen.

»Schicken Sie Hugo umgehend mit dem Messer nach Toulon. Es soll auf Fingerabdrücke und Blutspuren untersucht werden. Sie selbst nehmen bitte Fingerabdrücke von Guy Menad und anschließend von Aurélie Ballancourt und Serge Rousseau. Wir beide fahren gleich zum Campingplatz und knöpfen uns das Pärchen mal vor.«

Da Purenne noch etwas unschlüssig dastand, fragte Lucie Girard ungeduldig nach:

»Was ist, haben sie noch etwas auf dem Herzen?«

Purenne druckste noch herum, aber dann traute er sich doch, seinen Gedanken zu äußern.

»Wollen wir noch einen Moment warten, vielleicht finden die Kollegen weitere Indizien? Dann könnte Hugo mit uns kommen und wir müssten nur einmal nach Toulon fahren?«

Die Commissaire musste zugeben, dass dieser Vorschlag Sinn machte.

»Sie haben Recht. So machen wir es. Aber bitte warnen Sie Toulon vor. Damit sie so schnell wie möglich die Analyse vornehmen, sobald Hugo eingetroffen ist.«

Jetzt war Purenne wieder unter Strom.

»*Je me dépêche!* Ich rufe gleich an. Und übrigens, der Hund steht Ihnen gut.«

»Die mögen dich hier, Loulou. Du wirst noch zu einem richtigen Polizeihund«, sagte Lucie nicht ohne Stolz und mit einem zufriedenen Lächeln im Gesicht.

Dann beugte sie sich zu dem weißen Wuschel herunter und streichelte Loulou durchs weiche Fell.

»Komm, wir schauen uns mal um, vielleicht entdecken wir noch etwas.«

Sie liefen in Richtung der kleinen Kapelle unweit des Swimmingpools. Sie war gestern bedauerlicherweise nicht mehr dazu gekommen, sich den Tatort in der Kapelle persönlich anzusehen. Auf dem Weg dorthin konnte sie es kaum glauben, aber heute erschienen ihr der Garten und der Swimmingpool irgendwie vollkommen anders. *Lag es daran, dass sie ausgeschlafen war?* Die Sonne hatte gestern genauso geschienen. Gestern war alles überschattet von den tragischen Ereignissen der Nacht. Zuerst die Tote selbst. Dann die Art und Weise wie sie ermordet wurde. Die Erkenntnisse, die Gespräche und die Theorien, die sie entwickelt hatte ... alles zusammen wirkte wie ein abstraktes Gemälde.

Heute aber bekam es allmählich Konturen. Die Dinge waren real. Umso mehr fühlte sie sich angespornt, aus ihnen zu lesen, die einzelnen Puzzleteile zusammenzufügen.

Sie war am Fuße der Steintreppe angelangt, die zur Kapelle hoch führte. Gleich hinter ihr war der Rand des Pools. Dort hatten Jacques und Valérie die tote Hélène gefunden.

Sie vergegenwärtigte sich noch einmal, wie Hélène dort mit ihrem Kopf im Wasser gelegen hatte und der Rest des Körpers völlig verdreht auf den flachen Randsteinen ausgebreitet war. Es wirkte tatsächlich so, als ob sie von der Kapelle oben bis hier heruntergerollt wäre. Dabei musste sie mehrmals hart aufgekommen und zum Schluss hier liegen geblieben sein.

Was hatte den Täter dazu veranlasst, sie aus der Kapelle zu holen? Hatte man sie absichtlich mit Schwung gestoßen? Oder war sie aus Versehen demjenigen oder derjenigen aus den Armen geglitten, weil sie nicht genügend Kraft hatte, die

junge Frau die steile Treppe herunterzutragen? Oder, ihr fiel eine weitere These ein, waren es zwei Personen, die sie gemeinsam getragen hatten? Eventuell waren sie sich nicht einig gewesen. Vielleicht hatten sie sich gestritten ... Es musste nur einer stolpern, und der oder die andere hätte Hélène nicht mehr halten können ...

Lucie Girard ging die ungleichen, steinernen Stufen hinauf. Jeder Schritt wollte wohl gewählt sein. Sie musste aufpassen, dass sie mit ihren dünnen Schuhen nicht abrutschte. Diese Treppe mit einer fast fünfzig Kilo schweren Last im Dunkeln hinunterzugehen, das stellte sie sich fast unmöglich zu schaffen vor.

Als die Commissaire oben ankam, drehte sie sich um und blickte zum Pool hinunter. Es war Nacht gewesen, das durfte sie nicht vergessen. Die Stufen waren nicht oder kaum zu sehen. Ihre These, dass eine oder zwei Personen die Tote hier oben losließen und sie dann herunterrollte, erschien ihr mehr und mehr plausibel.

Aber warum hatte man sie nicht in der Kapelle liegenlassen? Es musste doch einen Grund dafür geben?

Lucie öffnete die schwere Holztür am Eingang zur Kapelle. Sie knarrte vernehmlich. Kühle und modrig riechende Luft empfing sie. Als sie in das Innere trat, fiel die Tür von selbst zu. Für einen Moment bekam sie einen Schreck. Sie hoffte, dass der Riegel nicht heruntergefallen war und sie dann eingesperrt wäre. Sofort zog sie von innen an einem Eisengriff. *Puh, die Holztür ließ sich öffnen. Besser, ich lasse sie offen,* dachte sie und suchte nach einem passenden Stein, den sie nutzen konnte, um die Türe zu blockieren.

Direkt neben dem Eingang wurde die Commissaire fündig. Sie legte den Stein von innen auf den Boden gegen die offenstehende Tür. Loulou schnüffelte interessiert daran. Nun war es auch heller in dem kleinen, sakralen Raum.

Das Kruzifix lag immer noch zur Hälfte auf der Steinplatte. Um festzustellen, wie schwer es war, versuchte Lucie Girard, es mit beiden Händen anzuheben. Es gelang ihr nur mit größter Kraftanstrengung. Sie packte es am Ende des kurzen Querbalkens an und hob es circa dreißig Zentimeter hoch.

Als Nächstes ging ihr die Frage durch den Kopf, wie das Kruzifix hatte umfallen können. *War das Kreuz nicht fest verankert? Hatte es jemand absichtlich umgestoßen?*

Um das herauszufinden, sah sie sich den einem Sarkophag ähnelnden Altar genauer an. Da es sich bei dem Kruzifix um eine Kombination aus Stein und Holz handelte, musste es irgendwie hinten verankert gewesen sein.

Sie bückte sich.

Was lag dort auf dem Boden?

Bei genauerem Hinsehen erkannte sie lange, verrostete Schrauben. Und sie sah in den Stein eingelassene, eiserne Winkel. Zwei an der Zahl. Sie hatten jeweils zwei Löcher. Am Boden lagen aber nur *zwei* Sechskantschrauben. Auch nachdem sie die Fläche hinter dem Altar abgesucht hatte, fand sie keine weiteren Schrauben. Offensichtlich war das Kreuz mit nur zwei Schrauben befestigt gewesen.

Jemand musste sie gelöst haben. *Der Mörder? Oder jemand, der es darauf angelegt hatte, dass dieses Kreuz umfallen sollte...*

Nach ihrem Befund überprüfte sie konsequenter Weise das untere Ende des Längsbalkens. Hier waren zwei Bohrungen deutlich zu erkennen. Doch um sie herum und auch nach unten war das Holz des Balkens stark vermodert.

Ihre Entdeckung verwirrte sie. Die Commissaire blieb stehen und ging die verschiedenen möglichen Szenarien konzentriert der Reihe nach durch.

Guy Menad hatte zugegeben, seine Ex-Freundin Hélène in die Kapelle gelockt zu haben. Wie er sagte, wollte er in Ruhe mit ihr reden. Er hatte ihr einen gefälschten Zettel zukommen lassen, den Serge verfasst haben sollte. Hélène fiel darauf rein und kam nach dem letzten Dreh am Pool, der um 02:30 Uhr beendet war, gegen 03:00 Uhr zur Kapelle. Dort traf sie ihn. Es kam zu einem Streit. Laut seiner Aussage überwältigte er sie und fesselte sie auf der Steinplatte des Altars. Sie konnte dort nicht mehr weg.

Um die Situation nachzuvollziehen, legte sich die Commissaire selbst auf die Steinplatte. Dazu musste sie unter das Kruzifix klettern, das weiterhin schräg über dem langen Stein lag.

Loulou versuchte, mit auf den Stein zu springen, doch sie war zu klein dafür. So stand sie mit ihren Vorderpfoten kratzend seitlich an dem Stein und bellte im Sekundentakt.

Obwohl es in der Kapelle mittlerweile recht warm war, fröstelte Lucie Girard, als sie ihren Kopf unter den von Jesus legte. Der Sohn Gottes schaute sie mit starren Augen an. Sein Gesicht war blutverschmiert. *Was für ein schrecklicher Tod,* ging ihr es durch den Kopf.

Als sie so da lag, kam ihr das Verhör mit Guy Menad in den Sinn. Er hatte mit voller Überzeugung behauptet, Hélène hier abgelegt und gefesselt zu haben, damit sie sich einmal in Ruhe Gedanken über ihre Freundschaft machen sollte.

Die Commissaire überlegte: *Mal angenommen, sie lag wirklich so, wie ich hier liege; Hände und Füße gefesselt.* Dann hätte sie sich, wenngleich mit großer Anstrengung, durchaus ein bisschen bewegen können. Guy Menad hatte nichts von einem Seil erwähnt, das ihren ganzen Körper umwickelte und sie fest an die Steinplatte fesselte. Es wäre ihr also möglich gewesen, nach unten zu rutschen oder auch zur Seite ... Das Kruzifix war ja locker ... Sie hätte mit ihren Füßen dran kommen können ... hätte versuchen können, den Balken als Halt zu benutzen ... der kam dann ins Wanken ... und fiel auf sie drauf. Das wäre möglich gewesen. *Aber woher kamen dann die Verletzungen an ihren Armen? Und warum sollte Guy Menad sie später nach unten getragen haben? Wollte er sie wegschaffen?*

Lucie Girard stand wieder auf und verließ die Kapelle. Loulou folgte ihr. Dann nahm sie den Stein, mit dem sie die Türe blockiert hatte und legte ihn wieder an seinen Platz seitlich des alten Gemäuers. Als sie sich aufrichtete und hochsah, erkannte sie einen kleinen Pfad, der seitlich an der Mauer entlangführte. Offensichtlich wurde er kaum genutzt, denn trockenes Gras und Rosmarinbüsche überwucherten ihn fast gänzlich.

Sie ging den Pfad entlang. Nach wenigen Metern kam sie zu einer alten Steinbank. *Wie idyllisch*, dachte sie. *Von hier kann man bis zum Meer sehen.* Sie setzte sich und nutzte die

Aussicht für eine kleine Zigarettenpause. Langsam und genüsslich sog sie an dem Glimmstängel. Dann nahm sie ihren letzten Gedankengang wieder auf.

Hélènes Verletzungen an den Armen waren die gleichen wie die bei Aurélie. Das konnte kein Zufall sein. *Die Dame hatte kein wirkliches Alibi für die Zeit zwischen ihrem Drehschluss, um circa 23:00 Uhr und … dem nächsten Morgen,* erinnerte sich Lucie Girard. *Wann war Hélène auf Guy Menad getroffen?* Zu dumm, sie hatte ihr Notizbuch im Auto gelassen. *Es musste aber wohl um Mitternacht herum gewesen sein.*

Einen letzten Zug an ihrer Gitanes … dann sollte sie zurück zu den Kollegen in die Villa gehen.

Einem Reflex folgend drückte sie die filterlose Zigarette auf der Steinbank aus und warf den Stummel achtlos unter die Sitzbank.

Das sollte ich vielleicht nicht tun, sagte sie sich. Denn die Feuerwehr warnte schon seit einigen Wochen vor erhöhter Waldbrandgefahr. Sie beugte sich nach unten und suchte nach dem kleinen Filterstummel.

Was war das? Gleich daneben lag ein feines, weißes Taschentuch. Die Commissaire hob es zusammen mit dem Rest der Zigarette auf. Es schien unbenutzt zu sein. Sie faltete das Tuch auseinander. Zu ihrer Überraschung erkannte sie zwei verschnörkelte Initialen: *A. B. Das konnte doch nur für Aurélie Ballancourt stehen!*

»Mademoiselle Ballancourt war also hier gewesen!«, sagte sie zu Loulou, die wie immer freundlich mit dem Schwanz wedelnd vor ihr stand.

Das änderte natürlich einiges. Dann war sie vielleicht auch in der Kapelle … hatte Hélène getroffen … als sie noch lebte … hatte ihr Messer dabei …

Lucie Girard konnte vor Erregung nicht mehr sitzenbleiben. Sie musste unverzüglich mit jemanden darüber sprechen. *Wo war denn Purenne?*

Sie stand auf und ging schnellen Schrittes zurück zur Villa. Loulou folgte ihr brav.

Sie kam wohl gerade im richtigen Moment zurück. Purenne stand mit Hugo auf der Terrasse. Dieser trug einen weißen Leinensack auf den Schultern. Er hatte Gummihandschuhe an und war sichtlich durchgeschwitzt.

»Madame la Commissaire, wir haben, so vermuten wir, ein weiteres Indiz gefunden. Ein Kleid. Mit Blutflecken.«

Hugo öffnete den Sack und ließ die Commissaire einen Blick hineinwerfen. Sie sah ein Minikleid mit kurzen Ärmeln und einem Blumenmuster. Es lag auf weiteren Kleidern, die wohl zur Reinigung sollten, und machte den Eindruck, als wäre es hastig in den Sack hineingestopft worden.

»Hugo«, sagte die Commissaire entschlossen, »nehmen Sie es bitte heraus, ich will es mir genauer ansehen. Und Purenne, sind sie so gut und holen Robert. Er kann uns bestimmt sagen, wer die Trägerin des Kleids war.«

Mit spitzen Fingern fummelte Hugo das sehr klein erscheinende Minikleid aus dem Sack und hielt es hoch. Die Blutflecken fielen zuerst nicht auf, denn es hatte viele rote Blumen in seinem Muster. Doch bei näherer Betrachtung sah man auf Hüfthöhe kleine Blutspritzer.

»Da haben Sie aber genau hingeschaut, Hugo«, lobte die Commissaire den Gendarmen. »Auf den ersten Blick scheint das Kleid sauber.«

»Ja, aber nachdem wir das Messer in der Garderobe fanden, wollten wir nichts unversucht lassen. Dort sind hunderte Kleider und unendlich viel Accessoires. Wir haben alle durchgesehen. Ganz am Ende habe ich diesen Sack entdeckt. Er ist wohl für die Reinigung bestimmt.«

»Gute Arbeit, Hugo. Sind sie dann mit der Villa durch? Am besten Sie nehmen das Kleid gleich mit nach Toulon.«

Hugo wollte es schon wieder einpacken, da kam Purenne mit Robert angelaufen.

»Einen Moment!«, rief Purenne, »Robert kann uns bestimmt sagen, zu wessen Garderobe das Kleid gehört.«

Der Aufnahmeleiter schritt bedächtig auf Hugo und Lucie Girard zu. Wie meistens hatte er auch jetzt wieder eine Gitanes im Mundwinkel stecken. Mit zugekniffenen Augen schaute er sich das geblümte Kleid an. Roberts Antwort kam schnell und in sicherem Tonfall:

»Das ist *Cocos* Kleid. Sie hat mit Alain Delon, also *Jean-Paul,* während der Partyszene getanzt. Eine der Statistinnen ...«

»Aurélie Ballancourt!«, platzte die Commissaire heraus.

»Genau! Die Schönheit aus Paris«, kommentierte der Aufnahmeleiter.

In Lucie arbeitete es. Deshalb kam sie schon zu ihrem nächsten Punkt.

»Eine Frage noch. Haben Sie Guy Menad heute schon gesehen?«

»Haben Sie etwa Angst, er könnte sich verdrücken? Das brauchen Sie nicht. Er verlegt gerade im Wohnzimmer Kabel. Soll ich ihn holen?«

»Nein, das hat noch Zeit. Ich denke aber, dass wir heute Nachmittag so weit sein werden. Hätten Sie etwas dagegen, wenn ich sicherheitshalber einen meiner Leute hierlasse? Man weiß ja nie!«

Roberts Lippen wurden schmal.

»Wenn es unbedingt sein muss!«, zischte er, »Aber bitte sagen Sie ihrem Mitarbeiter, er soll sich zurückhalten und dem Set nicht zu nahekommen.«

»Geht klar. *Merci,* Robert. Machen wir. Wir sehen uns dann später ...«

Im Gehen erwiderte Robert süffisant:

»Hoffentlich nicht!«

Hugo stand noch immer mit dem Kleid von *Coco* da. Unsicher fragte er:

»Kann ich jetzt ...?«

»Sie sollen sogar!«, antwortete die Commissaire. »Auf nach Toulon! Aber vorher kommen sie noch mit uns zum Campingplatz, Fingerabdrücke nehmen. Wir fahren mit zwei Autos. Heute habe ich ja meine *Dyane* dabei.«

»Und ihren Hund? Das ist doch ihrer, oder? Nehmen Sie ihn mit? Wie heißt er denn?«, fragte Hugo neugierig, während er das weiße Fell streichelte.

»Es ist eine sie. Und sie heißt Loulou.«

»Loulou komm, such den Mörder, fein ...«

Die Commissaire warf dem Gendarmen einen ermahnenden Blick zu.

»Dann treffen wir uns gleich auf dem Parkplatz, Madame la Commissaire.«

»*Oui, dans cinq minutes!*«

Konfrontation

Gendarme Purenne fuhr mit Commissaire Girard und ihrem kleinen Hund Loulou in der *Dyane*. Loulou, die es gewohnt war, auf dem Beifahrersitz ihren Platz einzunehmen, saß aus diesem Grund nun auf Purennes Schoß.

Obwohl es Purenne nicht ganz geheuer war, ließ er sich nichts anmerken. In den Kurven hielt er den kleinen Hund sogar, wenn auch widerwillig fest, damit er nicht hin und her geschleudert wurde. Während Purenne sich um den Malteser kümmerte, berichtete die Commissaire von ihrer Entdeckung an der Kapelle oberhalb des Swimmingpools.

»Sie glauben also, das Taschentuch ist ein Indiz dafür, dass Aurélie in der Nacht dort war?«, fragte Purenne, nachdem ihm die Commissaire ihre verschiedenen Theorien erklärt hatte.

»Ganz bestimmt! Wie und wann sollte es sonst dorthin gekommen sein? Zuvor war sie als Statistin beim Dreh beschäftigt und am Morgen waren wir permanent am Tatort. Sie muss es also irgendwann nach Mitternacht und vor vier Uhr morgens dort verloren haben. Und genau in diesen Zeitraum fällt auch der Mord an Hélène.«

»Sie haben also vor, Mademoiselle Ballancourt in die Mangel zu nehmen?«, sagte der angespannt wirkende

Purenne, als er in einer rasant gefahrenen Kurve den kleinen Hund erneut unter Kontrolle bringen musste.

Die Commissaire griff nach der Revolverschaltung und legte krachend den vierten Gang ein. Dadurch wurde die Geräuschkulisse im Innenraum der *Dyane* etwas erträglicher und beide mussten sich nicht mehr so laut anbrüllen.

»Sagen wir es mal so: Ich werde nicht nur Mademoiselle Ballancourt verhören, sondern auch ihren Freund Serge Rousseau, denn er hat genauso wenig ein Alibi für den infrage kommenden Zeitraum. Vielleicht hat er sie ja doch gefunden und sie waren gemeinsam in der Kapelle ...«

In einer weiteren recht engen Kurve schaltete Lucie Girard in den dritten Gang zurück. Die *Dyane* heulte auf. Purenne versuchte, sich am spartanischen Armaturenbrett festzuhalten. Da plumpste Loulou in den Fußraum und fing sofort an, energisch zu bellen.

»Aber zuerst, müssen Sie«, brüllte die Commissaire, »ihre Fingerabdrücke sicherstellen, damit Hugo ... wo ist er denn eigentlich?«

Purenne blickte nach hinten durch das Heckfenster der *Dyane*. In sicherer Entfernung war Hugos *R4* zu sehen. Hugo schien dem rasanten Tempo der Commissaire tatsächlich folgen zu können.

Nach einer weiteren Kurve bogen sie in die schmale Straße zum Campingplatz ein. Sie parkten an der Rezeption und fragten nach dem Weg zur angegebenen Nummer des Zeltplatzes von Serge Rousseau und Aurélie Ballancourt. Der freundliche Platzwärter erklärte ihnen den Weg.

Kurz nachdem sie losgegangen waren, hatten sie sich schon verlaufen. Der komische Anblick des sehr ungleichen Trios erregte die Aufmerksamkeit einiger Camper. Zwei Uniformierte und eine junge sehr große, schlanke Frau im Hosenanzug mit einem kleinen weißen Malteser an der Leine wirkten wie Außerirdische zwischen all den Menschen in Badehosen und Bikinis. Die meisten Leute, die ihnen entgegenkamen, konnten sich mit Bemerkungen kaum zurückhalten. Außerdem wollte hier keiner etwas mit der Polizei zu tun haben.

Nachdem sie das dritte Mal an der gleichen Stelle vorbeigekommen waren, entschied Girard, einen der Camper zu fragen, wo denn der Platz mit der Nummer 167 zu finden sei? Glücklicherweise standen sie tatsächlich nicht weit davon entfernt. Sie waren lediglich an der letzten Kreuzung falsch abgebogen.

Endlich erreichten sie ein blaues Zelt, das verlassen schien.

»*Merde,* das ganze Herumgelaufe war umsonst! Die jungen Leute sind ausgeflogen«, stellte Hugo fest und lehnte sich an eine schattenspendende Pinie.

»Nur nicht aufgeben meine Herren!«, motivierte die Commissaire ihre Mitarbeiter entschlossen. »Sie warten hier. Ich gehe runter zum Strand. Die sind bestimmt dort.«

Schon marschierte Lucie Girard mit Loulou auf dem Arm Richtung Meer.

Sie hatte Glück und musste nicht lange suchen. Schon auf halben Weg kamen ihr die vier Pariser entgegen. Sie schauten überrascht, als sie der Commissaire begegneten. Auch Loulou erzeugte Verwunderung. Doch als Commissaire Girard den

Grund nannte, warum sie und die beiden Gendarmen hier seien, änderten sich die Mienen in den Gesichtern der vier Freunde schlagartig. Die Commissaire glaubte, sogar einen Anflug von Angst in den Gesichtszügen zu erkennen.

»Dann kommen Sie mal mit. Wir nehmen gleich ihre Fingerabdrücke und danach möchte ich mit Ihnen Mademoiselle Ballancourt und Ihnen Monsieur Rosseau reden!«

»Sie brauchen uns nicht?«, wollte Valérie erleichtert wissen.

»Wie gesagt, nur für die Fingerabdrücke. Das ist reine Routine. Danach können Sie beide machen, was Sie wollen. Halten Sie sich aber bitte zu meiner Verfügung bereit. Vielleicht ergeben sich später noch Fragen. Dann komme ich auf Sie zu.«

Die Gendarmen Bruno und Hugo hatten sich vor das Zelt an den kleinen Campingtisch gesetzt. Als Commissaire Girard mit den vier jungen Leuten ankam, standen sie pflichtbewusst auf.

Anschließend holte Hugo das Etui aus seiner Schultertasche, um die Fingerabdrücke zu nehmen. Alle ließen die nachfolgende Prozedur über sich ergehen.

Wie besprochen, verabschiedete sich Hugo nach Toulon mit dem Hinweis, dass er sich melden würde, sobald Ergebnisse vorlägen.

Jacques und Valérie nahmen ihre Handtücher und gingen zu den Duschen. Commissaire Girard bestand darauf, das Gespräch mit Mademoiselle Ballancourt und Monsieur

Rousseau sofort zu beginnen. Sie setzten sich an den wackeligen Campingtisch.

Ohne ein Wort zu verlieren, ging die Commissaire gleich in die Offensive, und legte das Tuch mit den initialen *A. B.* auf den Tisch. Gespannt wartete sie die Reaktion der jungen Frau ab.

Die Überraschung war ihr gelungen. Aurélie schaute verdutzt und nahm das Tuch in ihre Hände, öffnete es und starrte auf die Initialen. Es dauerte eine Weile, bis sie zu einer verbalen Reaktion in der Lage war.

»Ja, das ist meins. Wo haben Sie es gefunden?«, fragte sie in einem gespielt gelassen Tonfall.

»Unter einer Steinbank an der kleinen Kapelle, unweit des Swimmingpools«, sagte die Commissaire und fixierte Aurélie mit ihrem strengen Blick.

Diese schaute Hilfe suchend zu Serge. Doch er schwieg.

»Ich ... Sie müssen wissen ... ich bin mir nicht sicher. Es ist viel passiert in der letzten Nacht. Ich kann mich nicht mehr erinnern«, stotterte Aurélie verstört.

»Mademoiselle Ballancourt, es handelt sich hier nicht um eine Bagatelle. Eine Frau ist tot. Wahrscheinlich ermordet. Und sie beide haben kein stichhaltiges Alibi für die entsprechende Tatzeit. Also, entweder Sie sagen uns, was wirklich passiert ist ... oder ihr Urlaub ist schneller vorbei, als Ihnen lieb ist. Wollten Sie sich an Hélène Moreau rächen, weil ihr Freund etwas mit ihr hatte? Klären Sie uns auf!«

Aurélie fing zu zittern an. Ihre Augen flackerten. Ihr zartes Gemüt konnte einem derartigen, energischen Auftreten offensichtlich nicht standhalten.

Da mischte sich Serge ein. Er legte seinen Arm um die Schulter seiner Freundin und sprach an ihrer Stelle.

»Sie müssen verstehen, Madame la Commissaire, meine Freundin Aurélie ist sehr labil. Sie hat als Kind einiges ertragen müssen. Bis heute leidet sie unter Tagträumen. Manchmal kann sie sich nicht mehr an Dinge erinnern ...«

Girard zeigte keine Regung. Sie blieb fokussiert.

»Monsieur Rousseau, haben Sie auch solche Aussetzer? Wenn nicht, dann können Sie uns vielleicht aufklären? Zum Beispiel, warum das Kleid ihrer Freundin, das sie beim Dreh getragen hat, voller Blutspritzer ist? Wir haben es in der Garderobe der toten Maskenbildnerin gefunden.«

Die Antwort ließ auf sich warten.

»Sie meinen das Minikleid mit dem Blumenmuster?«

»Genau, das meine ich.«

»Da ich die ganz Nacht über Aurélie gesucht habe, kann ich dazu nichts sagen.«

»Ich dachte, Sie haben Hélène gesucht?«

»Zuerst ja, dann habe ich aber nach Aurélie gesucht.«

»Das ist schon ein Drama, wenn beide Gespielinnen plötzlich verschwunden sind, oder?«

»Was meinen Sie damit, Madame la Commissaire? Aurélie ist meine Freundin.«

Lucie Girard beugte sich über den Tisch zu Serge und näherte sich dem Gesicht ihres Gegenübers bis auf wenige Zentimeter.

»Aber auf Hélène waren Sie doch auch scharf! Das hat Hélènes beste Freundin, Mademoiselle Bonnet, bestätigt. Es beruhte – sagen wir mal – auf Gegenseitigkeit?«

»Das stimmt, ich fand sie sehr anziehend. Das bedeutet aber nicht, dass ich ihr den Schädel eingeschlagen habe.«

»Das habe ich auch nicht behauptet. Aber vielleicht decken Sie jemanden, der es getan hat? Woher wissen Sie eigentlich, dass Hélène eine tödliche Verletzung am Kopf hat? Waren Sie am Tatort?«

Serge ließ eine Erleichterung andeuten. Und doch antwortete er etwas zu schnell.

»In der Kapelle war ich nicht!«

Lucie Girard jubelte innerlich. Er hatte sich verraten.

»Wie kommen Sie darauf, dass Hélène in der Kapelle ermordet wurde? Ihre zwei Freunde haben sie doch am Pool gefunden?«

»Äh ... das wissen doch alle. Sie ist ...«

Serge biss sich auf die Lippen und merkte, dass jeder weitere Satz ihn möglicherweise belasten könnte.

Bruno Purenne verspürte einen unwiderstehlichen Drang, dem jungen Mann eine Brücke zu bauen. Er ergriff das Wort.

»Monsieur Rousseau, weder die Commissaire noch ich oder einer meiner Kollegen haben Ihnen gegenüber erwähnt, dass die Frau in der Kapelle zu Tode gekommen ist. Ich glaube, es ist an der Zeit, dass Sie Licht in die Geschehnisse der letzten Nacht bringen und uns erzählen, was wirklich passiert ist. Meinen Sie nicht auch?«

Serge wusste nicht mehr weiter. *Wie sollte er der Polizei klarmachen, dass das Ganze ein tragischer Unfall war?* Egal was, sie würden es ihm nicht abnehmen.

Die Wahrheit war so unglaubwürdig, so hässlich. Eigentlich hätte sie in den Film gepasst, der momentan in der Villa und am Pool gedreht wurde. Besser hätte es kein Drehbuchautor inszenieren können.

In Serges Kopf drehte sich alles.

Er sah Aurélie vor sich, wie er ihr zum ersten Mal in der Metro begegnet war. Wie schön sie aussah. Wie anziehend sie auf ihn wirkte. Er konnte mit ihr über alles reden. Seine Träume. Seine Ängste. Sie war seine erste Liebe. Aber auch seine Leidensgenossin. Die Qualen, die er in seiner Kindheit erlebt hatte, hatte er bisher mit niemandem anderen teilen können. Bei Aurélie konnte er offen sein. Sie war bereit, ihm zuzuhören. Mehr noch, er konnte weinen und sich fallen lassen. Wer hätte denn ahnen können, dass, je mehr er von sich gab und sich freimachte, desto schlimmer Aurélies Zustand werden würde?

Aurélie sah überall nur böse Männer, die ihre Mutter vergewaltigt hatten. Sie hatte sich gegenüber der Außenwelt verschlossen und ließ selbst ihn, ihren intimsten Freund, immer weniger an sich heran. Der Urlaub in *Saint-Tropez* war dazu gedacht, ihre Beziehung zu heilen. Sie wollten wieder zueinanderfinden.

Doch es kam ganz anders. Er traf Hélène. Spürte wieder, dass er ein Mann war, den die Frauen begehrten. Die Momente mit Hélène am Strand waren für ihn wie eine Befreiung. Er schwebte in anderen Sphären; fühlte sich wieder begehrt. Umso schlimmer war der Empfang von Aurélie gewesen, als er nachts in ihr gemeinsames Zelt zurückkehrte.

Die Situation eskalierte. Sie ging sofort auf ihn los, als er ihr näher kam – mit einem Messer in der Hand. Sein Messer. Sie war nicht mehr ganz bei Sinnen, agierte wie eine Furie. Irgendwie hat er es dann geschafft, ihr das Messer aus der Hand zu schlagen. Er hob es auf. Ihre Attacken gingen unvermindert weiter. Er wollte ihr nicht wehtun, sie nicht verletzen. Doch irgendwann kochte in ihm die Wut hoch. Zunächst hatte er sich nur mit der linken Hand gewehrt, nun benutzte er auch die Rechte. Die mit dem Messer. Dabei verletzte er Aurélie an ihren Armen. Als er das bemerkte, war der Schock groß.

Was hatte er getan? In Panik und aus Angst, er könne noch mehr anrichten, ließ er das Messer fallen und floh aus dem Zelt. Irrte auf dem Campingplatz umher. Kehrte dann nach einer Weile reumütig zurück. Aber da war sie weg. Seine Panik wurde noch größer. Er fing an, sie zu suchen. Fand sie dann endlich verletzt und völlig verstört am Strand. Jetzt war er wirklich der Böse. *Der* Albtraum seiner Freundin.

Doch der Albtraum war noch lange nicht zu Ende. Die Umstände begannen sich auf unglückliche Weise miteinander zu verketten. Und er war mittendrin. *War er Opfer oder Täter?* Er wusste es nicht. *Gab es überhaupt das Böse? Oder gab es nur das unentrinnbare Schicksal? War alles vorbestimmt gewesen? Dass ausgerechnet hier ein Film gedreht werden würde? Seine Aurélie eine Rolle bekam und mit am Set war?*

Wenn er sich einen Vorwurf machen konnte, dann der, dass er fast die ganze Nacht lang nur nach Hélène gesucht hatte. Und nicht nach Aurélie. Dabei ging es ihr echt mies,

wie er später herausfand. Sie war wieder einmal nicht sie selbst und hatte sich nicht mehr unter Kontrolle. So wie zusammen mit ihm im Zelt. Nur dass es dieses Mal Hélène war, auf die sie losging.

Wieso lag diese in der Kapelle gefesselt? Wie pervers war das denn? Das Schicksal wollte es, dass die beiden Frauen sich trafen. Aurélie hörte eine Frau weinen, als sie auf der Bank in der Nähe saß. Sie dachte, es sei ein Traum. Einer ihrer vielen Wahnvorstellungen. *Ob sie wusste, was sie danach in der Kapelle tat?*

Sie hatte wieder sein Messer bei sich. Es war in ihrer Handtasche. Sie musste es am Tag zuvor aus seiner Sporttasche genommen haben.

Dabei war er kurz zuvor noch so gut drauf gewesen. Sogar Romy Schneider hatte sich mit ihm nach Drehschluss auf der Terrasse unterhalten. Michèle und er hatten sich dann auf die Suche nach Hélène gemacht, denn sie war nicht, wie üblich, bei dem Umtrunk dabei gewesen. Er hatte in der Villa, im Garten, am Pool gesucht. Dann entdeckte er die kleine Kapelle. Stieg die Steinstufen hinauf. Er hatte gleich so ein mulmiges Gefühl, als er vor der schweren Holztür stand und mehrere verzweifelte Schreie aus dem Inneren hörte.

Die Tür ließ sich nur mit viel Mühe öffnen. Drinnen war es stockdunkel. Er machte zwei Schritte und sah eine schemenhafte Gestalt. Es war Hélène. Sie lag auf einer Steinplatte. Er sprach sie an. Sie schrie fortwährend und warnte ihn:

»Pass auf! Aurélie ist hier!«

Er konnte sich gerade noch rechtzeitig umdrehen. Aurélie verfehlte ihn nur knapp mit ihrem Messer. Er wich weiter zurück. Noch einen Schritt. Er stolperte. Drohte nach hinten zu fallen. Ruderte mit den Armen. Fand Halt. Oder doch nicht? Er hatte etwas in Bewegung gesetzt. Im Dunkeln sah es mächtig aus. Jetzt erkannte er es. Es war ein Kreuz. Es kippte ganz langsam noch vorne. Es fiel in Richtung von Aurélie. Doch sie konnte sich reflexartig nach unten wegbücken. Plötzlich wurde der Fall des Kreuzes durch etwas gestoppt. Es folgte ein dumpfes, berstendes und schmatzendes Geräusch. Dann war es still. Das Kreuz lag auf der Steinplatte. Und unter dem Kruzifix lag Hélène.

In seinen Ohren rauschte es. Seine Hände zitterten. Er war nicht imstande, aufzustehen. Er saß mehrere Minuten regungslos da. Starrte vor sich hin. Aurélie war offensichtlich bewusstlos. Das erkannte er, als er sich aufrappelte und nach ihr sah. Neben ihr lag das Messer.

Langsam näherte er sich dem Steinaltar. Ein schrecklicher Anblick bot sich ihm. Das Kreuz war ein Kruzifix. Eine lebensgroße Jesusfigur war daran genagelt. Das hölzerne Gesicht des Sohnes Gottes lag tief eingedrückt in Hélènes Schädel.

Es hatte sie erschlagen. *Nein,* sagte ihm seine innere Stimme, *ich habe sie getötet.*

Was soll ich nur tun?

Die Panik packte ihn und er verließ fluchtartig die kleine Kapelle.

All diese Gedanken schossen durch Serges Kopf, bevor er die Frage von Bruno Purenne beantwortete.

»Die Wahrheit ist, ich habe Hélène in der Kapelle gefunden. Sie war schon tot. Von einem Kruzifix erschlagen. Neben ihr am Boden lag Aurélie.«

Purenne saß mit offenem Mund da. Er hatte nicht damit gerechnet, dass seine Frage zu solch einer Antwort führen würde. Commissaire Girard reagierte schnell und schob eine weitere Frage nach.

»Und was haben Sie dann gemacht?«

Serge war kreidebleich. Seine Lippen waren nur noch schmale Streifen. Er flüsterte mit belegter Stimme.

»Ich bin abgehauen. Zurück zu den anderen.«

»Sie haben also die Leiche nicht zum Pool transportiert?«

Die Antwort kam schnell und sicher.

»Nein, natürlich nicht! Warum sollte ich so etwas tun?«

Die Commissaire schüttelte ihren Kopf.

»Sie wollen uns also erzählen, Sie haben sich nicht um ihre bewusstlose Freundin gekümmert?«

Serge wollte schon zu einer Antwort ansetzen, doch Aurélie kam ihm zuvor.

»Es war wohl so. Er kam später zurück. Ich kann Ihnen nicht genau sagen wann, aber es war, kurz nachdem ich aus meiner Ohnmacht aufgewacht bin. Aber Hélène lag da bereits nicht mehr in der Kapelle.«

»Habe ich Sie richtig verstanden? Sie behaupten, die Tote lag nicht mehr auf der Steinplatte?«, fragte Purenne noch einmal nach.

»Ja, ich weiß es ganz genau. Denn ich habe mich an der Steinplatte hochziehen wollen. Ich lag ja auf dem Boden und mir war immer noch schwindelig.«

Jetzt hakte Girard nach.

»Und wo kam ihr Freund her? Wo war er gewesen?«

Wieder antwortete Serge.

»Ich hatte mich mit Valérie, Jacques und Michèle auf der Terrasse getroffen, und wir verabredeten uns, die Suche fortzusetzen. Ich tat so, als ob ich nicht wüsste, wo die beiden Frauen seien. Bin aber dann so schnell wie möglich in die Kapelle zurück. Meine Panik hatte sich etwas gelegt und ich konnte wieder einigermaßen klar denken.«

»Und was machten Sie dann, Aurélie, als Ihr Freund zu Ihnen zurück in die Kapelle kam?«, fragte Purenne.

»Er hat mir geholfen und wir haben uns am Rand des Grundstücks zurück zur Villa geschlichen. Sind durch einen Nebeneingang in eines der Zimmer. Dort habe ich geduscht.«

»Ich habe Aurélies Kleid in den Kleidersack in Hélènes Garderobe getan und brachte ihr den Rock und die Bluse, die sie vor dem Dreh getragen hatte.«

Lucie Girard dachte nach. *War sie kurz davor, diesen Fall aufzuklären? Oder war es eine gut ausgedachte Lügengeschichte?*

Sie entschied, das Verhör weiter laufen zu lassen und später die neu gewonnenen Erkenntnisse zu sortieren und zu bewerten. Das Paar sollte erst einmal das Gefühl bekommen, man würde ihnen glauben.

»Dann ist die Geschichte, die Sie, Mademoiselle Ballancourt, mir gestern erzählt haben, erfunden? Der Pavillon, der Angriff von Guy Menad? Ihre Nacht im *R4*?«

Aurélie schaute sie mit ihren rehbraunen Augen schuldbewusst an. Leise antwortete sie:

»Nicht ganz. Ich war wirklich im Pavillon. Und bin auch von Guy belästigt worden. Ich bin aber danach noch zu der Kapelle rauf. Sie haben ja unter der Bank zum Beweis mein Taschentuch gefunden. Es muss mir wohl aus der kleinen Umhängetasche gefallen sein, während ich dort eine Zeit lang saß. Erst nachdem Serge mich gefunden hatte, also viel später, bin ich zu dem *R4* und habe dort allein ausgeharrt.«

»Und dann hatten Sie ihren großen Auftritt! Das war schon eine schauspielerische Leistung! Sie haben alle an der Nase herumgeführt. Auch ihre Freunde.«

Aurélie blickte betroffen.

»Ich konnte nicht anders. Ich weiß ja bis heute nicht, was wirklich passiert ist. Ich erinnere mich an die Steinbank und dann erst wieder an Serge, der mich gefunden hat.«

Während des Verhörs hatte Lucie Girard völlig vergessen zu rauchen. Das kam selten vor. Doch jetzt verspürte sie den Drang, sich eine Gitanes anzuzünden. Die Pause, die dadurch entstand, kam gerade richtig.

So konnte sie besser überlegen, was jetzt am besten zu tun wäre. Doch vorher hatte sie noch eine entscheidende Frage:

»Was haben Sie eigentlich mit dem Messer gemacht, das Sie in ihrer Handtasche dabeihatten?«

»Ich habe es, wie ich Ihnen schon erzählt habe, gegen Guy Menad in der Villa eingesetzt und ihn damit am Hals verletzt. Daran kann ich mich erinnern. Ich glaube, ich habe es vor Schreck fallengelassen und bin dann weggerannt.«

Commissaire Girard nahm einen langen Zug und blies den Rauch in die Luft. Hier passte einiges nicht zusammen. Das war ihr klar. Sie musste unbedingt nachdenken. Und sie

benötigte die Ergebnisse aus Toulon. Erst dann konnte sie zum finalen Angriff übergehen. Also sagte sie sich: *Genug jetzt, ich lasse die beiden erst einmal in einer Zelle schmoren.*

Entschlossen wendete sie sich an das junge Paar.

»Mademoiselle Ballancourt, Monsieur Rousseau, ich habe Ihre Aussagen zur Kenntnis genommen. Sie sind in Teilen widersprüchlich und scheinen unvollständig. Damit Sie sich in Ruhe darüber Gedanken machen können, was Sie uns als Nächstes auftischen, lade ich Sie in unsere gemütliche Arrestzelle in *Saint-Tropez* ein. Gendarm Purenne wird sie dorthin bringen. In der Zwischenzeit versuche ich, der Wahrheit ein Stück näher zu kommen. Glauben Sie mir, eins ist sicher, es gibt immer eine Wahrheit. Nur manchmal ist sie verborgen – oder absichtlich verdeckt. Ich werde sie aufdecken. Mit oder ohne Ihre Hilfe. *À bientôt!*«

Die Commissaire stand auf und ließ die beiden geschockt zurück. Sie hatte erst einmal genug von dem Theater. Purenne würde die Verdächtigen nach *Saint-Tropez* bringen und sie selbst anschließend wieder auf dem Campingplatz abholen.

Währenddessen würde die Commissaire die Zeit nutzen, um ihre nächsten Schritte durchzudenken.

Später, auf dem Weg zur Villa, saßen Lucie Girard und Purenne schweigend in der *Dyane*. Dieses Mal fuhr Bruno Purenne. Die Commissaire hatte Loulou auf ihrem Schoß. Die kleine Malteserin genoss die Fahrt und schaute neugierig aus dem Klappfenster. Ihre kleine, schwarze Nase hielt sie dabei in den warmen Wind.

Commissaire Girards Plan sah vor, nachdem sie die Ergebnisse aus Toulon hatten, sofort mit Guy Menad zu sprechen. *Ob sich daraus viel Neues ergeben würde?* Sicher war sie sich nicht.

Guy Menad hielt es nicht länger aus. Die Commissaire würde ihn bestimmt ein drittes Mal verhören. Er wusste, dass er ihr auf Dauer nicht gewachsen war.

Wie sollte er es anfangen? Auf sie zugehen? Die Wahrheit war so unglaublich. Sie würde es ihm nicht abnehmen. Er hatte keine Zeugen, für das, was er gemacht hatte. Niemand hatte ihn gesehen. *Merde! Ich kann nicht anders ...*

Mit durchdrehenden Vorderrädern fuhren die Commissaire und Purenne die Kieseinfahrt zur Villa hinauf. Der Wachmann winkte den Wagen einfach durch, denn mittlerweile waren die Insassen am Set bekannt.

Purenne sollte Robert gleich fragen, ob Guy Menad später für ein Gespräch zur Verfügung stehen konnte. Doch zu ihrer Überraschung war das nicht nötig, denn der Algerier polierte gerade den Maserati.

Wie immer hatte er ein dreckiges, schulterfreies Trägerhemd an. Sein breiter Ledergürtel hing über der Hose an seiner Hüfte. Er hatte Putzlappen daran befestigt und in der Pattentasche lugte eine Flasche mit Politur hervor.

Als die *Dyane* mit ihrem typisch, etwas kreischendem Motorengeräusch auf den Vorplatz fuhr, blickte Guy auf und unterbrach seine Arbeit. Die Commissaire stieg aus und blieb an ihrem Citroën stehen. Purenne wollte gerade zu Guy

Menad gehen, doch dieser kam ihm bereits entgegen. Bevor Purenne etwas sagen konnte, sprach ihn Guy an. Er wirkte verstört. Sein Blick wanderte von ihm zur Commissaire und wieder zurück.

»Hätten Sie, ich meine, hätten Madame la Commissaire und Sie einen Moment Zeit für mich? Ich ... ich muss mit Ihnen sprechen ...«

Purenne reagierte förmlich professionell, obwohl ihm der plötzliche Wandel des Assistenten nicht geheuer erschien.

»*Certainement, Monsieur!* Am besten wir gehen wieder in den Raum des Aufnahmeleiters. Kommen Sie bitte mit.«

Purenne schaute seine Chefin mit einem vielsagenden Blick an. Sie zeigte ihm ihre Gitanes-Schachtel. Er verstand und begleitete Guy schon mal zur Villa.

Auf dem Weg begegneten sie Michèle. Sie konnte sich eine Bemerkung nicht verkneifen.

»Guy und die Polizei, das sieht man nicht alle Tage!«, sagte sie süffisant lächelnd und ging an den beiden Männern vorbei.

Guy kommentierte ihre Bemerkung nicht, doch er kochte innerlich schon wieder. *Was bildete sich diese Schlampe ein?*, dachte er und starrte ihr wütend hinterher.

Im Zimmer des Aufnahmeleiters hatte sich einiges verändert. Dort sah es jetzt mehr wie eine Rumpelkammer aus. Überall lag Papier herum. Stative und Kabeltrommeln waren achtlos abgestellt worden. Ein rollender Kleiderständer versperrte den Zugang zum Tisch. Purenne hatte alle Hände voll zu tun, etwas Platz zu schaffen. Guy sah ihm dabei schweigend zu. Sie setzten sich und warteten.

Es dauerte nicht lange, dann kam die Commissaire mit ihrem kleinen Malteser auf dem Arm zu ihnen in den Raum. Sie nahm neben dem Gendarmen Platz und holte ihr Notizbuch heraus. Sofort bemerkte sie den unangenehmen Geruch, der von Guy Menad ausging. Am liebsten hätte sie etwas von ihrem Parfum im Raum verteilt. Stattdessen konzentrierte sich sie auf das bevorstehende Gespräch.

»Monsieur Menad, sie wollen mit uns reden. Um was geht es denn?«, eröffnete die Commissaire das Gespräch.

Der Algerier wirkte entschlossen. Dieses Mal hing er nicht auf seinem Stuhl, sondern er saß aufrecht. Die eine Hand war zu einer Faust geballt, die andere um sie herum gelegt. Er wippte leicht nach vorne und wieder zurück. Dann begann er zu reden.

»Ich habe Hélène geliebt. Leider hat sie meine Zuneigung nur zu Beginn erwidert. Es war ein fataler Fehler von mir gewesen, sie gestern Nacht gefesselt in der Kapelle zurückzulassen. Offensichtlich müssen danach schlimme Dinge passiert sein. Denn, als ich wieder zu ihr zurückkam, war sie bereits tot. Sie lag auf der Steinplatte und muss von dem Kruzifix erschlagen worden sein.«

Lucie Girard schaute von ihrem Notizbuch auf. Ihr Blick richtete sich direkt auf den Algerier. Mehr musste sie nicht machen, die Reaktion kam von selbst.

»Ja, es stimmt, ich war ein zweites Mal in der Kapelle. Meine Aussage von gestern war falsch. Richtig ist aber, dass ich sie vorfand, als sie bereits tot war. Nicht nur *sie* war dort, auch Aurélie war in der Kapelle. Sie lag bewusstlos auf dem Boden neben Hélène. Ich war, wie sie sich vorstellen können,

von dem Anblick geschockt. Was war hier passiert, fragte ich mich? Hatten die beiden Frauen miteinander gekämpft? Eigentlich konnte das nicht sein, denn Hélène war immer noch gefesselt ...«

Guy Menads Körper bewegte sich wieder vor und zurück. Es war offensichtlich, dass er mit sich rang.

Nach einer Weile setzte er seine Aussage fort.

»Dann tat ich etwas, das sie wahrscheinlich nicht verstehen werden, ich hob das Kreuz an, zog Hélène ein Stück hervor, gerade so, dass der Kopf dieses Heiligen nicht mehr auf ihr lag. Dann löste ich ihre Fessel und nahm sie in meine Arme.«

Guy begann zu stottern und zu schluchzen. Seine sonst feste Stimme wirkte gebrochen.

»Nun war sie mir ganz nah. Ich spürte ihren noch warmen Körper. Ein letztes Mal. Mir kam in den Sinn, sie von diesem Ort des Todes wegzubringen. Dorthin, wo sie glücklich war und wo ich sie oft besucht hatte - in ihre Garderobe.

Sie lag in meinen Armen, so als ob sie schlief. Für einen kurzen Moment spürte ich das Gefühl von Glück und Erfüllung.

Ich wollte die Kapelle verlassen, doch ich hatte Schwierigkeiten, die schwere Tür von innen zu öffnen. Mit einer Hand tastete ich nach einem Griff. Ich fand ihn und zog die Tür auf. Vorsichtig bewegte ich mich Schritt für Schritt in Richtung der Steintreppe. Es war noch stockdunkel. Plötzlich hörte ich eine Stimme rufen.

Halt! Was machen Sie da!

Ich erschrak, stolperte und verlor das Gleichgewicht. Aus einem Reflex heraus, ließ ich Hélène los. Dann erschrak ich ein zweites Mal. Sie war zu Boden gefallen, blieb aber nicht liegen, sondern rollte die Steintreppe herunter.

Ich hörte weitere Stimmen. Sie kamen näher. Ich bekam es mit der Angst zu tun und rannte, so schnell ich konnte davon, ohne mich noch einmal umzusehen.«

Guy Menad legte seinen Kopf in seine Hände und schwieg. Im Raum war es sehr still.

Commissaire Girard ließ sich bewusst Zeit, bevor sie Guys Aussage kommentieren oder hinterfragen würde. Sie beugte sich zu Purenne.

»Rufen Sie bitte in Toulon an und fragen Sie, ob Hugo das Messer schon hat untersuchen lassen«, flüsterte sie ihm ins Ohr.

Purenne stand wortlos auf und verließ den Raum.

Girard nutze das Überraschungsmoment und fragte Guy:

»Was haben Sie denn mit dem Messer gemacht?«

Mit einem fragenden Gesichtsausdruck blickte Guy auf.

»Welches Messer? Ich hatte kein Messer bei mir! Wozu auch?«

»Vielleicht, um Ihre Freundin weiter zu quälen? Gefesselt hatten Sie Hélène ja schon zuvor.«

Guys Nasenflügel bewegten sich hin und her. Seine Augen weiteten sich.

»Nein! Ich wollte sie nicht quälen, ich wollte sie befreien! So glauben Sie mir doch!«

»Monsieur Menad, im Moment geht es nicht um glauben. Ich höre Ihnen erst einmal zu und versuche, mir aus all dem

einen Reim zu machen, verstehen Sie? Bisher habe ich viel erfahren. Auch Widersprüchliches. Von Ihnen, von Serge Rousseau, von Aurélie Ballancourt und von einigen anderen, die in der Nacht der Tat hier am Set waren. Das Einzige, was ich Ihnen sagen kann, ist, dass ihre Aussage mein Bild vom Geschehen vervollständigt. Ein Bild, das sich mit jedem Puzzleteil weiter zusammensetzt. Zurzeit existieren noch ein paar Lücken. Erst wenn diese gefüllt sind, kann ich vielleicht damit anfangen, Ihnen zu glauben. Vorher ziehe ich alles zuerst einmal in Zweifel. Auch das, was Sie aussagen. Da Sie, wie die beiden zuvor genannten, auch zu den Verdächtigen gehören, sind auch Sie eingeladen, zunächst eine Weile in einer gemütlichen Zelle in *Saint-Tropez* zu verbringen. Damit Sie nicht auf dumme Gedanken kommen.«

Guy Menad wollte aufspringen. Die laute Stimme der Commissaire stoppte ihn.

»Wagen Sie es nicht. Machen Sie jetzt keinen Fehler, den sie später bereuen. Ihre freiwillige Aussage wird Ihnen so oder so positiv angerechnet. Dafür werde ich sorgen. Kooperieren Sie weiter mit uns! Eine Nacht in der Zelle wird Sie nicht umbringen. Schon morgen kann vieles anders sein. Auch für Sie.«

Ganz langsam setzte sich Guy Menad wieder auf seinen Stuhl. Dann kramte er in seiner Hosentasche. Zog etwas hervor. Es waren mehrere Kordeln.

»Hier, damit Sie mir wenigstens glauben, dass ich noch einmal in der Kapelle war.«

Mit starrem Blick wartete er auf eine Reaktion von der Commissaire. Doch sie zündete sich eine weitere Zigarette an.

Wo blieb Purenne?, fragte sie sich ungeduldig und blies den Rauch der Zigarette in den Raum.

Guy Menad und die Commissaire saßen sich mehrere Minuten schweigend gegenüber. Lucie Girard bemerkte, wie Guy immer unruhiger wurde. Offensichtlich realisierte er erst jetzt, was mit ihm geschah. Er wurde des Mordes an seiner Ex-Freundin verdächtigt. Er war zweimal am Tatort und mindestens einmal gewalttätig gegenüber Hélène gewesen. Außerdem war er bekannt für seine aufbrausende und unkontrollierte Art. Und genau diese Eigenschaft kam jetzt erneut zum Vorschein.

Schneller als die Commissaire reagieren konnte, sprang er erneut auf, rannte an ihr vorbei, hastete zur Tür, riss sie auf und lief in großen Schritten den Flur hinunter.

Commissaire Girard sprang ebenfalls unverzüglich auf. Dummerweise verhedderte sie sich dabei in Loulous Leine, die zu ihren Füßen lag. Halb stolpernd, halb laufend, erreichte sie den Türrahmen, an dem sie sich festhielt. Da war Guy aber bereits aus der Villa entkommen. In einer atemberaubenden Geschwindigkeit sprang er in den *Maserati Ghibli,* dessen Tür noch offenstand, ließ den Motor an, legte den ersten Gang ein und gab Gas.

Der Sportwagen, der weit über 300 PS hatte, schlingerte gefährlich nahe an den anderen dort parkenden Autos vorbei. Seine lange Motorhaube zeigte schon in Richtung Ausfahrt. Doch offensichtlich war Guy mit der überwältigenden Kraft

des Motors überfordert. Der Wagen schoss nach vorne und rammte die *Dyane* der Commissaire, die seitlich am Torbogen stand. Mit einem lauten Schlag flog das leichtgewichtige Fahrzeug in das angrenzende Lavendelbeet und kippte um.

Der Maserati driftete noch zweimal von links nach rechts, eckte mit dem Heck an den rechten Torpfosten, stabilisierte sich dann aber auf der asphaltierten Straße und schoss mit durchdrehenden und qualmenden Hinterreifen davon.

Die Rufe der Commissaire und des inzwischen herbeigeeilten Gendarmen Purenne nahm Guy nicht mehr wahr. Er hatte nur noch ein Ziel: So schnell wie möglich von hier wegzukommen.

»*Merde!* Was für ein Idiot!«, rief Purenne und schaute seine Chefin aufgebracht an.

»Das waren seine Verzweiflung und sein Temperament! Die haben ihn dazu getrieben. Ich konnte ihn nicht aufhalten, alles ging plötzlich so schnell.«

Purenne nickte und zeigte Verständnis für seine Chefin.

»Den hätte man sowieso nur mit Waffengewalt daran hindern können. Machen Sie sich da mal keine Vorwürfe. Am besten wir geben gleich in der Gendarmerie Bescheid, die sollen unsere Einsatzfahrzeuge losschicken. So viele Möglichkeiten hat er nicht, auf der Halbinsel zu entkommen.«

Die Commissaire kniete sich zu ihrer Malteserin nieder, die mit ihrer Leine im Schlepptau auch nachgekommen war. Beruhigend kraulte sie Loulou hinter den Ohren.

»Loulou, jetzt haben wir kein Auto mehr. Meine schöne Dyane ist jetzt nur noch Schrott.«

Purenne kam bereits wieder vom Telefonat mit der Gendarmerie zurück. Er sah die Commissaire mit ihrem Hund auf dem Arm neben ihrem zerbeulten Citroën stehen und ging auf sie zu.

»Übrigens, ich wollte gerade zu Ihnen kommen ... als Menad in den Maserati sprang ... ich habe nämlich die Nachricht aus Toulon erhalten.«

»Und? Wie lautet sie?«

»Keine Fingerabdrücke auf dem Messer.«

»Das hätte mich auch gewundert.«

»Und das Kleid ...«

»Welche Blutgruppe hatte das Blut darauf?«

»A+. Das ist die am meisten verbreitete in Frankreich. Hélène hatte die Gleiche.«

»Wenn wir diesen Guy Menad fangen ...«

»... dann nehmen wir eine Blutprobe von ihm, schon klar«, ergänzte Purenne.

»Wissen Sie was, Bruno. Ich darf Sie doch so nennen? Jetzt habe ich Hunger! Wie wäre es, wenn wir nach *Saint-Tropez* fahren und einen Happen essen?«

»Gute Idee, ich kenne da ein vorzügliches Bistro.«

»Dann können Sie vielleicht von dort aus auch einen Abschleppwagen anfordern?«

»*Oui,* Lucie. Ich darf Sie doch so nennen?«

Puzzleteile

Als Lucie Girard und Purenne in der Gendarmerie in *Saint-Tropez* eintrafen, saßen zu ihrem Erstaunen Valérie und Jacques dort. Offensichtlich warteten sie schon eine Weile, denn sie kamen gleich auf die Commissaire zu und überfielen sie mit dem Wunsch, eine Aussage machen zu wollen.

Bruno Purenne kümmerte sich um den Abschleppwagen für die Dyane, während die Commissaire mit den beiden jungen Leuten in einen kleinen, karg eingerichteten Raum, im hinteren Teil des unteren Stockwerks ging.

Ihr Bauch rumorte unentwegt. Doch das Interesse an der Aussage der beiden war zu groß, um sich davon stören zu lassen.

Das Paar nahm Platz und Girard zückte gleich ihr Notizbuch.

»Dann legen Sie mal los, was gibt es denn, dass Sie vom Campingplatz extra hierhergekommen sind?«

Valérie schaute zu Jacques. Er nickte ihr zu. Sie war sichtlich nervös und wurde beim Sprechen immer schneller.

»Also ich, das heißt, wir, wussten ja nicht, dass Hélène vor ihrem Tod offensichtlich gefesselt und gequält wurde. Es ist so furchtbar, wie sie umgekommen ist. Das Kruzifix ... mit dem Gesicht Jesu in ihrem Schädel. Unglaublich! Es ist wie in

einem bösen Traum. Deswegen sind Jacques und ich, also wir sind hier, weil wir etwas klarstellen wollen. Wir haben schlecht über Serge gesprochen. Ihn so zum Verdächtigen gemacht. Nie und nimmer könnte er eine Frau umbringen oder sie quälen. Und Aurélie, sie mag zwar oft abwesend wirken, aber auch sie, *stimmt's Jacques*, auch sie ist keine Mörderin. Das ist unvorstellbar! Die beiden haben sich in letzter Zeit zwar oft gestritten, aber das tun viele andere Paare auch. Sie haben sich aber immer wieder vertragen. In der letzten Nacht schliefen sie wieder gemeinsam in ihrem Zelt. Wäre es möglich ... also, wir möchten Sie bitten, sperren Sie die beiden nicht ein.«

Die Commissaire hatte ruhig zugehört. Die junge Frau war ihr sympathisch. Doch wollte – und konnte - sie ihr nichts versprechen.

»Mademoiselle Perrin, Ihr Einsatz in Ehren, wir haben die beiden hier vorübergehend in Verwahrung, weil Einiges von dem, was sie uns erzählt haben, wie es scheint, nicht zusammenpasst. Ich kann Sie aber beruhigen, sobald wir alle Indizien überprüft haben und keine Fluchtgefahr mehr besteht, dann lassen wir ihre beiden Freunde sofort frei. Wir übergeben den Fall nach Abschluss unserer Ermittlungen dem zuständigen Staatsanwalt. Er entscheidet dann in der Folge über eine mögliche Anklage.«

Valérie sank in sich zusammen. Die Antwort hatte sie nicht befriedigt. Im Gegensatz zu seiner Freundin wirkte Jacques jedoch noch voller Elan. Er richtete sich auf und drückte seine Schultern nach hinten. Dann sprach er betont deutlich.

»Ich habe auch noch etwas auf dem Herzen. Ich möchte eine Aussage machen: Ich habe Guy Menad nachts in die Kapelle gehen sehen und er ist mit einem Messer in der Hand wieder herausgekommen.«

Die Commissaire schaute ihn erstaunt und misstrauisch an.

»Warum rücken Sie jetzt erst damit heraus? So etwas ist für die Aufklärung eines möglichen Mordfalles von entscheidender Bedeutung!«

»Ich dachte ja nicht, dass Sie Aurélie und Serge verdächtigen würden ... für mich war von Anfang an klar, dass nur Guy Menad als Mörder infrage kommt. Seine derbe unkontrollierte Art, seine animalischen Aggressionen. Sie hätten ihn mal sehen sollen, wie er auf Hélène losgegangen ist. Ich habe ihn genau beobachtet, an dem Tag, als wir zum ersten Mal beim Dreh dabei sein durften. Und dieser *mec*, er läuft weiterhin frei herum! Ich kann das nicht fassen!«

»Monsieur Muller, wir haben unsere Gründe ... aber die brauche ich Ihnen nicht darzulegen. Möchten Sie ihre Aussage schriftlich bestätigen? Wenn ja, dann bleiben Sie bitte noch sitzen. Ich schicke einen Gendarmen herein. Er nimmt das dann zu Protokoll. Gibt es sonst noch etwas, das Sie mir mitteilen möchten?«

Valérie zögerte kurz, doch dann traute sie sich, zu fragen:

»Können wir kurz mit Aurélie und Serge sprechen. Vielleicht nach dem Protokoll?«

»Ja, meinetwegen. Aber halten Sie sich kurz.«

»Wir haben auch ein paar Sachen für die beiden dabei, falls sie noch länger hierbleiben müssen.«

»Ich informiere den Wachmann. Er wird Sie zu ihnen begleiten.«

Dann verließ Lucie Girard mit einem kurzen Nicken den Raum.

Die Aussage, dass Guy Menad mit einem Messer aus der Kapelle gekommen war, belastete ihn erneut. Dann hatte er sie wohl nicht nur gefesselt, sondern sie auch an den Armen verletzt. Es würde zu der Aussage von Mademoiselle Ballancourt passen. Bei ihrem Aufeinandertreffen in der Villa hatte sie das Messer fallengelassen ... und Guy Menad hatte es mitgenommen. Und später in der Garderobe mit der Montageknete hinter dem Schrank befestigt.

Die Puzzleteile fügten sich ineinander. *Aber warum gefiel ihr das Bild nicht, dass dadurch allmählich entstand?*

Als sie in den kleinen Empfangsraum zurückkam, war dort die Hölle los. Hugo sprach am Telefon. Purenne gestikulierte wild und diskutierte lautstark mit zwei unbekannten Gendarmen. Zwei weitere Uniformierte saßen auf einer kleinen Holzbank neben der Tür.

Die Commissaire hörte Bruno Purenne gerade sagen:

»Überbringen Sie am besten selbst der Commissaire die tragische Botschaft. Ich kann und will es nicht glauben! Wie konnte das nur passieren?«

Einer der beiden Gendarmen, ein etwas grobschlächtiger Typ mit Pockengesicht, wandte sich der Commissaire zu. Sein Kopf leuchtete wie eine reife Tomate in der Sonne.

»Madame la Commissaire, es gab einen tragischen Unfall. Wir hatten ihn schon fast geschnappt. An einer Straßensperre

bei *Gassin*, dem kleinen Dorf auf der felsigen Anhöhe im Hinterland von *Saint-Tropez,* versuchte der Flüchtige mit dem Maserati durch die engen Gassen zu entkommen. Am Ortsausgang hatten wir zwei unserer Einsatzfahrzeuge als Straßensperren platziert. Die schmale Straße war also unpassierbar. Als der Maserati aus einem engen Sträßchen heranraste, ist es dann passiert. Offensichtlich hatte der Fahrer uns zu spät gesehen. Er hat noch stark eingelenkt, aber donnerte mit sehr hoher Geschwindigkeit über die steinige Wiese, verlor vollkommen die Kontrolle über den Wagen und knallte in eine Korkeiche. Der Wagen sieht entsprechend aus ... und der Fahrer, der gesuchte Guy Menad, war noch an Ort und Stelle tot. Er hatte nicht die geringste Chance.«

Die Commissaire schaute das Pockengesicht völlig entgeistert an. Es war in der Tat nicht zu fassen. Sie wollte Luft holen, doch ihre Lungen funktionierten nicht entsprechend. Abrupt drehte sie sich um und verließ die Gendarmerie. Loulou lief ihrem Frauchen kläffend nach. Auf dem kleinen mit Platanen bewachsenen Platz, machte sie halt und griff nach Loulous Leine. Jetzt atmete sie tief ein und wieder aus.

»Komm, meine kleine Loulou, wir gehen zum Hafen. Ich muss mal in Ruhe nachdenken. Das ist ja entsetzlich.«

Die Malteserin schaute ihr Frauchen verständnisvoll an und bellte einmal laut.

Im alten Teil des Hafens von *Saint-Tropez* lagen einige Fischerboote. Hierher kam Lucie Girard gerne. Weiter vorne

in der Marina, wo die Luxusjachten sich gegenseitig die Show stahlen, hielt sie sich nur ungern auf. Zu viele Touristen und Angeber liefen dort herum.

Lucie Girard setzte sich auf einen der Poller, öffnete ihre *Gitanes*-Packung und holte die letzte Zigarette heraus.

Na, das passt doch, dachte sie laut. *Warum war sie dann so mies gelaunt? Der Fall war doch eigentlich klar. Eifersüchtiger Freund rächt sich an seiner Ex. Sie kommt durch ein unzureichend befestigtes Kruzifix tragisch zu Tode. Aus Angst vor einer Festnahme flüchtet der Eifersüchtige in einem entwendeten Sportwagen. Er verliert die Kontrolle, prallt gegen einen Baum und stirbt. So – oder ähnlich – könnte es morgen in der lokalen Presse Var Matin stehen. Kein Leser würde an der Geschichte zweifeln.*

Lucie Girard blies den Rauch in den blauen Himmel und schaute ihm nach, bis er sich aufgelöst hatte. Über sie hinweg flogen kreischend zwei Möwen.

Dann setzte sie ihren inneren Monolog fort. *Alles schien zu passen, wäre da nicht Aurélie. Was hat sie in der Kapelle gesucht? Was hat sie dort angestellt? Und ihr Freund Serge? Waren die beiden aktiv involviert oder nur zufällig beteiligt?*

Girard stand auf und ging drei Poller weiter. Dort blieb sie stehen. Und überlegte.

Keine 500 Meter von ihr entfernt saß ein junges Pärchen, das sein ganzes Leben noch vor sich hat, in der kleinen Zelle der Gendarmerie. Willst du, Lucie Girard, diese jungen Leute wirklich einem langwierigen Prozess ausliefern? Einem Prozess, bei dem es außer Indizien keine stichhaltigen Beweise gibt? Sind die beiden nicht schon genug gestraft?

Werden sie nicht sowieso Monate, wenn nicht Jahre daran zurückdenken müssen, dass sie an einem schrecklichen Geschehen beteiligt waren? Wird es ihr weiteres Leben nicht schon allein durch das Bewusstsein belasten, dass sie für den Tod eines anderen Menschen mitverantwortlich sind? Vielleicht werden sie traumatische Erinnerungen davontragen. Ganz besonders Mademoiselle Ballancourt. Sie scheint ohnehin schon ein schweres Päckchen zu tragen.

Also, was stehst du hier herum? Lauf zurück und lasse sie frei. Dann können sie noch den Rest ihres Urlaubs auf der schönen Halbinsel von Saint-Tropez verbringen. Zueinander finden oder weiß der Teufel was.

Und morgen schreibst du deinen Bericht.

Als die Commissaire zur Polizeistation zurückkam, saßen Valérie und Jacques auf den Treppenstufen vor der Tür der Gendarmerie und machten lange Gesichter. Lucie trat vor sie und lächelte sie aufmunternd an.

»Ich habe eine gute Nachricht für Sie. Sie können mit Aurélie und Serge heute gemeinsam zu Abend essen. Vielleicht haben Sie sogar einen Grund, mit ihnen auf ihre Freiheit anzustoßen – und vielleicht sogar auf die Wahrheit. Wobei, bei Letzterem bin ich mir nicht ganz so sicher. Stoßen Sie lieber auf ihre gemeinsame Freundschaft an.«

Valérie und Jacques standen sofort auf und umarmten die Commissaire erleichtert.

»Das ist ja eine super Nachricht! Stimmt das wirklich?«, wollte Jacques wissen.

»*Bien sûr*! Kommen Sie mit, ich werde es Ihnen beweisen.«

Gemeinsam gingen Sie zu den Räumlichkeiten im Untergeschoß, die für kurze Inhaftierungen vorgesehen waren. Girard ließ zwei Türen aufschließen. Aurélie und Serge saßen jeder stumm zusammengekauert auf ihren schmalen Pritschen. Als sie die beiden Freunde sahen, sprangen sie sofort auf und umarmten sie.

Vor Freude sprudelte Valérie natürlich gleich die gute Nachricht heraus.

»Wir können wirklich gehen?!«, fragte Serge ungläubig.

»Ja, das können Sie«, sagte die Commissaire. »Aber bitte kommen Sie beide morgen um 11:00 Uhr nochmals auf die Wache. Wir müssen ihre Aussagen zu Protokoll nehmen.«

»Das machen wir, das machen wir«, sagten Aurélie und Serge gleichzeitig mit erregter Stimme.

Lucie Girard stellte sich den vier Freunden bewusst in den Weg, als sie in Richtung Ausgang gehen wollten. Ihr Blick war auf einmal wieder ernst.

»Wollen Sie nicht wissen, wem Sie das schnelle Ende ihrer Haft zu verdanken haben?«

Sie sah in fragende Gesichter.

»Guy Menad. Er ist vor ungefähr einer Stunde auf seiner Flucht in *Gassin* tödlich verunglückt. Er ist gegen einen Baum gefahren.«

Bestürzt verließen die beiden jungen Paare schweigend die Gendarmerie. Nach ungefähr hundert Metern, die sie in Richtung der Altstadt gegangen waren, blieb Serge unvermittelt stehen und wandte sich an Aurélie.

»Aurélie, ich möchte dir etwas sagen. Es ist mir sehr wichtig. Valérie und Jacques, bitte bleibt hier, ihr sollt meine Worte auch hören.«

Er stellte sich vor seine Freundin und nahm ihre Hände in die seinen. Dann begann er ruhig und besonnen zu sprechen.

»Aurélie, es tut mir unendlich leid. Ich habe unsere Freundschaft und unsere Liebe auf fahrlässige Weise riskiert. Bitte verzeih mir. Gib mir und uns noch eine Chance. Ich liebe dich!«

Aurélie machte einen Schritt auf ihn zu und umarmte Serge. Sie küssten sich innig.

Valérie und Jacques applaudierten.

Epilog

Sie saßen im *Café de Paris*, direkt am Hafen von *Saint-Tropez*. Vor ihnen stand ein *brique à vin* mit einer frisch entkorkten Flasche Rosé, einem *Cuvée Saint-Tropez*, und eine kleine Schale mit schwarzen Oliven.

Der berühmte Ort hatte sich überraschenderweise seit 1968 nicht viel verändert. Das Café mit den roten Regiestühlen gab es immer noch. Nur die Jachten waren monströser geworden, und in dem ehemaligen Fischerdorf wimmelte es nur so von Touristen. Viele waren mit der Fähre von Sainte-Maxime herübergekommen.

Serge konnte nicht mehr so gut laufen. Deshalb benutzte er einen Gehstock. Aurélie war noch immer eine Schönheit. Allerdings hatte sie jetzt kurze, graue Haare. Und ihre sonnengebräunte Haut zeigte im Gesicht und an den Händen ein paar Falten.

Bevor sie sich in dem berühmten Café eine Pause gönnten, waren sie am Hafen entlang zur Gendarmerie gelaufen. Auch sie hatte sich in den Jahren kaum verändert. Die Platanen auf dem Vorplatz waren etwas größer geworden und spendeten immer noch viel Schatten.

Aurélie und Serge standen dort und hingen, jeder für sich, seinen eigenen Gedanken nach.

»Was wäre mit unserem Leben geschehen, wenn uns die Commissaire nicht vor genau fünfzig Jahren freigelassen und einen anders lautenden Bericht verfasst hätte?«, fragte Aurélie nachdenklich.

»Wir wären nicht die, die wir heute sind, meine Liebe. Du hättest dein Trauma nicht überwinden können und ich wäre wahrscheinlich kein erfolgreicher Theaterdarsteller geworden.«

Aurélie nahm Serge an die Hand und schaute ihn mit einem sanften Gesichtsausdruck an.

Serge legte seinen Arm auf Aurélies Schulter. Gemeinsam gingen sie ein paar Schritte.

»Habe ich dir eigentlich jemals gesagt, dass ich das Messer abgewaschen und am Schrank hinten befestigt habe?«, sagte Serge und schaute Aurélie mit verklärten Augen an.

»Nein, Liebster, das hast du nicht. Aber jetzt hast du es«, flüsterte Aurélie und drückte sich enger an Serge. »Komm, lass uns ein Glas Rosé trinken gehen!«

Hat Ihnen SWIMMINGPOOL gefallen?

Dann lesen Sie gleich weiter:

FLOWER POWER. Mord unter Models

und JET SET. Mord unter Stars.

Oder Sie entscheiden sich für den Sammelband der

Saint-Tropez Krimis 1 – 3

Vielen Dank, liebe Renate, für die kritischen, aber immer konstruktiven Ratschläge und dein Korrektorat. Danke dir, Gaby, für das plakative Cover.

Lightning Source UK Ltd.
Milton Keynes UK
UKHW011129210322
400384UK00002B/407

9 783744 821742